KB140916

피라네시

PIRANESI

피라네시

수재나 클라크 지음 | **김해온** 옮김

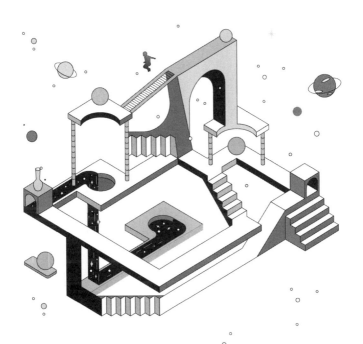

흐름출판

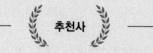

추천사

고전 판타지의 반열에 오를 작품!

― 론 찰스, CBS 선데이 모닝 북 리포트

《피라네시》는 나를 깜짝 놀라게 했다. 기적과 같고 은은하게 빛을 발하는 스토리텔링을 뽐내는 이 작품은 시선을 사로잡는 미스터리이자 탁월하고 새로운 환상세계로 들어가는 모험이며, 동시에 '길을 잃었다고 느끼다가 누군가에게 발견되는' 인간의 삶을 깊이 성찰하는 이야기다. 나는 벌써 그 잊히지 않는 아름다운 홀들로 돌아가고 싶다!

― 매들린 밀러, 작가

수재나 클라크가 마법으로 소환한 세계는 이 얼마나 빼어난가. 이 얼마나 착착 드러나는 전개인가, 이 얼마나 순수한 주인공과 이 얼마나 도덕적으로 추잡한 조연인가. 이 얼마나 아름답고 긴장감 넘치며 절제되어 있으면서 흠잡을 데 없는 결말인가.《피라네시》는 바깥에서 보는 것보다 그 안이 훨씬 더 커다란 정교한 퍼즐 상자다.

― 데이비드 미첼, 작가

몇 달 전에 이 책을 읽었는데 아직도 거의 매일 이 책을 생각한다.

- 에밀리 세인트 존 맨델, 리터러리 허브Literary Hub 〈북 마크스〉

매력적이고 마음을 홀리는 미스터리로 한 쪽 한 쪽 부드럽게 이야기가 펼쳐진다. 아무 말도 하지 않고 누군가에게 건네 줘서 그 사람도 스스로 그 비밀을 발견하는 기쁨을 누릴 수 있도록 해 주고 싶은 작품이다. 사람들에게 잊힌 해변에 쓸려와 발견되기를 기다리는 보물이다.

- 에린 모겐스턴, 작가

아무리 느릿느릿 읽는 독자라도 하루 만에 끝내게 만들 정도로 페이지가 술술 넘어가는 뛰어난 작품이다. 그러나 주된 재미는 그 기이하고 묘하게 매력적인 세계에 흠뻑 빠져드는 데 있다. 그런 온전함 그리고 거기서 비롯되는 평화로움을 느끼게 하는 것은 작가 클라크의 기량이다.

- 샘 색스, 〈월스트리트 저널〉 기자

뇌리에서 떠나지 않는다. 분명히 올해 가장 독창적인 작품이다. 환각과 같은 환상세계에 독자를 뚝 떨어뜨리는데, 방들이 끝없이 이어지는 거대한 미궁에는 해수가 바닥을 쓸고 다니며 계단을 타고 위로 올라간다. 하루 만에 꿀꺽 삼킬 수 있는 그리고 아마도 삼키게 될(손에서 내려놓기 어려운) 최면에 빠지게 만드는 작품이다.

- AARP

빛을 발하는, 꿈같은 모험극이다. 당신의 영혼을 위무하고 당신을 아름답고 기이한 세계로 데려갈 책이다. 당신은 그곳에 머무르면서 매순간을, 매 페이지를 음미하고 싶어질 것이다.

- 〈보스턴〉

조수가 홀들에 범람하듯이 애끓는 슬픔으로 흘러넘치게 한 뒤, 반짝이는 선물들을 남겨 주었다. 풍성하고, 경이롭고, 가슴 아픈 기쁨과 달콤한 슬픔으로 가득한 작품.

- 〈뉴욕 타임스〉 북리뷰

수재나 클라크의 놀라운 소설 《피라네시》는 작가가 현존하는 최고의 소설가라는 점을 입증한다.

- 〈복스Vox〉

마법에 관해 클라크처럼 쓰는 작가는 아무도 없다. 클라크는 자기가 실제로 마법을 부린 사람처럼 글을 쓴다.

- 레브 그로스먼, 〈타임〉

클라크는 이 비범한 신작에서 구불구불한 미스터리를 형이상학적인 판타지로 감싼다. 올해 가장 독창적인 책으로 인정받을 것이다.

- 〈퍼블리셔스 위클리〉

《피라네시》가 듣던 대로 훌륭할까? 기쁜 마음으로 그렇다고 이야기하는 바이다. 작가 클라크의 여전히 건재한 남다른 위트와 상상력으로, 전작보다 훨씬 압축되어 있으면서도 마음을 사로잡는 이야기에 바로 뛰어들어 그 절묘한 마지막 문장까지 내달리게 될 것이다.

- 〈더 보스턴 글로브〉

시처럼 읽히는 짧고 아름다운 소설. 언어 사용이 시 같다는 말이 아니라 (쉽게 읽힌다) 표현할 수 없는 상태와 감정을 차근차근 쌓아 올려 표현하는 방식이 그렇다는 뜻이다. 묘하면서도 기분 좋은 작품이다.

- 〈버즈피드〉

말할 수 없이 기발하다. 작가 특유의 매혹도 여전하다. 아니, 오히려 진보했다. 이 책에 머무르다 보면 기분 좋게 경외감에 사로잡힌 자신을 발견하게 된다.

- 〈더 워싱턴 포스트〉

오래 기다린 《조너선 스트레인지》의 후속작은 전편보다 더욱 마법처럼 빠져들게 한다. 여기에는 교활함도, 탐욕도, 질투도, 잔혹함도 없으나 여전히 흥미진진한 주인공이 등장한다.

- 〈더 로스앤젤레스 타임스〉

매혹적이면서 초월적이다. 그 달콤함, 피라네시가 이 세계에 품은 사랑의 순수함에 가슴이 사무치게 아프다. 클라크의 글은 투명하고 날카롭다. 짧은 몇 마디에 심장이 반으로 갈라질 수도 있다. 피라네시가 겪는 미스터리는 감질나면서 동시에 번개처럼 빠른 속도로 전개된다. 마구 내달리지 않기가 힘들다. 한 문장 한 문장 수수께끼가 밝혀지면서 거기에 더 오래 머무르고 싶어진다.

- 내셔널 퍼블릭 라디오

피라네시가 집을 사랑하는 마음과 그곳에서 영위하는 소박한 생활에서 그가 발견하는 의미는 이 남다른 소설에 밝게 빛나는, 부드럽고 우수에 찬 분위기를 더한다.

- 〈슬레이트〉 2020년 최고의 책

《피라네시》는 내 마음과 영혼을 벼락처럼 때린다. 깊은 내공에서 우러난 작품이다.

- EW.com

피라네시가 자신을 이해해 나가는 과정에 동참하는 독자들은 마법이 이 세상에 돌아오는 모습을 보게 될 것이다. 기이하고 마음에 맴돌며 탁월한 작품.

- 〈커커스 리뷰〉

수재나 클라크는 자신의 신화를 새롭게 빚어냈고 다시금 세상을 넓혔다.

― 〈더 뉴 리퍼블릭〉

마음을 사로잡고, 기이하며, 잊히지 않을 만큼 독창적이다.

― 〈에스콰이어〉

손에서 내려놓기가 거의 불가능하다. 화려할 만큼 묘사가 풍부하고 매력적이며 가슴 아플 뿐 아니라, 작가의 애독자들에게 익숙한 마법으로 가득하다. 《피라네시》는 《조너선 스트레인지》를 사랑하는 독자들을 만족시키고 새로운 팬을 끌어들일 것이다.

― 〈북페이지〉

흥미진진한 오컬트 퍼즐 같은 이 이야기를 읽다 보면 의문이 쌓이고 서스펜스가 강해지면서 독자는 작가가 만들어낸 매력적이고 강인한 주인공이 보여주는 경외심, 친절함, 감사함이 어쩌면 우리에게 진정으로 필요한 지혜의 전부가 아닐까 하고 생각하게 된다.

― 〈북리스트〉

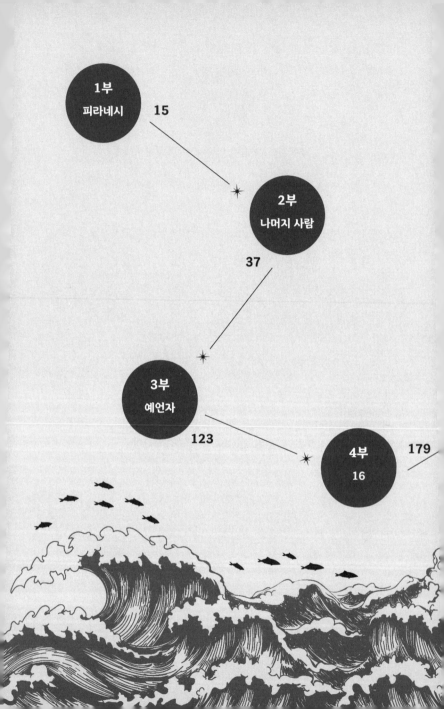

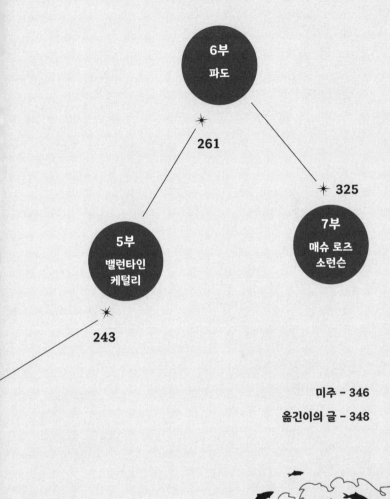

"나는 위대한 학자이자 마법사이며 달인, 실험을 주관하는
사람이라고. 당연히 실험 대상이 필요하지."

– C. S. 루이스의《마법사의 조카》중에서

"사람들은 나더러 철학자라고도 하고 과학자라고도 하고
인류학자라고도 한다. 나는 그런 것들과는 무관하다.
나는 기억상실학자다. 잊힌 것을 연구하는 사람이다.
나는 완전히 사라져 버린 것을 점친다.
부재하는 것, 침묵하는 것, 사물들 사이의 묘한 틈이
내 연구 대상이다. 굳이 말하자면 나는 마법사에 가깝다."

– 로런스 아니-세일스, 1976년 5월《비밀의 정원》에 실린 인터뷰 중에서

1부

피라네시

달이 북쪽 셋째 홀에 떴을 때 아홉째 현관에 들어가다
앨버트로스가 남서쪽 홀에 온 해 다섯째 달의 첫날 기록

달이 북쪽 셋째 홀에 떴을 때 나는 아홉째 현관에 들어가 세 개의 밀물이 합류하는 장면을 목격했다. 이것은 오직 팔 년에 한 번 일어나는 현상이다.

아홉째 현관은 웅장한 계단이 세 개 있어 눈에 띄는 장소이다. 벽에는 대리석 조각상들이 무수히 늘어서 있는데 그런 식으로 한 단, 한 단 아주 높은 곳까지 올라가 있다.

나는 서쪽 벽을 기어올라 노면에서 십오 미터 높이에 있는, '벌통을 든 여인' 조각상까지 갔다. 조각상은 내 키보다 두세 배는 크고, 벌통에는 내 엄지손가락만 한 대리석 벌이 그득하다. 벌 한 마리가—이 장면을 볼 때마다 속이 살짝 울렁거린다—여자의 왼쪽 눈 위를 기어가고 있다. 여자 조각상 뒤쪽의 니치 niche[1]로 비집고 들어가 기다리고 있자니 아래쪽 홀들에서 조수들이 우르릉거리는 소리가 들리고, 코앞으로 닥친 사태를 예고하듯 벽이 진동하는 것이 느껴졌다.

먼저 머나먼 동쪽 홀에서 온 조수가 들어왔다. 이 조수는 난폭한 기세 없이 제일 동쪽에 있는 계단을 올라갔다. 조수는 이렇다 할 빛깔이 없었고 수위는 기껏해야 발목 높이 정도밖에 되지 않았다. 물이 노면을 따라 회색빛 거울이 되어 퍼져 나가며, 희부연 포말이 대리석 같은 줄무늬를 만들었다.

다음으로는 서쪽 홀에서 온 조수가 들어왔다. 이 조수는 천둥소리를 내며 제일 서쪽에 있는 계단을 올라 동쪽 벽에 쾅 하는 굉음을 일으키며 부닥쳤고, 그 바람에 조각상들이 일제히 흔들렸다. 하얀 생선 뼈 모양의 포말이 생겨났고, 소용돌이치는 물살은 백랍빛이었다. 고작 몇 초 만에 첫째 단에 놓인 조각상들의 허리선까지 물이 차올랐다.

마지막으로는 북쪽 홀에서 온 조수가 들어왔다. 물길이 가운데 있는 계단을 타고 뛰어오르자, 반짝거리는 얼음빛의 흰 포말들이 터지듯 흩어지며 현관을 채웠다. 나는 흠뻑 젖었고 앞이 보이지 않았다. 내가 다시 볼 수 있게 되었을 때 물은 조각상들을 따라 폭포를 형성하며 내려가고 있었다. 바로 그때 나는 두 번째로 온 조수와 세 번째로 온 조수의 수량을 잘못 계산했다는 사실을 깨달았다. 우뚝 치솟은 물기둥이 내가 웅크리고 있던 곳까지 휘몰아쳐 왔다. 물살이 손처럼 나를 벽에서 떼어내려는 듯 뻗어 왔다. 나는 벌통을 든 여인의 다리에 두 팔을 두르고 나를 지켜달라고 '집'에게 기도했다. 물살이 나를 뒤덮었고 나는 순간 기이한 고요함에, 파도가 사람을 덮치면서 파도 소리마저 삼켜 버릴 때 찾아오는 고요함에 감싸였다. 나는 죽을 거라고, 아니면 '미지의 홀들'까지 휩쓸려 가 익숙한 조수의 분주함과 진동에서 멀리 떨어지게 될 거라고 생각했다. 나는 버텼다.

그때, 시작이 그랬던 것처럼 끝이 느닷없이 찾아왔다. 합류한 세 조수는 주변의 홀들로 내달렸다. 조수가 벽에 부딪힐 때마다 찢어지는 듯한 천둥소리가 들렸다. 아홉째 현관에 있던 물은 급속도로 수위가 낮아지더니 첫째 단에 놓인 조각상들의 주추를 겨우 덮을 정도까지 내려갔다.

정신을 차렸을 때 나는 뭔가를 꼭 쥐고 있었다. 손을 펴 보니 조수들이 쓸어 온, 머나먼 곳에 있던 조각상의 대리석 손가락이 있었다.

집은 헤아릴 수 없이 아름답고, 무한히 자애롭다.

세계의 모습
앨버트로스가 남서쪽 홀에 온 해 다섯째 달의 일곱째 날 기록

나는 살아 있는 동안 세상을 최대한 널리 탐사할 작정이다. 그러기 위해 나는 서쪽으로는 구백예순째 홀, 북쪽으로는 팔백아흔째 홀, 남쪽으로는 칠백예순여덟째 홀까지 가 보았다. '위쪽 홀들'에 기어 올라가 구름이 느릿느릿 행진하고 안개 속에서 조각상이 불쑥불쑥 나타나는 것을 보았다. 시커먼 물이 하얀 수련으로 덮인 '물에 잠긴 홀들'도 탐사했다. 동쪽의 '버려진 홀들'에 가서 천장과 바닥, 심지어는 벽마저 무너지고 회색 빛살들이 어둑어둑한 공간을 가로지르는 모습도 보았다.

이런 장소들에 갈 때마다 나는 문에 서서 멀리 내다보았다. 세상의 끝에 가까워졌다고 암시하는 바는 무엇 하나 보지 못했고, 오로지 홀과 통로가 아득히 먼 곳까지 규칙적으로 나아가는 모습만 볼 수 있었다.

홀이든 현관이든 계단이든 통로든, 조각상이 없는 곳은 없다. 홀은 대부분 공간 전체를 조각상이 차지하지만 여기저기 빈 주추나 니치, 애프스apse[2]가 있고 심지어 조각상으로 가득 찬 벽에 빈 공간이 있는 경우도 있다. 이런 부재는 조각상들만큼이나 불가사의하다.

나는 특정 홀 안에서는 조각상들 크기가 대체로 동일하지만 서로 다른 홀들끼리는 조각상들 크기가 상당히 다르다는 사실을 발견했다. 어떤 홀에 있는 조각상은 인간 크기의 두세 배는 되는데 어떤 홀에서는 인간 크기와 비슷하고, 또 어떤 홀에서는 내 어깨 정도밖에 되지 않는다. 물에 잠긴 홀들에는 어마어마하게 큰, 그러니까 십오에서 이십 미터는 되는 조각상들이 있는데 그것들은 예외다.

나는 각 조각상의 위치, 크기, 주제 및 기타 관심 항목을 기록하려고 목록을 작성하기 시작했다. 이제까지 남서쪽 첫째와 둘째 홀을 완료했고 지금은 셋째 홀의 목록을 적고 있다. 워낙 방대한 작업이어서 때로는 좀 아찔해지지만 과학자이자 탐험자로서 나는 세상의 눈부신 아름다움을 목격할 의무가 있다.

집의 창문들은 드넓은 안뜰을 향해 나 있다. 안뜰은 돌로 덮인 황량하고 빈 공간이다. 보통 네 면으로 되어 있으나 가끔 여섯 면이나 여덟 면, 심지어 좀 이상하고 음울하게도 세 면으로 되어 있는 뜰도 있다.

집 바깥에는 천체들만 있다. 해와 달과 별들.

집에는 세 층이 있다. '아래쪽 홀들'은 조수들의 영역이다. 그곳의 창문들은 안뜰 건너편에서 보면 끝없이 움직이는 물결 때문에 회녹색으로 보이거나, 튀어 오르는 포말 때문에 하얗게 보인다. 아래쪽 홀들은 어류, 갑각류, 해조류의 형태로 영양분을 공급해 준다.

'위쪽 홀들'은 앞서 말했듯이 구름의 영역이다. 그곳의 창문들은 회백색이며 안개처럼 뿌옇다. 때로는 일렬로 늘어선 창문들이 번개 때문에 순간적으로 번쩍이는 것을 볼 수 있다. 위쪽 홀들은 담수를 공급해 주는데, 이는 비의 형태로 현관들에 떨어져 내리고 벽과 계단을 타고 흘러 내려간다.

(대체로 거주가 불가능한) 이 두 층 사이에 있는 '중간 홀들'은 새와 인간의 영역이다. 우리에게 생명을 주는 것은 이 집의 아름다울 정도의 질서 정연함이다.

오늘 아침에 나는 남동쪽 열여덟째 홀에서 한 창문을 내다보았다. 안뜰 건너편에서 '나머지 사람'이 창밖을 내다보는 모습이 보였다. 그것은 짙은 색의 커다란 창문이었는데, 높은 이마와 단정하게 다듬은 턱수염으로 고귀해 보이는 나머지 사람의 머리가 창문의 한쪽 구석에 자리 잡고 있었다. 그는 곧잘 그렇듯이 생각에 잠겨 있었다. 나는 그에게 손을 흔들었다. 그는 나를 보지 못했다. 나는 좀 더 과장되게 손을 흔들었다. 힘차게 위아래로 마구 뛰었다. 하지만 집에는 창문이 많고, 그는 나를 보지 못했다.

이곳에 산 사람들 목록과 그들에 관해 알려진 바

앨버트로스가 남서쪽 홀에 온 해 다섯째 달의 열째 날 기록

세상이 시작된 이래 열다섯 명이 존재했다는 것은 분명하다. 그보다 많았을 수도 있으나, 나는 과학자이므로 증거를 따라가야 한다. 존재 사실을 입증할 수 있는 열다섯 명 가운데 현재 살아 있는 사람은 나 자신 그리고 나머지 사람뿐이다.

이제 그 열다섯 사람의 이름 그리고 의미가 있다면 위치를 기록하겠다.

첫째 사람: 나 자신

나는 서른에서 서른다섯 살 사이인 것으로 짐작된다. 키는 대략 183센티미터이고 날씬한 편이다.

둘째 사람: 나머지 사람

'나머지 사람'은 나이가 쉰에서 예순 사이일 것으로 추정된다. 키는 약 188센티미터이고, 나처럼 다소 날씬하다. 그는 나이에 비해 건강하고 몸매도 탄탄하다. 피부는 연한 올리브색이다. 짧은 머리카락과 콧수염은 짙은 갈색이다. 턱수염은 제법 허옇게 세었고, 다소 뾰족한 모양으로 깔끔하게 다듬었다. 두개골은 두드러지고 귀족적인 인상의 광대뼈와 높고 시원한 이마 덕분에 각별히 보기 좋다. 전반적인 인상은 우호적이면서도 지적인 삶에 헌신하는 다소 금욕적인 사람이다.

나머지 사람이 나처럼 과학자이고 살아 있는 유일한 인간이기 때문에 나는 자연히 그와의 우정을 귀중하게 여긴다.

나머지 사람은 이 세상 어딘가에 '위대하고 은밀한 지식'이 있는데 그것을 발견하면 어마어마한 힘이 생긴다고 믿는다. 이 지식에 어떤 내용이 담겨 있는지는 그도 확실히 알지 못하지만, 몇 번인가 다음과 같은 내용이 있을지 모른다고 암시한 적은 있다.

1. 죽음을 정복하고 불멸의 존재가 된다.
2. 텔레파시로 사람들이 무슨 생각을 하는지 알아낸다.
3. 독수리로 둔갑하여 공중을 날아간다.
4. 물고기로 둔갑하여 조수를 헤치고 헤엄친다.
5. 사념만으로 사물을 움직인다.
6. 해와 별의 빛을 *끄거나* 도로 켠다.
7. 지적으로 열등한 존재들을 지배하고 자기 뜻대로 움직이게 한다.

나머지 사람과 나는 이 지식을 구하려고 부지런히 찾고 있다. 우리는 일주일에 두 차례(화요일과 금요일) 만나 의논한다. 나머지 사람은 시간을 깐깐하게 관리하고 우리 모임도 한 시간 이상 지속되게 하는 법이 없다.

이 만남 외에 다른 때 내가 필요해지면 나머지 사람은 내가 올 때까지 "피라네시!" 하고 부른다.

피라네시. 그것이 그가 나를 부르는 이름이다.

이상한 일이다. 내가 기억하는 한 그것은 내 이름이 아니기 때문이다.

셋째 사람: 비스킷 깡통 사나이

비스킷 깡통 사나이는 북서쪽 셋째 홀의 빈 니치에 거주하는 해골이다. 유골은 특정한 방식에 따라 배치되었다—크기가 비슷한 긴뼈들을 따로 모아 해조 끈으로 묶어 놓았다. 그 오른편으로는 두개골을 두고 왼편으로는 손가락뼈, 발가락뼈, 척추뼈 등 작은 뼈를 비스킷 깡통에 담아 두었다. 비스킷 깡통은 빨간색이다. 깡통에는 비스킷 그림이 있고 전설적인 상표 '헌틀리 파머스와 일가족'[3]이 표시되어 있다.

내가 비스킷 깡통 사나이를 처음 발견했을 때 해조 끈은 말라붙어 풀어진 상태였고 그는 다소 단정치 못한 모습이었다. 나는 물고기 가죽으로 새로 끈을 만들어 그의 뼈를 도로 묶어 주었다. 이제 그는 다시 정돈된 상태다.

넷째 사람: 숨겨진 사람

삼 년 전 어느 날 나는 열셋째 현관에서 계단을 올라갔다. 위쪽 홀들에 올라가 구름이 사라졌다는 점과 그곳이 맑게 개어 햇빛이 가득하다는 점을 발견하고, 나는 더 멀리 탐험해 보기로 결심했다. 그중 한 홀(북동쪽 열여덟째 홀 바로 위에 있는)에서 나는 주추와 벽 사이의 좁은 공간에 끼인, 반쯤 부서진 해골을 발견했다. 배치된 모양으로 미루어 보건대 원래는 무릎을 턱까지 끌어당기고 앉은 자세였을 것이다. 성별은 파악할 수가 없었다. 그것을 확인하려고 뼈를 들어냈더라면 다시는 제자리로 돌려놓을 수 없었을 것이다.

다섯째에서 열넷째까지의 사람들: 알코브 사람들

알코브[4] 사람들은 모두 뼈만 남아 있다. 이 뼈들은 남서쪽 열넷째 홀의 최북단 알코브에 있는 빈 주추에 나란히 놓여 있다.

나는 머뭇거리며 살펴본 끝에 해골 세 구가 여성이고 세 구가 남성이라는 점을 알아냈으나, 나머지 네 구는 어느 쪽으로도 확신이 가지 않는다. 그중 하나에 나는 '물고기 가죽 사나이'라는 이름을 붙였다. 물고기 가죽 사나이의 유골은 불완전하고 남은 뼈들도 조수에 심하게 손상되었다. 어떤 뼈는 거의 조약돌이나 다름이 없다. 몇몇 뼈는 끝에 작은 구멍이 뚫려 있고 물고기 가죽 파편이 붙어 있다. 여기에서 몇 가지를 유추할 수 있었다.

1. 물고기 가죽 사나이의 해골은 다른 해골들보다 오래되었다.
2. 물고기 가죽 사나이의 해골은 한때 나머지 해골들과 다른 방식으로, 물고기 가죽 끈으로 서로 연결되어 있었지만 시간이 흐르면서 가죽이 부식되었다.
3. 물고기 가죽 사나이보다 나중에 온 사람들(아마도 알코브 사람들)은 인간의 생명을 깊이 경외하였기에 인내심 있게 그의 뼈를 모아 자기 일행 중 죽은 이들과 함께 안치했다.

의문: 죽을 것 같다고 느끼면 나도 알코브 사람들 옆에 가서 누워야 할까? 내가 추산하기로는 그 옆에 성인 네 명이 누울 공간이 있다. 비록 나는 젊고 죽음의 날이(바라건대) 아직 좀 멀리 있지만 이 문제를 조금 생각해 보았다.

알코브 사람들 옆에는 해골이 한 구 더 있다(이 뼈는 이 세상에 살던 사람들에게는 해당하지 않는다). 몸길이뿐만 아니라 꼬리길이도 약 50센티미터에 이르는 생명체의 유골이다. 나는 이 뼈를 조각상으로 표현된 다양한 생물들과 비교해 보았고, 그것이 원숭이라고 생각한다. 이 집에서 살아 있는 원숭이를 본 일은 없다.

열다섯째 사람: 웅크린 아이

웅크린 아이도 해골이다. 추측하건대 여자아이이고, 대략 일곱 살쯤 되었을 것이다. 아이는 남동쪽 여섯째 홀의 빈 주추에 놓여 있다. 무릎이 턱까지 당겨져 있고, 팔이 무릎을 감싸고 있으며, 고개는 아래로 숙인 채다. 목에는 산호 구슬과 물고기 뼈로 만든 목걸이가 걸려 있다.

나는 아이가 나와 무슨 관계가 있을지 아주 오랫동안 생각해봤다. 세상에는(앞서 설명했듯이) 오로지 나 자신 그리고 나머지 사람만이 살아 있고, 우리는 둘 다 남성이다. 우리가 죽으면 세상에는 누가 거주할 것인가? 내가 믿기로 세상은(혹은 사실상 모든 면에서 집과 세상이 동일하므로, 집은) 그 아름다움을 목격하고 그 자비를 받아들일 거주자가 있기를 바란다. 나는 웅크린 아이가 내 아내가 되는 것이 집의 뜻이었으나, 뭔가 일이 벌어져 그렇게 되지 않았으리라는 가설을 세웠다. 그 뒤로 나는 내게 있는 것을 아이와 나누는 일이 당연하게 느껴졌다.

나는 죽은 자들을 모두 방문하지만, 특히 웅크린 아이에게 자주 찾아간다. 나는 그들에게 물에 잠긴 홀에서 얻은 수련과 물과 음식을 가져다준다. 그들에게 말을 걸어, 내가 그동안 무슨 일을 했는지 이야기하기도 하고 집에서 본 경이로운 일을 묘사하기도 한다. 그리하여 그들은 혼자가 아니라는 것을 알게 된다.

이것은 나 혼자서 하는 일이다. 나머지 사람은 하지 않는다. 내가 아는 한 그는 종교적인 관습을 따르지 않는다.

열여섯째 사람

그리고 당신. 당신은 누구인가? 나는 누구를 위해 이 글을 쓰는가? 당신은 조수를 잘 피하고 무너진 바닥과 버려진 계단을 건너 이 홀에 도착한 여행자인가? 아니면 내가 죽은 지 한참 뒤에 이곳에 거주하는 사람인가?

일지

앨버트로스가 남서쪽 홀에 온 해 다섯째 달의 열일곱째 날 기록

나는 관찰한 바를 공책에 기록한다. 여기에는 두 가지 이유가 있다. 첫째는 글쓰기로 정확하고 신중한 태도를 습관화할 수 있기 때문이다. 둘째는 뭐가 되었건 내게 있는 지식을 당신, 그러니까 열여섯째 사람에게 남기기 위해서다. 나는 공책들을 가죽으로 된 갈색 메신저 가방에 보관한다. 가방은 보통 북쪽 둘째 홀의 북동쪽 구석에 있는, '장미 덤불에 갇힌 천사' 조각상 뒤의 움푹한 곳에 둔다. 여기는 내가 시계를 두는 장소이기도 한데, 시계는 화요일과 금요일 열 시에 나머지 사람을 만날 때 필요한 물건이다(다른 요일에는 해수가 안에 들어가 기계가 망가질까 염려되어 시계를 가지고 다니지 않으려고 한다).

공책 한 권에는 조수 일정표가 있다. 거기에 나는 만조와 간조의 때와 수량을 기록하고 조수가 오는 시간을 계산해 둔다. 다른 공책에는 조각상 목록이 있다. 나머지 공책에는 내 생각과 기억을 적고 하루 일을 기록한다. 이제까지 일지는 공책 아홉 권을 채웠다. 이것이 열째 공책이다. 모두 번호가 붙어 있고 대부분은 기록이 담긴 날짜가 적혀 있다.

1번은 '2011년 십이월에서 2012년 유월까지'라고 되어 있다.

2번은 '2012년 유월에서 2012년 십일월까지'라고 되어 있다.

3번은 원래 '2012년 십일월'이라고 쓰여 있었지만, 언젠가 그 위에 줄을 긋고 '흐느끼고 울부짖던 해 열두째 달의 서른째 날에서 산호 홀을 발견한 해 일곱째 달의 넷째 날까지'라고 고쳐져 있다.

2번과 3번 둘 다 과격하게 뜯겨 나간 페이지들이 있다. 나는 그 이유가 무엇일지 궁리하면서 누가 그런 짓을 했을지 상상해 보려고 했으나 아직은 아무 결론도 얻지 못했다.

4번은 '산호 홀을 발견한 해 일곱째 달 열째 날부터 별자리에 이름을 붙인 해 넷째 달 아홉째 날까지'라고 되어 있다.

5번은 '별자리에 이름을 붙인 해 넷째 달 열다섯째 날부터 죽은 자들을 헤아리고 그들에게 이름을 붙인 해 아홉째 달 서른째 날까지'라고 되어 있다.

6번은 '죽은 자들을 헤아리고 그들에게 이름을 붙인 해 열째 달의 첫날부터 북동쪽 스무째와 스물하나째 홀의 천장이 무너진 해 둘째 달의 열넷째 날까지'라고 되어 있다

7번은 '북동쪽 스무째와 스물하나째 홀의 천장이 무너진 해 둘째 달의 열일곱째 날부터 같은 해 마지막 날까지'라고 되어 있다.

8번은 '서쪽 구백예순째 홀까지 여행한 해 첫날부터 같은 해 열째 달 열다섯째 날까지'라고 되어 있다

9번은 '서쪽 구백예순째 홀까지 여행한 해 열째 달 열여섯째 날부터 앨버트로스가 남서쪽 홀에 온 해 다섯째 달 넷째 날까지'라고 되어 있다.

이 일지(10번)는 앨버트로스가 남서쪽 홀에 온 해 다섯째 달 다섯째 날에 쓰기 시작했다.

일지 작성의 한 가지 단점은 중요한 내용을 다시 찾기가 어렵다는 점인데, 그래서 나는 공책 하나를 나머지 공책들의 색인으로 사용한다. 이 공책에는 알파벳 글자마다 일정 쪽수를 할당했다(A나 C 같은 글자에는 쪽수를 많이 할당하고, 이를테면 X나 Q처럼 적게 등장하는 글자에는 쪽수를 적게 할당했다). 글자마다 주제별로 항목을 열거하고, 그것을 일지의 어디에서 찾아야 하는지 적어둔다.

방금 쓴 글을 다시 읽어 보다가 뭔가 깨달았다. 년도에 숫자를 붙이는 데 두 가지 체계를 이용하고 있었다는 사실이다. 어째서 여태까지 이것을 알아차리지 못했을까?

안 좋은 습관이다. 번호 매기기 체계는 하나면 된다. 두 가지 체계를 쓰면 혼란과 불확실함, 의심, 무질서를 낳는다(그리고 미적으로도 좋지 않다).

두 해는 처음 체계에 따라서 2011년과 2012년이라고 이름 붙였다. 이것은 심하게 무미건조하게 느껴지는 호칭이다. 더구나 이천 년 전에 무슨 일이 있었기에 그때를 좋은 출발점이라고 여겼는지 나로서는 기억이 나지 않는다. 둘째 체계를 따라서는 '별자리에 이름을 붙인 해'나 '죽은 자를 헤아리고 그들에게 이름을 붙인 해'와 같은 이름을 부여했다. 나는 이쪽이 훨씬 마음에 든다. 이것은 매 해에 서로 다른 특성을 부여하는 방식이다. 앞으로는 이 체계를 사용할 것이다.

조각상
앨버트로스가 남서쪽 홀에 온 해 다섯째 달의 열여덟째 날 기록

내가 특히 더 아끼는 조각상들이 있다. 그중 하나가 벌통을 든 여인이다.

다른 하나는—아마도 내가 가장 아끼는 조각상일 텐데—북서쪽 다섯째 홀과 넷째 홀을 잇는 문에 서 있다. 그것은 파우누스, 반은 사람이고 반은 염소에 곱슬머리가 풍성한 생물의 조각상이다. 파우누스는 살짝 웃음 지으며 검지를 입술에 대고 있다. 나는 언제나 그가 나에게 뭔가 말해 주거나 아니면 뭔가를 경고하려 한다고 느꼈다. "조용히 해! 조심하라고!" 이렇게 말하는 것 같다. 하지만 도대체 무슨 위험이 도사리고 있을지 나로서는 결코 알아낼 수 없었다. 한번은 그가 꿈에 나왔다. 그는 눈 덮인 숲에 서서 한 여자아이에게 이야기하고 있었다.

북쪽 다섯째 홀에 서 있는 고릴라 조각상은 항상 내 눈길을 사로잡는다. 고릴라 상은 쪼그려 앉아 몸을 앞으로 기울인 채 강인한 팔과 주먹으로 몸을 지탱하는 모습이다. 그 얼굴은 나를 매혹한다. 돌출한 이마가 눈에 그림자를 드리우는 그 얼굴은 인간이었다면 찡그린 표정이라고 할 테지만 고릴라에게는 정반대의 의미가 되는 듯하다. 고릴라 조각은 여러 가지를 상징하는데, 그중에는 평화, 평정, 힘, 인내가 있다.

이 외에도 내가 좋아하는 조각상은 많이 있다. 심벌즈를 연주하는 어린 소년, 성을 짊어진 코끼리, 체스를 두는 두 왕. 마지막으로 언급할 조각상은 엄밀히 말해 내 취향은 아니다. 오히려 볼 때마다 내 시선을 사로잡지 않는 법이 없는 조각상, 정확히는 한 쌍의 조각상이다. 그 두 조각상은 서쪽 첫째 홀의 동쪽 문 옆에 서 있다. 높이는 대략 육 미터이고 두 가지 남다른 특징이 있다. 첫째, 서쪽 첫째 홀의 다른 조각상들보다 훨씬 크다. 둘째, 미완성이다. 이들은 허리 위쪽만 벽 바깥으로 나와 있다. 두 팔은 뒤쪽 벽을 힘차게 밀어내는 모습이고, 근육은 힘을 쓰느라 부풀어 있으며 얼굴은 일그러져 있다. 이 조각상들은 편안하게 바라볼 수가 없다. 이들은 고통스러워하는 듯, 태어나려고 기를 쓰고 있는 듯 보인다. 이는 아마도 헛된 몸부림일 테지만 그럼에도 그들은 포기하지 않는다. 머리에 화려한 뿔이 있어서 나는 이들을 '뿔 달린 거인'이라고 이름 붙였다. 이들은 비참한 운명에 맞서려는 분투와 노력을 상징한다.

한 조각상을 다른 조각상보다 더 사랑하면 집에 불경한 일을 저지르는 것일까? 나는 이따금 이렇게 자문한다. 내가 믿기로 집은 자신이 창조한 모든 것을 똑같이 사랑하고 축복한다. 나도 그렇게 하려고 해야 할까? 하지만 그와 동시에 나는 사람이라면 으레 어떤 하나를 다른 것보다 더 좋아하고, 어느 하나가 다른 것보다 더 의미 있다고 여기게 마련이라는 것을 알 수 있다.

나무는 존재하는가?
앨버트로스가 남서쪽 홀에 온 해 다섯째 달의 열아홉째 날 기록

알려지지 않은 것이 많이 있다. 한번은—한 예닐곱 달 전이다—서쪽 넷째 홀 아래에서 잔잔한 조수 위에 둥둥 떠 있는 밝은 노란색 얼룩을 보았다. 그것이 무엇인지 알 수가 없었던 나는 물속으로 들어가 그것을 붙잡았다. 그것은 아주 아름다운 나뭇잎으로, 양쪽 끝이 하나로 오므라드는 형태였다. 물론 그것이 내가 본 적 없는 해양 식물의 일종일 가능성도 있지만, 과연 그럴지 의심스럽다. 조직이 해양 식물들과는 다르다. 표면이 물을 튕겨내는 모습이, 마치 물 바깥에서 살도록 만들어진 것 같았다.

2부

나머지 사람

배터시

앨버트로스가 남서쪽 홀에 온 해 다섯째 달의 스물아홉째 날 기록

오늘 아침 열 시에 나는 남서쪽 둘째 홀로 가서 나머지 사람을 만났다. 내가 홀에 들어섰을 때 그는 이미 도착해서 빈 주추에 기댄 채 반들반들한 기기를 두드리고 있었다. 그는 질 좋은 목탄색 모직 정장을 걸치고, 안에는 올리브빛 피부색과 보기 좋게 대비되는 밝은 흰색 셔츠를 입었다. 나머지 사람은 기기에서 고개를 들지 않고서 말했다.

"데이터가 좀 필요하네."

그는 이런 식일 때가 자주 있다. 자기가 하는 일에 너무 몰두해서 안녕이나 잘 가 혹은 잘 지냈느냐는 말을 잊어버린다. 나는 개의치 않는다. 과학 연구에 전념하는 그의 자세를 존경한다.

"무슨 데이터요? 제가 도울 수 있는 건가요?"

내가 물었다.

"물론이지. 실은 자네가 도와주지 않으면 나 혼자서는 곤란해. 오늘 내 연구의 주제는…", (이 시점에서 그는 기기에서 눈을 들어 내게 미소 지었다) "'자네'거든."

그는 마음만 내키면 지극히 매력적으로 웃을 수 있다.

"정말요? 뭘 알아내려는 건데요? 가설은 있나요?"

내가 말했다.

"있지."

"뭔데요?"

"그건 말해 주면 안 되지. 데이터에 영향을 미칠지 모르니까."

"아! 맞아요. 그러네요. 죄송해요."

"괜찮네. 궁금한 게 당연하지."

그는 반들반들한 기기를 빈 주추에 내려놓고 몸을 돌렸다.

"앉게."

그가 말했다.

나는 노면에 책상다리로 앉아 그가 질문하기를 기다렸다.

"편안한가? 좋아. 자, 말해 보게. 뭐가 기억나지?"

"뭐가 기억나느냐고요?"

내가 어리둥절해하며 물었다.

"그래."

"그건 질문이라기에는 모호한데요."

내가 말했다.

"그렇긴 하지만 대답하려고 해 보게."

그가 말했다.

"음, 전부 다라고 대답해야겠는데요. 전부 기억해요."

"정말인가? 좀 과한 주장이군. 확실한가?"

"그런 것 같아요."

"뭘 기억하는지 예를 좀 들어 보게."

"음, 여기서 며칠은 가야 나오는 어떤 홀에 이름을 붙이는 경우를 생각해 보죠. 제가 전에도 거기에 가 봤다고 가정하면, 거기 가는 법을 당장이라도 말씀드릴 수 있어요. 어떤 홀을 지나가야 하는지 전부 알려 드릴 수 있다고요. 눈에 띄는 조각상들이 뭐가 있는지도 묘사할 수 있고, 어느 정도는 정확하게 그것들이 어떤 위치에 있는지, 그러니까 북쪽, 남쪽, 동쪽, 서쪽 벽 중 어느 쪽에, 얼마나 떨어진 곳에 서 있는지도 얘기할 수 있죠. 그리고 또…."

"배터시는 어떤가?"

나머지 사람이 물었다.

"음…, 뭐라고요?"

"배터시. 배터시를 기억하나?"

"아뇨. 그건…, 배터시요?"

"그래."

"이해가 안 가는데요…."

나는 나머지 사람이 설명해 주기를 기다렸지만 그는 아무 말도 하지 않았다. 나는 그가 나를 주의 깊게 관찰하고 있다는 것을 알 수 있었다. 그리고 이 질문이 그가 하려는 조사에서 핵심적인 부분이라는 점은 분명했지만, 거기에 어떻게 대답해야 하는지 나로서는 도무지 알 수가 없었다. 이윽고 내가 말했다.

"배터시는 단어가 아니에요. 지시 대상이 없잖아요. 이 세상에는 그 소리의 조합에 해당하는 게 없어요."

나머지 사람은 말없이 계속 나를 응시했다. 나는 불편한 마음으로 그를 마주보았다.

"아!"

문득 빛이 비춘 것처럼 내가 외쳤다.

"뭘 하시려는지 알겠어요!"

나는 소리 내 웃기 시작했다.

"내가 뭘 하려는 거지?"

나머지 사람이 웃으며 물었다.

"제가 사실대로 말하는지 알아내려고 하시는 거잖아요. 제가 방금 전에 가 본 적이 있는 홀이라면 전부 묘사할 수 있다고 말했죠. 하지만 당신은 제 주장이 사실인지 판단할 방법이 없어요. 예를 들어서 제가 북쪽 아흔여섯째 홀로 가는 길을 묘사한다면 당신은 거기 가 본 적이 없어서 제 말이 옳은지 알 수 없을 거예요. 그러니까 말이 안 되는 단어, 배터시라는 말을 넣어서 질문을 던진 거고요. 꼭 지명 같이 들리는 말을 교묘하게 잘 고른 거죠. 바닷물에 마모된 장소처럼요[5] 제가 만약 배터시를 기억한다고 하면서 거기 가는 길을 묘사했다면, 당신은 제가 거짓말을 하고 있다는 걸 알았을 테죠. 제가 그저 잘난 척한 거라는 걸 알았을 거예요. 그러니까 통제 질문으로 그런 얘길 꺼낸 거예요."

"정확해. 내 의도를 정확히 알았군."

그가 말했다. 우리는 같이 웃었다.

"질문할 게 더 있나요?"

내가 물었다.

"아니. 그게 전부네."

그는 몸을 돌려 반들반들한 기기에 데이터를 입력하려고 했으나, 나의 무엇인가에 주의가 쏠렸는지 당황한 듯한 표정으로 나를 쳐다보았다.

"왜 그러세요?"

내가 물었다.

"자네 안경. 어떻게 된 거지?"

"제 안경이요?"

"그래. 좀 이상해 보이는데."

"무슨 말씀인가요?"

"안경다리가 끈 같은 걸로 둘둘 말려 있잖나. 그리고 끝부분이 아래로 구부러져 있고."

"아! 알겠어요. 맞아요! 안경다리가 계속 부러졌거든요. 처음엔 왼쪽. 다음엔 오른쪽. 공기 중의 소금기에 플라스틱이 부식되는 거죠. 여러 가지 방법으로 고쳐 보고 있는데요. 왼쪽 다리에는 물고기 가죽 끈과 물고기 풀을 썼고 오른쪽 다리에는 해조를 사용해 봤죠. 별로 잘되지는 않았네요."

"그래, 그럴 것 같군."

아래쪽 홀들에서 조수가 흘러들어오며 벽에 부딪혔다. 쿵. 물은 물러났다가, 문들을 향해 내닫더니 다음 방의 벽에 부딪혔다. 쿵. 쿵. 쿵. 조수는 다시 물러났다가 다시 앞으로 밀려들었다. 쿵. 남서쪽 둘째 홀이 악기의 현을 뜯을 때처럼 울렸다. 나머지 사람은 불안해 보였다.

"아주 가깝게 들리는데. 여기서 나가야 하지 않나?"

그는 조수를 이해하지 못했다.

"그럴 필요 없어요."

내가 말했다.

"좋아."

그가 말했다. 그러나 그는 마음을 놓지 못했다. 두 눈이 커지고 호흡이 얕고 빨라졌다. 그는 이 문 저 문을 흘긋거리면서 마치 물이 당장이라도 쏟아져 들어올 거라고 걱정하는 것처럼 보였다.

"휩쓸리고 싶진 않아."

그가 말했다. 한번은 나머지 사람이 북쪽 여덟째 홀에 간 적이 있다. 북쪽 홀에서 온 강한 조수가 열째 현관에 차올랐고 얼마 후 마찬가지로 강한 조수가 동쪽 홀에서 들어와 열두째 현관으로 밀려들었다. 어마어마한 물이 주위를 둘러싼 홀들로 쏟아져 들어가면서 나머지 사람이 있던 홀까지 물이 차올랐다. 물살이 그를 바닥에서 띄우더니 이리저리 옮기며 문을 통과시키고 벽과 조각상에 마구 부딪히게 했다. 그는 몇 번이나 완전히 물에 잠겼고, 하마터면 익사할 뻔했다. 마침내 조수는 그를 서쪽 셋째 홀(그가 처음 있었던 곳에서 일곱 홀이나 떨어진)의 노면에 내려놓았다. 바로 거기가 내가 그를 발견한 곳이다. 나는 그에게 담요를 가져다주고 해조와 홍합으로 만든 뜨거운 수프도 주었다. 그는 걸을 수 있게 되자마자 말 한마디 없이 가 버렸다. 나는 그가 어디로 갔는지 몰랐다(아직도 모른다). 이 일이 일어난 때는 내가 별자리에 이름을 붙인 해의 여섯째 달이었다. 그때 이후로 나머지 사람은 조수를 두려워했다.

"위험할 일 없어요."

내가 말했다.

"확실한가?"

그가 말했다.

쿵. 쿵.

"네. 오 분 뒤면 조수가 여섯째 현관에 도달해서 계단을 오를 거예요. 남쪽 둘째 홀, 여기서 동쪽으로 두 홀 지나면 있는 곳이 한 시간 동안 물에 잠기겠죠. 하지만 기껏해야 발목 깊이까지밖에 차오르지 않을 거고 우리한테는 오지 않을 거예요."

나머지 사람은 고개를 끄덕였으나 여전히 상당히 불안한 상태였고 얼마 후 그곳에서 떠났다.

이른 저녁에 나는 여덟째 현관으로 가서 낚시를 했다. 나머지 사람과 나눈 대화에 관해서는 생각하지 않았다. 저녁식사와 석양에 비치는 조각상들의 아름다움을 생각하고 있었다. 하지만 그곳에 서서 아래쪽 계단의 물에 그물을 던지고 있는데, 어떤 영상이 눈앞에 떠올랐다. 잿빛 하늘에 검정색으로 휘갈겨 쓴 듯한 글자와 새빨간 뭔가가 깜빡이는 장면이 보였다. 단어들이 내 앞으로 둥둥 떠왔다—검정색 배경에 흰색 글자였다. 그와 동시에 요란한 소음이 들리고 금속성 맛이 혀에 느껴졌다. 그리고 이런 온갖 영상들—영상이라기보다 영상의 흔적이나 쪼가리에 불과한 것들—이 그 이상한 '배터시'라는 말 주위로 모여드는 듯 보였다. 나는 그것들을 붙잡으려고, 더 선명하게 보이게 만들려고 해 보았지만 그것들은 마치 꿈처럼 희미해지다가 사라졌다.

하얀 십자가
앨버트로스가 남서쪽 홀에 온 해 다섯째 달의 서른째 날 기록

이 앞의 일지(9번 일지)를 살펴보면 내가 지난해 마지막 달과 올해 처음 한 달 반 동안 글을 아주 적게 썼다는 사실을 발견할 것이다(이런 일이 이따금 발생하는 이유는 아래 기록하려고 한다). 이 기간에 어떤 일이 벌어졌는데, 줄곧 그에 관해 쓰려고 생각하고 있었다. 그것을 지금 하겠다.

한겨울이었다. 눈이 계단마다 쌓였고, 현관에 놓인 조각상마다 눈으로 된 망토나 덮개, 모자를 썼다. 팔을 뻗은 조각상마다(그런 조각상이 많았다) 고드름 한 덩이가 매달린 검처럼 붙어 있었다. 마치 자라나는 깃털처럼 고드름이 일렬로 죽 매달려 있기도 했다.

내가 알면서도 매번 잊어버리고 마는 것이 하나 있다. 겨울이 힘들다는 것. 추위가 끝도 없이 이어지고 체온을 유지하려면 무진 애를 써야 한다. 매년 겨울이 다가오면 나는 연료로 쓸 마른 해조를 충분히 모았다고 자축하지만, 하루가 가고 한 주가 가고 한 달이 지날수록 정말 넉넉한지 점점 자신이 없어진다. 나는 옷을 최대한 많이 끼어 입는다. 금요일이 되면 남은 연료를 점검하고 봄까지 버티려면 하루에 얼마만큼 써도 되는지 계산한다.

지난해 열두째 달에 나머지 사람이 서서 의논하기에는 날이 너무 춥다고 말하면서 '위대하고 은밀한 지식'을 탐사하는 작업을 중단하고 모임을 취소했다. 나는 추워서 손가락이 곱았고, 그 때문에 필체가 나빠졌다. 결국은 일지 작성을 아예 그만둬 버렸다.

첫째 달 중반 즈음에 남쪽에서 웬 바람이 불어왔다. 바람은 며칠간 멈추지도 않고 계속 불었고, 나는 비록 불평하지 않으려고 애를 쓰기는 했지만 그것이 좀 골칫거리라는 느낌이 들었다. 바람 때문에 눈발이 홀에 내리꽂혔다. 북쪽 셋째 홀에 있는 내 잠자리에도 밤에 바람이 불었다. 현관에서는 윙윙거리며 바람이 불었고, 쌓인 눈이 작은 유령들처럼 공중을 떠돌아다녔다.

그렇다고 바람이 나쁘기만 한 것은 아니었다. 때로는 조각상 사이의 좁은 공간이나 틈 사이로 지나갔는데 그 덕분에 조각상들이 놀라운 방식으로 노래를 부르고 휘파람을 불었다. 조각상에 목소리가 있는 줄은 미처 몰랐기에 순전히 기뻐서 웃음이 터져 나왔다.

하루는 일찍 일어나서 마흔셋째 현관에 갔다. 내가 지나간 홀들은 잿빛으로 어둑어둑한 분위기를 자아냈다. 창문으로 빛이 겨우 비치는, 실제 빛이라기보다 빛이라는 개념이 들어오는 정도랄까.

그때 나는 식량으로도 쓰고 연료로도 쓰려고 해조를 모을 생각이었다. 보통 때라면 봄, 여름, 가을까지 기다렸다가 해조를 말려야 한다. 겨울은 너무 춥고 축축하니까. 하지만 해조를 어딘가에 매달아 놓을 수 있다면(문간 같은 곳에) 바람에 금방 마를 거라는 생각이 들었다. 유일한 문제는 해조가 날아가지 않도록 잘 고정해야 한다는 것이었다. 나는 세 가지 방법을 생각했고, 가장 효과적인 방법이 무엇인지 확인하려고 의욕에 차 있었다.

서쪽 열하나째 홀을 가로지르는데 바람이 체스판 위에 놓인 말처럼 나를 이쪽 포석에서 저쪽 포석으로 내동댕이쳤다(덕분에 나는 아주 독창적인 체스 전법을 선보였다!).

나는 마흔셋째 현관에서 계단을 따라 내려가 아래쪽 홀에 들어갔다. 그곳은 남서쪽 서른일곱째 홀 바로 아래에 있는 홀이었다. 바람이 일으키는 효과 중 하나는 평소보다 훨씬 높고 거친 만조와 반대로 평소보다 훨씬 낮은 간조를 몰고 온다는 점이었다. 마침 그때는 간조였고 바닷물이 한참 빠져나가서 홀에 물이 하나도 없었다(극히 드문 현상이었다). 홀에는 조수가 남긴 흔적이 여기저기 흩어져 있었다. 해조들이 작은 깃발처럼 바람에 흔들렸고, 조약돌, 불가사리, 조개껍질들이 굴러다니며 포석 위에서 달그락거렸다.

이른 시간으로, 여명이 비치기 시작한 지 얼마 안 되었을 때였다. 안뜰의 몇몇 창문에서 희뿌연 금빛 하늘이 반사되어 보였다. 내 앞에서는 회색빛의 어수선한 물결이 다음 홀로 이어지는 문에 부딪히고 있었다. 물결의 난폭함이 문틀의 엄격한 선에 대비되었다.

나는 몸을 숙여 차가운, 젖은 해조를 줍기 시작했다. 이렇게 단순한 작업조차도 바람 때문에 더 힘들었다. 같은 위치에 머무르는 데 막대한 에너지가 소비되었던 탓이다. 바람은 해조들을 흩날렸고, 내 손을 후려쳐서 시리고 따갑게 만들었다.

얼마 후 나는 허리를 폈다. 이번에도 나는 눈길을 들어 다음 홀로 이어지는 문을 바라보았다.

그때 환영이 보였다! 회색빛 파도 위 어둑어둑한 공중에 흰색의 빛나는 십자가가 걸려 있었던 것이다. 그것은 눈이 부시도록 하얬다. 그것은 그 뒤에 있는, 조각상들이 놓인 벽보다 훨씬 밝았다. 그것은 아름다운 장면이었지만 나는 그게 무엇인지 알 수 없었다. 그 다음 순간 모종의 계시가 왔다. 그것은 십자가가 아니라 커다랗고 하얀 물체였는데, 바람을 타고 내 쪽으로 빠르게 활공해 왔다.

도대체 무엇일까? 새인 것이 틀림없었으나 그렇게 멀리서도 볼 수 있을 정도라면 내가 아는 새들보다 훨씬 더 큰 새일 것이었다. 새는 계속 날아 내 쪽으로 곧장 다가왔다. 나는 펼쳐진 새의 날개에 화답해, 마치 끌어안기라도 할 것처럼 팔을 벌렸다. 나는 큰 소리로 외쳤다.

"어서 와! 어서 와! 어서 와!"

하지만 바람 때문에 숨이 멎어 입 밖으로 나온 소리는 고작 이것이었다.

"와! 와! 와!"

새는 들썩이는 파도 위를 항해하듯 날며 날갯짓 한번 하지 않았다. 아주 능란하게 몸을 살짝 옆으로 기울여, 우리 둘 사이에 있는 문을 통과했다. 날개폭이 문의 너비보다도 더 넓었던 것이다. 나는 그것이 무슨 새인지 알았다! 앨버트로스였다!

새는 여전히 비행을 계속해 내 쪽으로 날아왔고, 순간 아주 기이한 생각이 떠올랐다. 어쩌면 앨버트로스와 나는 하나로 합쳐져서 전혀 다른 존재로 탈바꿈할 운명일지 모른다. 천사로! 이런 생각에 나는 흥분되기도 하고 동시에 두렵기도 했지만 여전히 양팔을 벌린 채로 앨버트로스가 나는 모습을 흉내 내며 서 있었다(나는 남서쪽 둘째 홀로 천사의 날개를 펼친 채 날아 들어가 나머지 사람에게 평화와 기쁨의 메시지를 전한다면 그가 얼마나 놀랄지 생각했다). 심장이 빠르게 뛰었다.

앨버트로스가 내게 다가왔을 때—우리가 행성들처럼 충돌하여 하나가 되리라고 생각한 순간—나는 숨을 헐떡이듯 "아아아아!" 하고 외쳤다. 바로 그 순간 나는 내 안에 쌓인 긴장감이, 그때까지 내 안에 쌓여 있는 줄도 몰랐던 긴장감이 내게서 빠져나가는 것을 느꼈다. 거대한 흰색 날개가 내 위를 지나갔다. 나는 그 날개에 실려 온 공기를 몸으로 느끼고 냄새를 맡았다. 내가 결코 볼 수 없을 홀들을 통과해 어마어마한 거리를 방랑한, 머나먼 어딘가의 조수와 바람의 짭짤하고 톡 쏘는 거친 냄새.

마지막 순간에 앨버트로스는 내 왼쪽 어깨 위로 휭 하고 날아갔다. 나는 바닥에 쓰러졌다. 앨버트로스는 광적으로, 공황에 빠진 것처럼 날개를 펄럭거리며 분홍색의 가느다란 두 다리를 뻗어 볼품없게 노면에 털썩 하고 떨어져 내렸다. 공중에서는 기적과도 같은 존재, 천상의 존재였으나 바닥에 깔린 포석 위에 있으니 속세의 다른 존재들처럼 창피하고 서투른 모습에서 자유롭지 못했다.

우리는 몸을 일으켰다. 마른 포석 위에 있으니 앨버트로스는 훨씬 더 커 보였다. 머리가 거의 내 흉골과 비슷한 높이였다.

"만나서 정말 반갑다. 어서 와. 나는 이 홀들에 거주하는 사람이야. 거주자 중 한 명이지. 한 사람 더 있는데, 그 사람은 새를 좋아하지 않으니까 아마 만날 일이 없을 거야."

내가 말했다. 앨버트로스는 날개를 활짝 펴고 천장을 향해 목을 길게 뺐다. 목을 울리고 딱딱 부딪히는 듯한 소리를 냈는데, 나는 이것을 앨버트로스가 인사하는 방식이라고 받아들였다. 날개 바깥쪽은 짙은 색, 거의 검은색에 가까웠고 양쪽에 별 모양이 하나씩 있었다.

나는 다시 해조 줍는 일로 돌아갔다. 앨버트로스는 홀 안을 걸어 다녔다. 회색이 감도는 분홍빛 발이 포석에 닿을 때 철벅거리는 소리가 크게 들렸다. 새는 한 번씩 내가 하는 행동이 재미있다는 듯이 뭘 하는지 와서 보았다.

다음 날에도 나는 그곳에 갔다. 앨버트로스는 계단을 올라가 마흔셋째 현관을 살펴보고 있었다. 그러나 그것이 다가 아니었다. 내가 얼마나 기뻤을지 상상이 될지 모르겠다. 현관에 앨버트로스 두 마리가 있는 모습을 보았을 때 말이다! 새의 아내가 합류한 것이다!(어쩌면 처음에 온 앨버트로스가 암컷이고 나중에 온 친구가 남편일지도 모른다. 나는 이 부분을 확실하게 알 만큼 정보가 충분하지 않았다) 새로 온 앨버트로스는 날개 바깥쪽에 다른 무늬가 있었다. 마치 은색 빗방울이 떨어지는 것 같은 흰색 점들이 수놓아져 있었다. 두 앨버트로스는 날개를 펼치기도 하고, 같이 춤을 추며 돌기도 하고, 부리를 위로 올리고 즐거운 듯이 높고 새된 소리를 내기도 했으며, 긴 분홍색 부리를 서로 가볍게 부딪히며 기쁨을 표시하기도 했다.

며칠 뒤 나는 또 새들에게 찾아갔다. 이번에 새들은 좀 조용해 보였고, 실망과 낙담의 분위기가 느껴졌다. 내가 수컷이라고 생각한 앨버트로스(날개에 별 모양이 있는)가 그사이 아래쪽 홀에서 해조를 꽤 많이 가지고 왔다. 그 친구는 부리로 해조 덩어리를 집어 큰 무더기가 되도록 쌓아올렸다. 얼마 지나지 않아 친구는 모양이 마음에 들지 않는지 해조 뭉치를 가지고 가서 다른 곳에 새로 쌓기 시작했다. 아마 이런 행동을 열 번은 했을 것이다. 내가 말했다.

"네 문제가 뭔지 알 것 같아. 너는 둥지를 지으려고 여기 온 거야. 그런데 필요한 재료를 찾을 수가 없는 거지. 있는 거라고는 차갑고 젖은 해조뿐인데, 마른 게 있어야 아늑한 둥지를 만들어 알을 낳을 테니까. 걱정 마. 내가 도와줄게. 나한테 마른 해조가 좀 있거든. 비조류로서 얘기하는데, 내 생각에 그거라면 건축 재료로 아주 잘 맞을 거야. 가서 당장 가져올게."

날개에 별 무늬가 있는 앨버트로스는 날개를 펼치고 목을 늘였다. 부리를 위로 올리더니 딱딱거리는 부딪히는 소리를 요란하게 냈다. 나는 이것이 열의를 표현하는 것이라고 여겼다.

나는 북쪽 셋째 홀로 돌아갔다. 거기에서 두툼한 플라스틱으로 낚시 그물을 짰다. 그 안에 거대한 새 두 마리가 쓰기에 알맞겠다고 생각하는 양의 재료를 넣었다. 약 사흘 치 연료였다. 이것은 사소한 양이 아니었고, 나는 이것을 줘 버린 탓에 더 춥게 지낼지도 모른다는 걸 알았다. 그러나 세상에 앨버트로스가 하나 더 생긴다면 며칠 더 춥게 지내는 것이 무슨 대수이겠는가? 나는 해조 더미 위에 두 가지를 추가했다. 예전에 발견했는데 그저 마음에 든다는 이유로 모아 두었던 깨끗한 흰색 깃털들 그리고 구멍이 너무 많이 나서 의복으로는 거의 쓸모가 없지만 귀중한 알 아래에 깔아 주는 데는 그럭저럭 쓸 만할지 모르는 양털 스웨터였다.

나는 낚시 그물을 마흔셋째 현관으로 끌고 갔다. 수컷 앨버트로스는 곧바로 내용물에 관심을 보였다. 그러고는 마른 해조를 부리로 한 뭉치 물고서 다른 곳에 둥지를 만들기 시작했다.

얼마 후 두 앨버트로스는 바닥 지름이 약 일 미터 정도 되는 커다란 둥지를 만들더니 그 안에 알을 낳았다. 둘은 훌륭한 부모이다. 그때도 알에 헌신적이었고, 지금도 새끼를 둘이 똑같이 부지런히 돌본다. 새끼는 천천히 자라고, 털이 나려는 기미는 아직 보이지 않는다.

나는 올해를 앨버트로스가 남서쪽 홀에 온 해라고 이름 붙였다.

새들이 서쪽 여섯째 홀에 조용히 앉아 있다
앨버트로스가 남서쪽 홀에 온 해 다섯째 달의 서른하나째 날 기록

북동쪽 스무째와 스물하나째 홀의 천장들이 두 해 전에 무너진 뒤로 이 구역의 날씨가 변했다. 구름이 무너진 천장 틈으로 떠내려가 평소에는 가지 않는 중간 홀들로 들어간다. 그 때문에 세상이 싸늘해지고 잿빛으로 변한다.

오늘 아침에 깨어나니 추워서 오들오들 떨렸다. 구름 한 덩이가 내 잠자리가 있는 북쪽 셋째 홀로 침투해 온 것이었다. 홀의 조각상들이 하얀 안개 위에 그려진 섬세하고 하얀 이미지가 되었다.

나는 재빨리 일어나서 하루 일과를 시작했다. 아홉째 현관에 가서 해조를 주웠고 영양이 풍부한 따뜻한 수프를 아침으로 만들어 먹었다. 그런 다음 조각상 목록 작업을 계속하려고 남서쪽 셋째 홀로 향했다.

집은 기이할 정도로 고요했다. 새 한 마리 날지 않았고 새 한 마리 울지 않았다. 다들 어디로 간 것인가? 구름이 출몰하는 세상을 새들도 나만큼이나 갑갑하다고 느낀 모양이었다. 서쪽 여섯째 홀에서 마침내 나는 새들을 찾았다. 새들은 그곳에 모여 조각상들의 어깨며 머리, 주추, 기둥에 조용히 앉아, 기다리고 있었다.

물에 잠긴 홀

앨버트로스가 남서쪽 홀에 온 해 여섯째 달의 여덟째 날 기록

집에서 첫째 현관의 동쪽은 황폐하다. 위쪽 홀들에 있던 석재와 석상들이 무너진 바닥을 통과해 중간 홀과 아래쪽 홀로 떨어지는 바람에 문들이 막혀 버렸다. 그 때문에 조수가 침투할 수 없는 면적이 아마 마흔 개에서 쉰 개 홀 정도 될 것이다. 그 홀들은 시간이 흐르면서 바닷물이 빠져나가고 빗물이 고여 담수호처럼 짙은 빛깔의 잔잔한 물이 되었다. 창문들이 반쯤 물에 잠기거나 위에서 떨어진 돌에 막혀 있어, 그곳들은 어둑하고 그늘져 보인다. 조수가 들어오지 않으니 유난히 조용하다.

이곳이 물에 잠긴 홀들이다.

이곳의 가장자리는 물이 얕고 차분하며 수련으로 덮여 있으나 가운데로 갈수록 수심이 깊을 뿐 아니라 깨진 돌과 잠긴 조각상 때문에 위험하다. 물에 잠긴 홀들은 대부분 출입이 불가능하지만 몇몇 홀은 위쪽에서 들어갈 수 있다.

이곳에는 고수머리와 턱수염이 있는 거대한 인간 조각상들이 있는데, 하나같이 시커먼 물 위로 상체를 뻗으면서 벽에 갇힌 상태에서 벗어나려고 몸부림치는 모습을 하고 있다. 특히 그중 하나는 상체를 얼마나 내뻗있는지 근육질의 넓은 등이 수면 위로 일 미터쯤 되는 높이에 거의 수평으로 지지대를 형성하여,

낚시하기에 탁월한 장소가 되었다.

낚시하기에는 밤이 제일이다. 물고기들이 밝은 달빛에 이끌려 장난하느라 눈에 잘 띄기 때문에.

동쪽 열아홉 번째 홀 위에 떠 있는 구름
앨버트로스가 남서쪽 홀에 온 해 여섯째 달의 열째 날 기록

예전에 나는 무서운 마음에 조수가 오는 곳 너무 가까이에서 지내지 않으려고 했다. 밀물이 밀려올 때 우르릉거리는 천둥소리가 들리면 나는 달려가 몸을 숨겼다. 무지했던 나는 물에 휩쓸려 익사할까 두려웠다.

나는 가급적이면 조각상들이 넝마 같은 해조로 덮여 있지 않거나 조개껍질을 갑옷처럼 두르지 않은 건조한 홀들, 공기에 조수의 냄새가 배어 있지 않은 곳에 머물렀다. 바꿔 말해, 최근에 침수된 적이 없는 홀들 말이다. 물은 문제가 아니었다. 홀에는 대부분 위에서 떨어진 담수가 있으니까(때로는 수 세기 동안 물이 떨어져서 조각상이 거의 이등분된 모습도 볼 수 있다). 식량은 또 다른 문제였다. 먹을 것을 구하려면 조수에 감연히 대면해야 했다. 나는 현관으로 가서 계단을 따라 아래쪽 홀로, 대양의 테두리로 내려갔다. 그러나 파도의 물살에 겁이 났다.

그때에도 나는 조수가 무작위로 오고 가지 않는다는 점을 알았다. 만약 그것을 기록하고 정리할 수 있다면 언제 나타날지 예측할 수 있을지도 모른다는 사실을 이해했다. 그것이 '표'가 만들어지게 된 출발점이었다. 그러나 나는 조수가 어떻게 움직이는지 몇 가지는 파악했어도 그 본질은 이해하지 못했다. 나는 어느 한 조수나 또 다른 조수가 다 그게 그것이라고 생각했다. 한번은 어떤 조수가 들어올 때 맞으러 갔다가, 물고기와 해조가 잔뜩 있으리라 기대했는데 그저 맑고 투명하고 텅 빈 물뿐이어서 깜짝 놀란 적도 있다.

나는 자주 배가 고팠다.

두려움과 굶주림에 몰려서 나는 집을 탐사하기에 이르렀고 물에 잠긴 홀들에 물고기가 풍부하다는 사실을 발견했다. 그곳은 물이 잔잔해서 나도 그리 무섭지 않았다. 다만 어려운 점은 물에 잠긴 홀들이 어느 방향이든 황폐해진 상태였다는 것이다. 그곳에 가려면 하는 수 없이 위쪽 홀들로 올라간 다음, 바닥이 크게 갈라지고 벌어진 틈으로 잔해를 따라 내려가야 했다.

한번은 이틀 동안 먹지 못하자 나는 식량을 구하려고 물에 잠긴 홀에 가기로 결심했다. 나는 위쪽 홀들로 올라갔다. 쇠약해진 상태에서는 쉬운 일이 아니었다. 계단은 제각각 크기가 다르기는 하지만 대체로 집의 나머지 부분들과 마찬가지로 웅장한 규모로 만들어졌고 내가 편하게 느끼는 높이보다 거의 두 배는 높았다(마치 신께서 애초에 거인들이 살 곳으로 이 집을 만들었다가 알 수 없는 이유로 생각을 바꾸신 것 같다).

나는 위쪽 홀들 중 하나, 동쪽 열아홉째 홀 바로 위에 있는 홀로 들어갔다. 거기서부터 물에 잠긴 홀로 내려가려고 했는데, 실망스럽게도 홀에 구름이 가득했다. 잿빛의, 싸늘하게 젖은 담요 같았다.

그때 나는 일지를 가지고 있었다. 일지를 뒤적여 보니, 전에 한 번 그 부근에 간 적이 있었고, 그 다음 홀, 그러니까 동쪽 스무째 홀의 바로 위쪽 홀에 관해 소상하게 기록도 해 두었다는 것을 알게 되었다. 그때 나는 조각상들의 모습과 상태를 묘사하고 심지어 그중 하나는 스케치도 해 두었다. 하지만 지금 이 홀─구름으로 가득한, 지금 내가 문턱에 서 있는 이 홀에 관해서는 아무것도 적어 두지 않았다.

지금이라면 제대로 앞을 볼 수도 없고 기록도 남기지 않은 곳을 통과해 여행하는 행동을 미친 짓이라고 여기겠지만, 요즘은 그때만큼 배가 고파지도록 가만히 있지도 않는다.

서로 가까이에 있는 홀들은 대개 몇 가지 특징을 공유한다. 내 뒤쪽에 있는 홀이 길이가 약 200미터에 폭이 약 120미터였으니, 아마 내 앞에 있는 홀도 같은 크기일 가능성이 많았다. 그 정도면 지나가기에 불가능한 거리는 아닌 것 같았다. 나는 그보다 조각상들이 더 염려되었다. 짐작하건대 이곳의 조각상들은 인간상이나 반인상으로, 내 키의 두세 배는 되었고 모두 과격한 행위의 한가운데에 있는 모습이었다. 싸우는 남자들, 켄타우로스나 사티로스에게 잡혀가는 여자들과 남자들, 사람들을 찢어 발기는 문어들. 집의 다른 지역에 있는 조각상들은 거의 표정에서 기쁨이나 평온함, 냉정하면서도 차분한 분위기를 풍겼는데, 여기에 있는 얼굴들은 격노나 비통으로 비명을 지르듯 뒤틀려 있었다.

나는 조심스럽게 가기로 결심했다. 뻗어 나온 대리석 팔다리에 부닥치는 것은 괴로운 일이다.

나는 구름 속으로 들어가서 홀의 북쪽 면을 따라 천천히 이동했다. 조각상이 엷은 구름 속에서 하나하나 모습을 드러냈다. 조각상들이 벽을 빼곡하게 채웠을 뿐 아니라 하도 고통스럽게 일그러져 있어서, 팔과 몸통으로 조성된 넓은 숲의 나뭇가지들 밑을 걸어가는 느낌이었다.

조각상 하나가 벽에서 떨어져서 바닥에 산산이 흩어져 있었다. 나는 이것을 경고로 받아들였어야 했다.

나는 어떤 조각상이 벽에서 한껏 몸을 내밀고 있는 장소에 이르렀다. 그것은 한 남자의 조각이었는데, 커다란 몸통을 뒤로 젖혀 노면 위로 뻗었고 양팔은 머리 위로 들어 올려 자기를 짓밟는 켄타우루스를 막고 있었다. 넓은 손바닥은 위를 향했고 손가락은 고통에 차 구부러져 있었다. 나는 벽에서 한 걸음 떨어

져 그를 빙 돌아서 가려고 하는데, 바로 그 순간 발에…,

아무것도 느껴지지 않았다.

바닥이 없었다!

발밑에 포석이 없었던 것이다!

난 떨어지고 있었다!

나는 공포에 휩싸여 벽 쪽으로 몸을 날렸다. 그 순간 낙하가 멈췄다! 나는 공중에 걸쳐진 채로 너무 두려운 나머지 꼼짝도 하지 못했고, 머릿속은 두려움과 충격으로 마비되고 말았다. 무슨 기적인지 나는 짓밟힌 남자의 두 손에 떨어진 상태였다. 그 손은 젖어서 물이 똑똑 흘러내렸고 무시무시하게 미끄러웠다. 내가 아주 조금만 움직여도 그가 나를 놓쳐서 허공으로 떨어뜨릴 것만 같았다. 나는 두려움에 울먹이면서도 원자 하나하나에 깃든 온 힘을 동원해 짓밟힌 남자에게 매달린 채, 아주 조금씩 그의 팔을 타고 내려가 머리로 갔고, 거기서 가슴으로 그리고 다시 무릎까지 가서 두 무릎 사이에 몸을 끼워 넣었다. 그를 공격하는 켄타우로스의 몸이 내 머리 위로 이삼 센티미터 떨어진 곳에서 일종의 천장을 형성하고 있었다. 구름이 너무 짙어서 나는 바닥이 얼마나 떨어져 있는지 볼 수 없었다.

나는 그곳에서 낮과 밤을 보냈고, 굶주림과 추위에 거의 죽은 상태나 다름없었지만 그럼에도 나를 구해 준 짓밟힌 남자에게 깊이 감사했다. 아침이 되자 바람이 불어와 구름을 서쪽으로 날려 버렸다. 바닥에 뚫린 커다란 틈으로 아래쪽을 내려다보니 물에 잠긴 홀의 잔잔한 수면은 아찔할 정도로—30미터는 되는—멀리 있었다.

대화

앨버트로스가 남서쪽 홀에 온 해 여섯째 달의 열하나째 날 기록

나머지 사람과 규칙적으로 만나고 죽은 자들을 만나 고요함 속에서 위로를 느끼는 것 외에도, 내게는 새들이 있다. 새들은 이해하기가 어렵지 않다. 행동을 보면 새들이 무슨 생각을 하는지 알 수 있다. 대개 이런 식이다.

'이거 먹는 거야? 이건? 이건 어때? 이거 먹는 건지도 몰라. 거의 확실해.'

아니면 이따금은 이런 식.

'비 와. 맘에 안 들어.'

이웃 간에 주고받는 대화로는 충분하지만 이런 논평은 넓거나 깊은 지성을 암시하지는 않는다. 하지만 나는 겉보기보다 새들이 더 현명할지도 모른다는 생각이 들었다. 간접적이고 간헐적으로만 드러나는 종류의 현명함.

팔월의 어느 저녁에 나는 열일곱째 현관을 통과하려는 생각으로 남동쪽 열두째 홀의 문에 도착했다. 가 보니 안으로 들어갈 수가 없었다. 현관이 새로 가득했고, 심지어 모든 새들이 날고 있었기 때문이다. 새들은 빙글빙글 나선형으로 소용돌이치듯 돌며 춤을 추었다. 마치 연기 기둥처럼 현관을 가득 채우면서, 어떤 곳에서는 더 빽빽해져 짙은 빛깔이 되었고 어떤 곳에서는 듬성해져 옅은 빛깔이 되었다. 나는 몇 번인가 이 춤사위를 목격한 적이 있는데 언제나 한 해의 후반부에, 그것도 저녁에 보았다.

또 한번은 아홉째 현관에 들어갔다가 그곳이 작은 새로 가득차 있는 것을 발견했다. 서로 다른 종류의 새들이 있었지만 대부분은 참새였다. 내가 현관 안으로 몇 발자국 내딛지 않았을 때 커다란 무리가 공중으로 날아올랐다. 새들은 한 덩어리로 동쪽 벽으로 휙 하고 날아가더니 남쪽 벽으로 다시 휙 하고 날아갔고, 그러고 나서는 방향을 틀어 느슨한 나선형으로 내 주변을 선회했다.

"잘 잤어? 잘들 지내겠지?"

내가 말했다. 새들은 대부분 여기저기로 흩어져 내려앉았지만 몇몇은—많게는 열 마리 정도—북서쪽 구석에 있는 정원사 조각상으로 날아갔다. 새들은 거기에 삼십 초 정도 머무르다가, 이번에도 다 같이 서쪽 벽에 있는 더 높은 곳의 조각상으로 날아올랐다. 벌통을 든 여인 조각이었다. 새들은 벌통을 든 여인 조각상에 일 분 정도 앉아 있다가 다시 날아갔다.

나는 현관에 있는 천여 개의 조각상 중에 이 작은 새들이 어째서 그 두 개를 골라서 앉았는지 궁금했다. 그때 떠오른 생각은—그냥 지나치는 생각에 불과했다—그 두 조각상이 근면함을 나타낸다고 볼 수도 있겠다는 것이었다. 정원사는 늙고 허리가 굽었으나, 자기 정원을 충실하게 보살핀다. 여인은 양봉 일을 계속하고, 여인이 든 벌통에도 임무를 끈기 있게 수행하는 벌이 가득하다. 새들이 나더러 부지런해지라고 한 것일까? 그럴 것 같지는 않았다. 게다가 나는 이미 부지런했다! 그때 나는 낚시를 하러 여덟째 홀에 가는 길이었다. 낚시 그물을 어깨에 지고, 낡은 양동이로 만든 바닷가재 덫을 들고 있었다.

새들의 경고는—그게 만약 경고였다면—언뜻 생각하면 터무니없었지만, 나는 그럼에도 이 특이한 추론을 따라가면 어디에 도달하게 될지 알아보기로 했다. 그날 나는 물고기 일곱 마리와 바닷가재 네 마리를 잡았다. 나는 한 마리도 놓아주지 않았다.

그날 밤 서쪽에서 불어온 바람이 예상치 못한 폭풍을 몰고 왔다. 물결이 거칠어졌고 물고기들도 평소 머무르던 홀에서 멀리 밀려나 바다로 쫓겨났다. 그 후로 이틀간 물고기가 한 마리도 없었다. 새들의 경고에 주의하지 않았더라면 나는 먹을 것이 거의 없었을 터였다.

이 일을 겪고 나서 나는 한 가지 가설을 세웠다. 어쩌면 새들의 현명함은 각각의 새에 있는 것이 아니라, 무리에, 집단에 있는지도 모른다고 말이다. 나는 이 가설을 시험해 볼 방법을 생각해 내려고 했다. 내가 보기에 문제는 그런 사건이 언제 일어날지 미리 알 도리가 없다는 사실이었다. 따라서 취할 수 있는 다른 방법은 몇 달 동안—몇 년이 되기가 더 쉽겠지만—주의 깊게 관찰하고 꼼꼼하게 기록하는 것뿐이다. 안타깝게도 당장은 나머지 사람과 하는 일(물론 이것은 위대하고 은밀한 지식 탐색을 가리킨다)이 시간을 엄청나게 잡아먹기 때문에 그럴 수가 없다.

그렇지만 이 가설을 염두에 둔 채로, 오늘 아침에 일어난 일을 여기에 기록한다.

내가 북동쪽 둘째 홀에 들어갔는데, 그곳은 아홉째 현관에 들어갔을 때 그랬듯이 서로 다른 종류의 작은 새들이 가득 차 있었다. 나는 기분 좋게 "잘 잤니!" 하고 인사했다.

그 즉시 스무 마리쯤 되는 새가 북쪽 벽으로 황급히 날아가더니 높이 있는 조각상들 위에 앉았다. 그러고는 서쪽 벽으로 횡하고 날아갔다.

나는 새들이 지난번에도 메시지를 전하기 전에 일종의 머리말로서 이런 행동을 했다는 것을 떠올렸다.

"나 집중하고 있어! 하고 싶은 말이 뭐야?"

내가 외쳤다. 나는 새들이 하는 행동을 아주 주의 깊게 지켜보았다. 새들은 두 무리로 나뉘었다. 한 무리는 트럼펫을 부는 천사 조각상으로 날아갔고, 다른 무리는 낮은 파도 위를 항해하는 배 조각상으로 날아갔다.

"트럼펫을 부는 천사와 배라. 그렇군."

내가 말했다. 그러고 나서 첫 무리는 커다란 책을 읽고 있는 남자의 조각상으로, 다른 무리는 커다란 접시 혹은 방패를 보여주는 여자의 조각상으로 이동했다. 방패 위에는 구름 형상이 있었다.

"책과 구름이라. 그래."

마지막으로 첫 무리는 고개를 숙여 손에 든 꽃을 바라보는 어린아이 조각상으로 날아갔다. 아이의 머리칼이 얼마나 곱슬곱슬한지 그 자체로 꽃잎 같았다. 다른 무리는 생쥐 떼가 곡식 한 부대를 게걸스럽게 먹고 있는 조각상으로 날아갔다.

"어린애랑 생쥐라고. 좋아. 알겠어."

새들은 이제 각기 다른 곳으로 흩어졌다.

"고맙다! 고마워!"

내가 외쳤다. 내 가설이 옳다면 이것은 분명 새들이 내게 건넨 가장 복잡한 전언이다. 이게 무슨 뜻일까? '트럼펫을 든 천사와 배.' 트럼펫을 부는 천사는 메시지를 암시한다. 기쁜 소식? 그럴지도. 하지만 천사는 심각하거나 엄숙한 메시지를 전할 수도 있다. 따라서 그것이 좋은 소식인지 나쁜 소식인지는 여전히 불확실하다. 배는 먼 거리를 이동하는 것을 암시한다. '멀리에서 온 소식'이라.

'책과 구름.' 책에는 글이 담겨 있다. 구름은 그곳에 있는 뭔가를 보이지 않게 가린다. '왠지 모르게 모호한 글.'

'어린애와 생쥐들.' 아이는 순수함을 나타낸다. 생쥐는 곡식을 게걸스럽게 먹고 있다. 조금씩 곡식이 줄어든다. '점점 닳아 없어지는 혹은 침범되는 순수함.'

자 이것이, 내가 아는 한, 새들이 내게 전한 말이다. '멀리에서 온 메시지. 모호한 글. 침범당한 순수성.'

흥미롭다.

얼마 동안―이를테면 몇 달 정도―묵혀 두었다가 이 메시지를 다시 살펴보면서 그 사이에 일어난 사건들이 해석에 뭔가 도움이 되는지(혹은 반대인지) 알아볼 작정이다.

애디 도마러스
앨버트로스가 남서쪽 홀에 온 해 여섯째 달의 열다섯째 날 기록

오늘 아침에 남서쪽 둘째 홀에서 나머지 사람이 말했다.

"오늘은 의식을 거행할 텐데, 자네가 여기 있고 싶지 않을 수도 있겠다는 생각이 드는군."

의식이란 예법에 따라 시행하는 마법인데, 나머지 사람은 그 방법으로 위대하고 은밀한 지식이 이 세상 어디에 붙잡혀 있든 거기서 풀려나 우리에게 오게 하려는 생각이다. 이제까지 우리는 의식을 네 번 거행했고 매번 조금씩 형식을 바꾸었다.

"몇몇 부분을 손봤는데 어떻게 들리는지 알고 싶거든. 말하자면 '현장'에서 말이지."

"도와드릴게요."

내가 의욕에 차서 말했다.

"좋아. 대신 너무 떠들면 안 되네. 집중해야 하거든. 맑은 정신으로."

"물론이죠."

내가 말했다. 오늘 나머지 사람은 어둡지도 밝지도 않은 회색 정장에 흰색 셔츠를 받쳐 입고 검은 신발을 신었다. 그는 반들거리는 기기를 빈 주추에 올려놓았다.

"이번 의식은 소환 작업인데 그걸 하려면 예지자가 동쪽을 향해야 하네. 어느 쪽이 동쪽이지?"

나는 동쪽을 가리켰다.

"그렇군."

그가 말했다.

"저는 어디에 설까요?"

"내키는 대로 하게. 상관없으니까."

나는 나머지 사람이 서 있는 곳에서 남쪽으로 2미터 떨어진 곳으로 물러서서 북쪽, 그러니까 나머지 사람 쪽을 향해 섰다. 의식에 관해서는 통찰도 지식도 없지만, 나는 이것이 의식에 부차적인 조수이자 '신비를 해석하는 자'와 연결된 사람에게 적당한 자리인 것 같았다.

"저는 뭘 해야 되죠?"

내가 물었다.

"아무것도. 그냥 내가 말한 대로 조용히만 하게."

"제 영혼의 힘을 빌려 드리는 데 집중할게요."

내가 말했다.

"그래. 좋아. 그렇게 하게."

그는 잠시 반들거리는 기기를 보며 뭔가를 확인했다.

"좋아. 의식의 첫 부분에 손을 가장 많이 댔네. 이제까지는 그저 지식을 부르면서 나에게 와서 들어오라고 요청했지. 그 방법이 아무 효과가 없는 것 같아서 이번에는 애디 도마러스의 영혼을 소환하려고 하네."

"애디 도마러스가 누군데요?"

내가 물었다.

"왕이네. 오래전에 죽은 왕. 그 지식을 알던 사람이지. 어차피 일부분에 불과했지만. 나는 다른 의식에서 그를 부르는 데 성공한 적이 몇 번 있네. 특히….."

나머지 사람은 갑자기 말을 멈추더니 잠시 혼란스러워하는 듯 보였다.

"아무튼, 전에 불러낸 적이 있네."

그는 말을 맺었다. 나머지 사람은 신비를 해석하는 자의 장엄한 자세를 취했다. 척추를 곧게 펴고 어깨를 뒤로 젖히더니 고개를 위로 들었다. 그를 보니 남쪽 열아홉째 홀에 있는 고대 대사제 조각상이 떠올랐다. 나는 불현듯 그가 한 말의 의미를 파악했다.

"아!"

내가 외쳤다.

"죽은 자의 이름을 안다고 하신 적은 없잖아요! 그중 누군지 아세요? 알면 제발 말해 주세요! 먹고 마실 걸 가져다줄 때 이름을 불러 주고 싶단 말이에요!"

나머지 사람은 하던 행동을 멈추고 인상을 찌푸렸다.

"뭐라고?"

"죽은 자들이요. 그들 중 한 사람의 이름을 정말 안다면, 그중 누구의 이름인지 제발 좀 알려 주세요."

내가 열의에 차서 말했다.

"미안한데, 이해가 안 가는군. 누구들 중의 뭐라고?"

"옛날에, 죽은 자들 중에 그 지식을 알던 사람이 있었다고 하셨잖아요. 그러다가 잊어버렸다고요. 그러니까 저는 그게 그들 중 누군지 알고 싶다는 얘기예요. 비스킷 깡통 사나이인가요? 숨겨진 사람? 아니면 알코브 사람들 중 하나인가요?"

나머지 사람은 멍한 눈으로 나를 쳐다보았다.

"비스킷 깡통이라니…, 무슨 소리를 하는 건가? 아, 잠깐. 자네가 발견한 그 해골들 이야기인가? 아니. 아니, 아니, 아니, 아니. 그 사람들은…, 그게 아니라…, 아, 빌어먹을! 내가 집중해야 한다고 하지 않았나? 말하지 않았냐고? 꼭 지금 이 얘기를 해야 하나? 의식을 거행하려고 하고 있잖나."

나는 즉각 부끄러움을 느꼈다. 나머지 사람의 중요한 일을 방해하고 있었던 것이다.

"네, 물론이죠."

내가 말했다.

"상관도 없는 질문에 대답할 시간은 없네."

그가 쏘아붙였다.

"죄송해요."

"그냥 조용히만 해 주면 정말 좋겠군."

"그럴게요. 약속드려요."

"그래. 좋아. 괜찮아. 어디까지 했더라?"

나머지 사람이 말했다. 그는 심호흡을 한 번 하더니 다시 몸을 곧추세우고 고개를 뒤로 젖혔다. 양팔을 들어 울려 퍼지는 목소리로 애디 도마러스를 몇 가지 다른 방식으로 몇 차례에 걸쳐 "오시오! 오시오!" 하고 불렀다.

주위가 고요해지자 그는 천천히 양팔을 내린 다음 긴장을 풀었다.

"좋아. 다음에 실제로 할 때는 화로라도 가져다 놓아야겠군. 향이라도 피우게. 두고 보세. 주문을 외운 뒤에는 열거하는 거네. 내가 바라는 능력들을 나열하는 거지. 죽음을 정복하는 능력, 열등한 자들의 마음에 침투하는 능력, 투명해지는 능력 등등. 각각의 능력을 시각화하는 게 중요하니까, 그것들을 말하면서 나는 내가 영원히 사는 모습을 상상하고, 타인의 마음을 읽는 모습을 상상하고, 보이지 않게 되는 모습을 상상하네."

나는 예의 바르게 손을 들었다. 또 상관도 없는 질문을 한다고 질책 받고 싶지는 않았다.

"뭐지?"

그가 날카롭게 물었다.

"저도 그렇게 해야 하나요?"

"그래. 내킨다면."

나머지 사람은 아까처럼 울려 퍼지는 목소리로 '지식'이 전수하는 능력의 목록을 암송했고, 그가 "하늘을 나는 비행 능력을 말하노라!" 하고 읊조릴 때 나는 물수리로 둔갑해 차오르는 물결 위로 다른 물수리들과 함께 나는 모습을 떠올렸다(나머지 사람이 말한 모든 능력 가운데 이것이 내가 좋아하는 힘이다. 다 털어

73

놓고 말하자면 나는 나머지 능력에는 대체로 관심이 없다. 투명해지는 능력이 내게 무슨 소용이 있겠는가? 일 년 내내 새들을 빼면 여기서 나를 볼 사람은 아무도 없다. 그렇다고 영원히 살고 싶은 욕심도 없다. 집은 새들에게 일정한 수명을 정해 주고, 사람에게도 적당한 수명을 정해 준다. 거기에 나는 만족한다).

나머지 사람이 목록을 다 외웠다. 나는 그가 막 거행한 부분에 관해 생각하고 있다는 것을 그리고 거기에 만족하지 못하고 있다는 것을 알 수 있었다. 그는 찡그린 표정을 지으며, 먼 곳을 보고 있었다.

"이걸 어떤, 모종의 에너지에, 뭔가 생명력이 있고 살아 있는 무언가에게 요청해야 할 것 같은데. 내가 바라는 것이 힘이니까, 이미 힘이 있는 무언가에게 말을 건네야 할 거라는 얘기지. 말이 되는 것 같나?"

"그러네요."

내가 말했다.

"헌데 여기엔 힘이 있는 게 하나도 없어. 살아 있는 것조차 아무것도 없잖나. 그냥 다 똑같은 황량한 방들이 끝도 없이 늘어서 있고 새똥으로 뒤덮여 부식되고 있는 조각상들만 가득하니."

그는 불만스러운 듯 입을 다물었다. 오래전부터 나는 나머지 사람이 나처럼 집을 공경하지 않는다는 사실을 알고 있었지만, 그가 이런 식으로 말할 때면 여전히 충격을 받는다. 어떻게 그처럼 지적인 사람이 집에 살아 있는 것이 아무것도 없다고 말할 수 있을까? 아래쪽 홀은 해양 동물과 식물로 가득하고 그중에는 매우 아름답고 기이한 것도 많다. 조수들만 해도 움직임과 힘으로 가득해서, 엄밀히 말해 살아 있다고는 못하더라도 그렇다고 죽었다고도 할 수 없다. 중간 홀에는 새들과 사람들도 있다. (그가 불평하는) 배설물은 생명의 흔적이다! 더구나 홀이 다 똑같다는 말은 틀렸다. 원형 기둥, 벽기둥, 니치, 애프스, 페디먼트[6] 등, 양식이 다 다르고 문과 창문 수도 다 다르다. 홀마다 조각상이 있는데 조각상들은 모두 독특하며, 만약 반복되어 나오는 조각이 있다면 (내가 아직 보지 못한 것으로 봐서는) 아주 멀리 떨어져 있는 것이 분명하다.

　하지만 이런 말을 해 봐야 아무 소용도 없었다. 그럴수록 나머지 사람이 더 짜증을 낼 뿐이라는 것을 나는 알고 있었다.

　"별은 어떨까요? 밤에 의식을 거행하면 별에게 주문을 외울 수 있을 거예요. 별은 힘과 에너지의 근원이잖아요."

　잠시 침묵이 흐른 뒤 그가 말했다.

　"맞는 말이야."

　그는 놀란 듯했다.

　"별이라. 나쁘지 않은 생각인 것 같군."

　그는 좀 더 생각했다.

　"이동하는 별보다는 고정되어 있는 별이 낫겠어. 그리고 주변의 별들보다 눈에 띌 정도로 밝아야 할 거야. 가장 좋은 방법은 이 미궁에서 어떤 장소, 그러니까 특이한 지점을 발견한 다음에 가장 밝은 별을 바라보면서 의식을 거행하는 거야!"

한동안 그는 흥분으로 들썩였다. 그러더니 한숨을 내쉬었는데, 마치 다시 힘이 다 빠져나가 버린 듯 보였다.

"하지만 그건 별로 가능성 있는 얘기가 아니지."

그러더니 그는 또 다시 한 홀이나 다른 홀이나 (홀이 아니라 '방'이라고 하기는 했지만) 하나같이 똑같다고 하면서 홀들을 폄하하는 표현을 썼다.

나는 분노가 솟구치는 것을 느꼈고 잠시 내가 아는 바를 그에게 말해 주지 말까, 하고 생각했다. 그러나 그도 어쩌지 못하는 일로 그에게 벌을 주는 것은 매정하다는 생각이 들었다. 내가 세상을 보는 방식으로 보지 않는다고 해서 그것이 그의 잘못은 아니었다.

"사실 나머지 홀들과는 다른 곳이 하나 있긴 해요."

내가 말했다.

"응? 그런 얘기는 한 번도 한 적이 없잖아. 어떻게 다르지?"

"문이 하나뿐이고 창문도 없어요. 저도 한 번밖에 보지 못했어요. 말로 설명하기 힘든 기이한 분위기가 감도는 곳이죠. 웅장하고, 신비롭고, 그러면서도 존재감으로 충만한 곳이에요."

"사원처럼 말인가?"

그가 말했다.

"그래요. 사원처럼요."

"왜 진작 말하지 않았지?"

그가 따져 물었다. 다시 분노와 짜증이 차오르고 있었다.

"음, 여기서 좀 멀어요. 당신이 거기에 갈 것 같지는…."

그러나 그는 내 설명에는 관심이 없었다.

"거길 봐야겠어. 날 데려다줄 수 있나? 얼마나 멀지?"

"서쪽 백아흔두째 홀인데 첫째 현관에서 20킬로미터 떨어져 있어요. 가려면 3.76시간이 걸리고요. 중간에 쉬는 시간 빼고요."

"아."

그가 말했다. 나는 그에게 이보다 더 실망스러운 말은 아마도 없으리라는 것을 알았다(그럴 의도는 아니었지만). 그는 세상을 탐험하고 싶어 하지 않았다. 내 짐작에 그는 첫째 현관에서 네다섯 홀 이상 떨어진 곳에는 가 본 적이 없을 것이다. 그가 말했다.

"그 방의 문에서 어떤 별들이 보이는지 알아야 하네. 뭔가 아는 게 있나?"

나는 생각했다. 서쪽 백아흔두째 홀이 동-서 축을 따라서 놓여 있던가? 아니면, 남동-북서 축을 따라가던가? 나는 고개를 저었다.

"모르겠네요. 기억이 안 나요."

"그럼, 가서 확인하면 안 되나?"

그가 요구했다.

"서쪽 백아흔두째 홀에 가서요?"

"그래."

나는 주저했다.

"뭐가 문제지?"

그가 물었다.

"서쪽 백아흔두째 홀로 가려면 일흔여덟째 현관을 통과해야 하는데, 거기는 홍수가 자주 나요. 지금 당장은 물이 없겠지만 조수에 쓸려 온 잔해가 아래쪽 홀들에서 올라가 주변 홀들에 흩어지죠. 어떤 잔해는 모서리가 삐죽빼죽해서 밟으면 발이 찢어질 수도 있어요. 발에서 피가 나면 좋을 게 없죠. 감염될 위험도 있잖아요. '무너진 대리석'을 지나갈 때는 조심해서 발을 디뎌야 해요. 가능하기는 하지만 힘이 들죠. 시간이 걸릴 거예요."

"그렇군. 그러니까 잔해가 있군. 하지만 난 아직 뭐가 문제인지 잘 모르겠는데. 자네는 전에도 그 잔해가 있는 곳을 통과했을 테고 그때 아무 상처도 입지 않았잖은가. 뭐가 달라진 거지?"

내 얼굴이 붉게 물들었다. 나는 노면을 응시했다. 나머지 사람은 정장 차림에 반짝이는 신발을 신은, 아주 단정하고 우아한 모습이었다. 반면에 나는 단정치가 못했다. 내 옷은 헤지고 색이 바랬고 낚시하면서 닿은 바닷물 때문에 부식되어 있었다. 그와 나 사이의 차이에 주의를 끌고 싶지는 않았지만, 그럼에도 그가 물었으니 나는 대답을 해야 했다.

"뭐가 달라졌는가 하면 전에는 신발이 있었거든요. 지금은 없고요."

나머지 사람은 내 갈색 발을 경악하며 응시했다.

"언제 그렇게 된 거지?"

"일 년쯤 됐어요. 못 쓰게 돼 버렸죠."

그는 웃음을 터뜨렸다.

"왜 아무 말도 안 한 건가?"

"성가시게 하고 싶지 않았어요. 물고기 가죽으로 신발을 만들 수 있을 거라고 생각했거든요. 하지만 그럴 시간이 없었어요. 다 제 잘못이에요."

"정말이지, 피라네시. 자네는 어쩜 그렇게 바보 같은가! 오로지 그것 때문에 그, 그, 자네가 뭐라고 부르는 그 방에 못 가는 거라면…."

"서쪽 백아흔두째 홀이요."

내가 끼어들었다.

"그래. 거기. 그게 전부라면 내가 내일 신발을 주겠네."

"아! 그거 정말…."

내가 입을 열었지만 나머지 사람이 손을 들어 막았다.

"고마워할 것 없네. 내가 바라는 정보만 가져다주게. 그거면 되네."

"아, 그럴게요! 신발만 있으면 아무 문제 없을 거예요. 세 시간 반이면 백아흔두째 홀에 도착할 거예요. 길어도 네 시간이면 돼요."

내가 약속했다.

신발

앨버트로스가 남서쪽 홀에 온 해 여섯째 달의 열여섯째 날 기록

오늘 아침에 남서쪽 셋째 홀로 가는 길에 나는 남서쪽 둘째 홀을 통과했다. 나머지 사람이 기대는 빈 주추 위에 작은 종이 상자가 놓여 있었다. 그것은 짙은 회색이었다. 뚜껑에는 연한 회색으로 문어 그림이 그려져 있고 주황색 글씨가 몇 개 적혀 있었다. 글자는 이렇게 쓰여 있었다.

'수족관.'

나는 상자를 열었다. 첫눈에는 얄팍한 흰 종이밖에 없어 보였지만 종이를 들어 올리자 신발 한 켤레가 들어 있었다. 남쪽 홀에서 온 조수가 연상되는 청록색 캔버스 천으로 만든 신발이었다. 고무 밑창은 두터운 흰색이었고, 끈도 흰색이었다. 나는 신발을 상자에서 꺼내 신어 보았다. 꼭 맞았다. 신을 신고 걸어 보았다. 발바닥에 전해지는 충격이 훌륭하게 흡수되었고, 통통 뛰기 좋게 느껴졌다. 나는 새 신으로 전해지는 발의 기분 좋은 감촉을 느끼려고 종일 뛰어 다니고 춤췄다.

"이거 봐! 새 신발이 생겼다고!"

북쪽 첫째 홀에서 까마귀들이 높은 조각상에서 내려와 내가 뭘 하는지 보려고 했을 때 내가 외쳤다. 그러나 그들은 심드렁하게 깍깍거리고는 다시 자기들 자리로 돌아갔다.

나머지 사람이 내게 준 물건들 목록
앨버트로스가 남서쪽 홀에 온 해 여섯째 달의 열일곱째 날 기록

나머지 사람이 내게 준 물건을 모두 목록으로 만들어 보았다. 고마운 마음도 잊지 않고 그렇게 훌륭한 친구를 보내 준 집에도 감사하기 위해서!

별자리에 이름을 붙인 해에 나머지 사람이 내게 준 것들
- 침낭
- 베개

· 담요 두 장

· 합성 고분자로 만든 낚시 그물 두 개

· 두터운 플라스틱 시트 네 장

· 손전등. 한 번도 사용한 적이 없고 지금은 어디에 두었는
  지 기억이 나지 않는다.

· 성냥 여섯 상자

· 멀티 비타민 두 통

**죽은 자들을 헤아리고 그들에게 이름을 붙인 해에 나머지 사람
이 내게 준 것들**

· 치즈와 햄 샌드위치

**북동쪽 스무째와 스물하나째 홀의 천장이 무너진 해에 나머지
사람이 내게 준 것들**

· 플라스틱 그릇 여섯 개. 나는 담수가 천장에 난 틈으로
  흘러내려 조각상들 얼굴로 떨어질 때 이 그릇에 물을 받
  는다. 그릇 중 하나는 파란색이고 둘은 빨간색이며 셋은
  구름색이다. 구름색 그릇들 때문에 골치가 아프다. 그것
  들은 조각상 같은 밝은 회색이 아니다. 내가 물을 받으려
  고 어딘가에 내려놓을 때마다 그릇은 즉시 배경으로 녹
  아들어 잘 보이지가 않는다. 그중 하나는 지난해에 사라

졌는데 아직도 찾지 못했다.

· 양말 네 켤레. 두 해 동안은 겨울에 발이 따뜻하고 포근
했지만 지금은 다 구멍이 뚫렸다. 안타깝게도 나머지 사
람은 내게 새 양말을 줘야겠다는 생각을 하지 못했다.

· 낚싯대와 낚싯줄

· 오렌지 하나

· 크리스마스 케이크 한 조각

· 멀티 비타민 여덟 통

· 성냥 네 상자

서쪽 구백예순째 홀까지 여행한 해에 나머지 사람이 내게 준 것들

· 시계에 쓸 새 건전지

· 새 공책 열 권

· 다양한 문구류. 별자리표를 만들 커다란 종이 열두 장,
봉투 여러 장, 연필 여러 개, 자 하나와 지우개 몇 개

· 펜 마흔일곱 개

· 멀티 비타민과 성냥(추가)

올해(앨버트로스가 남서쪽 홀에 온 해) 나머지 사람이 내게 준 것들

· 플라스틱 그릇 세 개 더. 이제까지 받은 것 중에 가장 좋
은 그릇들이다. 색깔이 밝아서 눈에 잘 띈다. 하나는 주

황색이고 둘은 서로 다른 톤의 녹색이다.

· 성냥 네 상자

· 비타민 세 통

· 신발 한 켤레!

나머지 사람의 관대함에 크게 빚을 졌다. 그가 없었더라면 나는 겨울에 침낭에서 아늑하고 따뜻하게 잠잘 수 없었을 것이다. 내 생각을 기록할 공책도 없었을 테고.

그렇기는 하지만 왜 집이 나보다 나머지 사람에게 훨씬 다양한 물건을 제공하는지 문득 궁금해진다. 그에게는 침낭이니 신발이니 플라스틱 그릇이니 치즈 샌드위치, 공책, 크리스마스 케이크 등을 주면서 내게는 거의 물고기만 주니까. 어쩌면 나머지 사람이 나만큼 자신을 보살피는 데 능숙하지 않아서 그런지도 모른다. 나머지 사람은 낚시하는 법을 모른다. 그는 결코 (내가 아는 한) 해조를 모아서 말리고 저장해 불을 피우거나 맛난 과자를 만들지 않는다. 물고기 가죽을 보존해서 그걸로 가죽(쓸모가 많다)을 만들지도 않는다. 집이 그에게 이런 것들을 제공하지 않는다면, 그가 죽는 것도 있을 법한 일이다. 아니면 (이쪽이 더 그럴듯한데) 내가 그를 돌보는 데 상당한 시간을 할애해야 할 것이다.

죽은 자들 중 아무도 애디 도마러스라고 하는 이가 없다
앨버트로스가 남서쪽 홀에 온 해 여섯째 달의 열여덟째 날 기록

마지막으로 죽은 자들을 방문한 후로 몇 주가 지났기에 오늘 그들을 찾아갔다. 그들이 서로 수 킬로미터씩 떨어진 곳에 있기 때문에 하루 안에 그들을 전부 방문하기란 만만치 않은 일이다. 나는 각각에게 물과 음식 그리고 물에 잠긴 홀에서 모은 수련을 가져다주었다.

나는 그들이 누워 있는 니치와 주추에 가까이 다가가 '애디 도마러스'라는 이름을 속삭여 보았다. 그들 중 한 사람은—그 이름의 주인인 사람—어떤 식으로든 이름을 받아들인다는 신호를 보낼 것이라고 생각했다. 하지만 그런 일은 일어나지 않았다. 오히려 니치나 주추에 무릎을 꿇고 있는 동안 거부당하는 듯한, 이름을 밀어내는 듯한 느낌을 희미하게 받았다.

여행
앨버트로스가 남서쪽 홀에 온 해 여섯째 달의 열아홉째 날 기록

오늘 하루는 일상적인 일을 하면서 보냈다. 낚시, 해조 모으기, 조각상 목록 작성하기. 늦은 오후에는 몇 가지 물자를 챙겨 서쪽 백아흔두째 홀을 향해 길을 나섰다.

가는 길에 집이 나에게 여러 가지 신비로운 일을 보여 주었다.

마흔다섯째 현관에서 나는 어떤 계단이 거대한 홍합 밭이 된 것을 보았다. 계단 벽을 따라 서 있는 조각상 중 하나는 온몸이 검푸른 홍합 껍데기로 뒤덮여 있었다. 얼굴도 눈 있는 부분 절반만 남아 있었다. 멀쩡한 부분은 바깥으로 뻗은 팔 하나뿐이었다. 나는 일지에 이 모습을 스케치했다.

서쪽 쉰두째 홀에서는 한쪽 벽이 금빛 햇살로 어찌나 눈부시게 빛나는지 조각상들이 그 안으로 융해되고 있는 듯 보였다. 거기에서 나는 거의 창문이 없어서 시원하고 그늘진 자그마한 대기실로 들어갔다. 한 여인이 넓적한 그릇을 들고 있고, 그릇에서 새끼 곰이 물을 받아 마시는 모습의 조각상을 보았다.

일흔여덟째 현관에 다가가는데 노면에 돌무더기가 널려 있었다. 처음에는 여기저기에 하나둘 흩어져 있는 정도였는데 현관에 점점 가까워지자 삐죽삐죽한 돌들 때문에 바닥이 울퉁불퉁하고 위험해졌다. 현관 안에 들어서니 돌무더기 아래로 여전히 아주 얕게 물이 흘렀다. 무너진 조각상들이 구석마다 쌓여 있었다.

나는 계속 걸어갔다. 서쪽 여든여덟째 홀에 이르자 노면에 잔해는 없었지만 또 다른 문제와 마주했다. 재갈매기 한 무리가 이 홀에 둥지를 틀어 놓는데 내가 침입하자 이들이 분개한 것이었다. 갈매기들은 성난 듯 삑삑거리며 나를 향해 달려들었고,

날갯짓을 하며 부리로 나를 쪼려 했다. 나는 팔을 흔들며 소리를 쳐서 새들을 물리쳤다.

서쪽 백아흔두째 홀에 도착했다. 하나뿐인 문에 서서 안을 들여다보았다. 주변 홀들은 황혼녘의 부드러운 푸른빛으로 가득했으나 이 홀만은—앞에서도 적었듯이 창문이 없어서—어두웠고 조각상도 보이지 않았다. 희미한 바람이—차가운 입김 같은—안에서 흘러나왔다.

나는 완벽한 어둠에는 익숙하지 않다. 이 집에 캄캄한 곳은 아주 드물다. 아마 여기저기에서 대기실의 어둑한 구석이나 잔해 때문에 빛이 가로막힌 버려진 홀의 천사 같은 것을 발견할 수 있겠지만, 대체로 집은 어둡지 않다. 밤에도 창을 통해 별들이 반짝인다.

나는 나머지 사람의 질문—이 홀의 문에서 어떤 별들이 보이는가?—에 답하려면 홀의 정확한 방위를 확인하고 내 별자리표를 참조하기만 하면 되리라 상상했다. 하지만 실제로 문 앞에 와 보니, 그 계획이 터무니없이 낙관적이었다는 점을 깨달았다. 문은 대략 폭 사 미터에 높이 십일 미터 정도 되었다. 문으로서는 거대하지만 하늘의 드넓음에 비하면 작디작은 면적이다. 문으로 어떤 별들이 보일지 알아내려면 홀에서 밤을 새면서 직접 봐야 할 터였다.

그것은 내키지 않는 일이었다.

나는 언젠가 한 계단을 따라 동쪽 열아홉째 홀 위의 홀로 올라갔는데 그곳이 구름으로 가득했던 때가 생각났다. 그곳의 거대한 조각상들이 폭력적인 행위의 한가운데에 있었고 다들 격노나 비통으로 얼굴이 뒤틀려 있었다는 사실이 떠올랐다.

(나는 생각했다) 혹시 이런 일이 또 일어난다면? 서쪽 백아흔두째 홀의 어둠 속으로 들어가서 자려고 누웠는데, 깨어나 보니 공포스러운 것들에 둘러싸여 있다면?

나는 자신에게 화가 나고, 내 소심함에 욕지기가 났다. 그런 식으로 생각하면 안 되는 것을! 네 시간을 걸어 이곳에 왔는데 무서워서 들어가지 못한다고? 얼마나 어처구니없는 일인가! 나는 그 위쪽 홀에서 느낀 두려움이 다른 곳에서 반복될 가능성은 극히 낮다고 자신을 타일렀다. 어쨌든 전에도 서쪽 백아흔두째 홀에 간 적이 있지 않은가. 그곳의 조각상들이 유난히 과격하거나 무시무시했더라면 분명히 기억이 떠올랐을 것이다. 더구나 나머지 사람에게 도의를 지켜야 했다. 그는 문에서 어떤 별들이 보이는지 알아야 했다.

그런데도 나는 어둠 때문에 마음이 뒤숭숭했다. 한동안 들어가기를 미루었다. 바깥에 앉아 먹고 마신 뒤 이 글을 적었다.

서쪽 백아흔두째 홀
앨버트로스가 남서쪽 홀에 온 해 여섯째 달의 스무째 날 기록

나는 앞 항목을 다 적은 다음에 서쪽 백아흔두째 홀에 들어갔다. 어둠과 냉기가 나를 감쌌다. 조금 들어가서(한 이십 미터쯤으로 추산한다) 뒤돌아 하나뿐인 문을 향해 서니, 바깥 복도에 있는 창문과 문이 완벽하게 정렬이 되었다. 나는 자리에 앉아 담요를 몸에 둘렀다.

처음에 나는 내 뒤에 있는 어둠과 미지의 조각상들의 시선을 예민하게 의식했다. 사위는 무척이나 조용했다. 내가 평소에 자는 홀―북쪽 셋째 홀―은 새들로 가득하고 밤이면 새들이 자리에서 뒤척이고 퍼덕이는 소리가 나지막하게 들려온다. 하지만 내가 아는 한 서쪽 백아흔두째 홀에는 새가 한 마리도 없었다. 새들도 나만큼이나 그곳이 불편한 모양이었다.

나는 내게 익숙한 한 가지에 마음을 집중하려고 했다. 아래쪽 홀의 바다에서 나는 소리, 물결이 헤아릴 수 없이 많은 방의 벽을 찰싹찰싹 때리는 소리. 그것은 종일 나와 함께하는 소리다. 나는 밤이면 밤마다 그 소리를 들으며 잠든다. 아이가 어머니 품에 안겨 심장이 뛰는 소리를 들으며 안심하고 잠이 드는 것처럼. 그리고 실제로 그때 바로 그런 일이 일어난 것이 틀림없었다. 다음에 기억나는 것이라고는 어느새 잠에서 깨어났다는 사실뿐이었으니까.

하나뿐인 문 한가운데 떠 있는 보름달이 홀을 빛으로 가득 채웠다. 벽의 조각상들은 방금 막 문 쪽으로 몸을 돌린 듯한 자세로, 대리석 눈을 달에 고정하고 있었다. 이들은 여타 홀들에 있는 조각상과는 달랐다. 서로 분리된 개체가 아니라 한 무리의 군집을 상징했다. 한쪽에는 서로 어깨동무를 한 두 사람의 조각상, 한쪽에는 앞 사람의 어깨에 손을 얹고 몸을 앞으로 내밀어 달을 더 잘 보려고 하는 사람 조각상, 또 한쪽에는 아버지의 손을 잡은 어린아이 조각상. 심지어 개도 한 마리 있었는데—달에 아무 관심이 없어서—뒷발로 서서 양 앞발을 주인의 가슴에 얹은 채 관심을 요구하고 있었다. 뒤쪽 벽에는 조각상이 잔뜩 있었지만, 단에 맞춰서 깔끔하게 배치되어 있지 않고 뒤죽박죽 혼란스럽게 뭉쳐 있었다. 그중 제일 앞에는 한 젊은 남자가 달빛을 흠뻑 받으며, 얼굴에는 환희를 머금고 손에는 깃발을 들고 있었다.

나는 숨 쉬는 것도 거의 잊어버렸다. 한순간 나는 세상에 두 사람만 있는 것이 아니라 수천 명이 있으면 어떻게 될지 어렴풋하게 느낄 수 있었다.

서쪽 여든여덟째 홀
앨버트로스가 남서쪽 홀에 온 해 여섯째 달의 스무째 날 두 번째 기록

보름달이 서쪽으로 기울면서 홀에 비치는 달빛은 약해지고 문 맞은편 창으로 보이는 별자리들은 점점 밝아졌다. 나는 어떤 별자리와 별이 보이는지 기록했다. 새벽이 되자 나는 몇 시간 잠을 잔 다음, 집으로 돌아오는 여정에 나섰다.

나는 걸으면서 위대하고 은밀한 지식, 나머지 사람 말에 따르면 우리에게 이상한 새로운 힘을 부여할 그 지식을 생각했다. 그러다가 뭔가를 깨달았다. 내가 더는 그것을 믿지 않는다는 사실을 깨달은 것이다. 아니, 어쩌면 그것은 정확한 표현이 아닐지 모르겠다. 나는 그 지식이 존재할 수도 있다고 생각했다. 또 마찬가지로, 그것이 존재하지 않을 수도 있다고도 생각했다. 어느 쪽이든 내게는 중요하지 않았다. 나는 이제 그것을 찾아다니는 데 시간을 허비하지 않을 작정이었다.

이 깨달음, 그 지식이 중요하지 않다는 깨침은 내게 일종의 계시로서 다가왔다. 다시 말해, 그 이유나 거기에 이른 과정을 이해하기 전에 이미 그것이 옳다는 점을 알았다는 뜻이다. 그 과정을 되짚어 보려고 하자 달빛에 비친 서쪽 백아흔두째 홀의 이미지로, 그 아름다움으로, 그 깊은 평온함과 달을 향해 고개를 돌린(혹은 돌린 듯 보이던) 조각상들의 얼굴에 비친 경건한 표정으로 생각이 되돌아갔다. 내가 깨달은바, 지식을 찾으려다 보니 우리는 집을 풀어야 할 모종의 수수께끼로, 해석해야 할 하나의 텍스트로 여기게 되었고, 우리가 만약 그 지식을 정말로 발견한다면 집은 가치가 다 벗겨져 나가 오로지 풍경밖에 남지 않은 것처럼 될 터였다.

달빛에 비친 서쪽 백아흔두째 홀의 모습을 보고 나는 그것이 얼마나 어처구니없는 일이었는지를 알게 되었다. 집이 귀한 까닭은 그것이 집이기 때문이다. 집은 그 자체로 충분하다. 목적에 다다르게 해 주는 수단이 아니다.

이런 생각은 또 다른 생각으로 이어졌다. 나는 나머지 사람이 그 지식을 얻으면 생길 것이라고 설명한 능력들에 늘 마음이 불편했다는 사실을 깨달았다. 예를 들어, 나머지 사람은 우리보다 열등한 사람들의 마음을 지배할 힘이 생길 거라고 말한다. 음…, 일단 우리보다 열등한 사람은 없다. 여기에는 그와 나뿐이고 우리 둘 다 지적으로 예리하고 기민하다. 그러나 잠시 열등한 사람이 존재한다고 가정한다고 해도, 내가 무엇 때문에 그 사람의 마음을 지배하고 싶어질까?

지식 탐색을 중단하면 우리는 새로운 과학을 자유로이 추구할 수 있을 것이다. 데이터가 이끄는 대로 어디든 따라갈 수 있으리라. 이런 생각을 하자 들뜨고 즐거워졌다. 나는 나머지 사람에게 돌아가 이것을 얼른 설명해 주고 싶었다.

여러 홀을 따라 걸어가면서 이런 생각을 하는데 새들이 시끌벅적하게 우는 소리가 들렸다. 나는 서쪽 여든여덟째 홀에 재갈매기가 가득하다는 사실을 떠올렸다. 다른 길로 갈까 말까 주저했지만 어느 쪽으로 방향을 바꾸든 홀을 일고여덟 개는(1.7킬로미터) 더 거쳐야 한다는 계산이 나와 그러지 않기로 했다.

그 홀을 절반쯤 지나갔을 때 여기저기 흩어진 하얀 형체들이 노면에 놓여 있는 모습이 보였다. 나는 그것들을 주워들었다. 그것은 글씨가 쓰인, 찢어진 종잇조각들이었다. 그것들이 꼬깃꼬깃 접혀 있어서 나는 그것을 펼쳐서 서로 맞춰 보았다. 두 개, 아니 세 개가 완벽하게 맞아 떨어져 한쪽 면이 삐죽빼죽한 작은 종이가 되었다. 공책에서 찢어 버린 페이지 같았다.

나는 종이를 다시 복구해도 내용을 해독하기가 어려우리라는 것을 알 수 있었다. 글씨가 형편없는 악필이라서 마치 뒤엉킨 미역 같았다. 한동안 들여다보고 나니 '미노타우로스'라는 단어를 알아볼 수 있을 것 같았다. 거기서 한두 줄 위에서는 '노예'라는 단어를, 한두 줄 아래서는 '죽인다'는 말을 봤다고 생각했다. 나머지는 전혀 파악할 수가 없었다. 그러나 '미노타우로스'라는 말이 흥미로웠다. 첫째 현관에는 거대한 미노타우로스 조각상이 여덟 개 있는데 제각각 다른 형상이다. 어쩌면 이 글을 쓴 사람이 나의 홀들을 방문했던 것은 아닐까?

나는 누가 그 글을 썼을지 궁금했다. 나머지 사람의 글은 아니었다. 그가 절대 서쪽 여든여덟째 홀까지 간 적이 없다는 사실을 차치하더라도 나는 그의 필체가 단정하고 명료하다는 것을 알았다. 그렇다면 죽은 자들 중 하나인가. 물고기 가죽 사나이? 비스킷 깡통 사나이? 숨겨진 사람? 잠재적으로 이것은 역사적으로 중요한 발견이었는지도 몰랐다.

내가 찾는 것이 무엇인지 알고 나니 노면에 놓인 흰색 형체들이 더 눈에 들어왔다. 나는 그것들을 모으기 시작했다. 남서쪽 구석에서 출발해서 차근차근 노면을 훑어 홀 전체를 살펴보면서 구석구석 찾았다. 처음에는 재갈매기들이 요란스럽게 저항하더니 내가 자기들 알이나 새끼에게 가까이 가지 않는 것을 보고 나서는 내게 흥미를 잃었다. 나는 종잇조각을 마흔일곱 개 발견했다. 무릎을 꿇고 조각들을 다 맞춰 보려고 했지만 곧 아직도 모자란 조각이 있다는 사실을 명백히 알 수 있었다.

나는 주변을 둘러보았다. 재갈매기들 둥지가 조각상들 어깨에도 걸쳐져 있고 주추 위에도 욱여넣어져 있었다. 둥지 하나는 코끼리 조각상의 다리 사이에 끼워져 있었고 다른 하나는 늙은 왕의 왕관 위에 위태롭게 놓여 있었다. 왕관 위의 둥지에 하얀 조각 두 개가 살짝 보였다. 나는 조심스럽게 다가가 가까이에 있는 조각상을 기어 올라갔다. 즉각 갈매기 두 마리가 비명을 질러 분노를 표출하고 날개를 펄럭이며 부리를 내 쪽으로 하고 돌진해왔다. 하지만 나도 그만큼 결연했다. 나는 한 팔로는 조각상을 타고 오르며 다른 팔로는 새들을 물리쳤다.

둥지는 곧 허물어질 것처럼 마른 해조와 물고기 뼈로 조잡하게 만들어져 있었다. 그 틈 안에 글씨가 쓰인 종잇조각 대여섯 개가 박혀 있었다. 나는 아래로 내려가 벽과 둥지와 나를 공격하는 갈매기들에서 떨어져 홀 가운데로 물러났다.

어떻게 해야 할지 생각해 보았다. 모자란 종잇조각들을 당장 빼낼 가능성은 없었다. 재갈매기들은 절대로 내가 자기들 둥지를 해체하도록 내버려두지 않을 것이고, 나도 그러고 싶지는 않았다. 그래, 늦여름이 될 때까지—아니, 초가을이 더 나을 것이다—기다렸다가 갈매기들이 둥지를 버리고 새끼들도 자라고 나면, 그때 돌아가서 나머지 조각들을 주워야 할 것이다.

나는 종잇조각 마흔일곱 개를 조심스레 가방에 넣고 집으로 돌아가는 길에 다시 올랐다.

나머지 사람이 이 이야기를 전에 이미 했다고 설명하다
앨버트로스가 남서쪽 홀에 온 해 여섯째 달의 스물두째 날 기록

오늘 아침에 나는 별자리표를 들고 남서쪽 둘째 홀로 갔다.

나머지 사람이 빈 주추에 등을 기대고 팔꿈치를 주추에 얹은 채 발목을 꼬고 있었다. 그는 편안해 보였다. 짙은 남색 정장을 말쑥하게 차려입고 안에는 눈부신 흰색 셔츠를 받쳐 입었다. 그는 내게 친근하게 웃음 지었다.

"신발은 어떤가?"

그는 물었다.

"아주 좋아요! 최고예요! 고마워요! 하지만 제가 더 귀하게 생각하는 건 신발 자체보다도 신발이 증명하는 우리의 우정이에요! 당신 같은 친구가 있다는 건 제 인생에서 무엇보다 기쁜 일이니까요!"

"나도 최선을 다하고 있네. 그건 그렇고, 그동안 어떻게 지냈나? 신발도 생겼는데."

"이미 서쪽 백아흔두째 홀에 다녀왔죠!"

"좋아. 거기 어떤 별이 뜨는지 봤겠지? 메모는 해 뒀나?"

"했고말고요. 하지만 가져오지는 않았어요. 머리에 다 있으니까요."

그런 뒤 나는 서쪽 백아흔두째 홀에서 내가 본 바를 그에게 말해 주었다.

"가장 눈에 띄는 건 그곳의 조각상들이에요. 문이 하나뿐이고 창문도 없다는 걸 빼면 말이에요. 달빛이 어떤 조각상, 그러니까 젊은 남자의 조각에 유난히 밝게 비쳤는데요. 제가 보기에는 어떤 자질을 상징하는 것…."

"그런 얘기는 됐네. 내가 조각상에 관심 없는 건 알잖아. 별

얘기를 해 보게. 어떤 별이 보였지?"

"보여 드릴게요."

나는 별자리표를 펼쳐 빈 주추 위에 올려놓았다. 나머지 사람이 내 옆에 와서 섰다.

"장미 자리, 훌륭한 어머니 자리, 가로등 자리를 봤어요. 밝아 올 무렵에는 구두 수선공 자리와 철 뱀 자리(이것들은 내가 지은 별자리 이름들 가운데 일부다)가 보였고요."

나머지 사람은 별자리표를 주의 깊게 살펴보았다. 그러더니 반들반들한 기기를 꺼내 메모를 했다.

"이 중에 특히 밝은 별이 있나?"

그가 물었다.

"네. 여기 이 별이요. 훌륭한 어머니 자리에 있는 별이죠. 뻗은 팔의 끝부분이라고 할까요. 최고로 밝은 별이에요."

"완벽하군. 최고의 지식을 상징하는 최고로 밝은 별이라니. 음, 자네가 그 일을 하는 동안 나도 결론을 하나 내렸네. 그 방에 직접 가서 거기서 의식을 거행하기로 한 거지. 필시 내가 이제까지 가 본 것보다 훨씬 멀리 가야 할 테니 위험 요소도 있겠지만…"

그는 잠시 말을 멈추더니 마치 마음을 다잡듯이 결연한 얼굴로 말을 이었다.

"하지만 위험과 보상을 견줘 보면, 뭐, 잠재적 보상이 어마어마하니까. 자네가 가져다준 정보는 이루 말할 수 없이 귀한 것이네. 이번에는 다시 그곳에 돌아가 한 해 동안 어떤 별자리가 보이는지 확인해 주게."

위대하고 은밀한 지식에 관해 내가 받은 계시를 이야기할 순간이었다.

"그 문제 말인데요. 저도 말씀드릴 게 있어요. 계시를 받았는데 꼭 얘기해야 할 것 같아서요. 앞으로 할 연구에 중차대한 영향을 미칠 만한 일이거든요. 우리는 지식 탐색을 중단해야 돼요! 처음에는 그게 노력할 만한 일이라고, 거기에 온 정신을 쏟아도 될 만한 일이라고 여겼지만 알고 보니 아니었어요. 당장 그만두고 그 대신 새로운 과학 연구 프로그램을 만들어야 해요!"

나머지 사람은 주의를 기울이지 않고 반들거리는 기기에 계속 메모하고 있었다.

"음? 뭐라고?"

"지식 탐색 말이에요. 그걸 그만둬야 한다는 걸 짐이 저에게 계시해 줬다고요."

나머지 사람은 메모를 그만두었다. 그는 내가 한 말을 잠시 생각했다. 그러더니 기기를 빈 주추에 내려놓고 양손을 얼굴에 가져가더니 신음하는 듯한 소리를 내며 두 눈을 문질렀다.

"아, 이런! 또 이건가."

그는 말했다. 그는 눈에서 손을 떼고, 고개를 돌려 먼 곳을 응시했다.

"아무 말 말게."

(내가 아무 말도 안 했는데 그는 말했다.)

"생각 좀 해야겠어."

한참 동안 침묵이 이어진 끝에 나머지 사람은 결론에 이른 듯했다.

"앉게."

우리는 포석에 같이 앉았다. 나는 책상다리로 앉았고 그는 빈 주추에 등을 기대고 무릎을 접은 채로 앉았다. 나머지 사람의 얼굴에 노려보는 듯한 어두운 기색이 깔려 있었다. 그는 나를 보기가 힘든 것처럼 보였다. 나는 그가 화가 났지만 그것을 드러내지 않으려고 애쓰고 있다는 것을 알았다. 그는 헛기침을 했다.

"좋아."

그는 억제된 목소리로 말했다.

"자네가 지식 탐색을 그만두면 안 되는 이유가 세 가지, 하나, 둘이 아니라 세 가지 있네. 내가 지금 하나하나 이야기할 텐데, 다 듣고 나면 자네도 내 말이 옳다는 걸 이해할 걸세. 자네는 그냥 내 말을 잘 듣기만 하면 되네. 그럴 수 있겠지?"

"물론이죠. 그 세 가지 이유를 알려 주세요."

"좋아, 첫째 이유는 이거네. 자네한테는 내 행동이 다소 이기적으로 보일지도 몰라. 자신을 위해 지식을 얻으려고 한다고 말이지. 하지만 실상은 상당히 달라. 자네와 내가 착수한 이 탐색은 진정으로 위대한 프로젝트네. 중대한 일이지. 인류 역사에서 가장 중요한 일이네. 우리가 찾는 지식은 새로운 게 아니야. 오래됐네. 아주 오래됐지. 옛날에는 사람들이 그 지식을 보유하고 있었고 덕분에 위대하고 기적 같은 일들을 행했어. 사람들은 그걸 지키고 존중했어야 하지만 그러질 못했네. 진보라는 것을 얻겠다고 그걸 내버렸지. 그리고 우리가 그걸 되찾아야 하는 걸세. 우리는 우리 자신을 위해 이 일을 하는 게 아니네. 인류를 위해 하는 거지. 인류가 어리석게도 잃어버린 것을 되찾기 위해서."

"그렇군요."

내가 말했다(이 말을 들으니 정말 좀 다른 각도에서 보게 되었다).

"그리고 개인적으로 나는 이 탐색이 너무 중요해서, 너무 완벽할 정도로 필요한 일이라서 계속 해야 한다고 생각하네. 무슨 일이 있어도 말이야. 나로서는 다른 방법이 없어. 자네가 그만두겠다고 한다면, 그러면 우리는 더는 동료로 지낼 수 없을 것 같네. 화요일과 금요일에 만나는 것도 더는 하지 않을 걸세. 왜냐하면 만나 봐야 무슨 의미가 있겠나? 나는 내 연구를 계속할 테고 자네는 어딘가에서—그는 모호하게 손짓했다—뭐가 됐든 자네가 하는 일을 하고 있을 테니 말이야. 물론 그건 내가 원하는 바가 아니네, 그건 분명히 밝히고 싶군. 하지만 그렇게 될 수밖에 없어. 자, 그게 둘째 이유네."

"아!"

내가 말했다. 그와 내가 더는 동료로 지내지 않으리라는 생각은 해 본 적이 없었다.

"하지만 당신과 같이 일하는 게 저에게는 더없이 즐거운 일인걸요!"

"나도 아네. 그리고 물론 나도 같은 생각이고."

그는 잠시 말을 멈췄다.

"이제 셋째 이유를 이야기해야겠군. 하지만 그러기 전에, 하나 말해야 할 게 있어."

그는 내 얼굴을 뚫어져라 응시하며 살폈다.

"그 무엇보다 핵심적인 얘기네. 피라네시, 자네가 지식 탐색을 그만두고 싶다고 말한 건 이번이 처음이 아니네. 그게 올바른 방향이 아니라고 내가 설명한 것도 이번이 처음이 아니고. 방금 말한 것들 전부, *이미 다 했던* 얘기네."

"잠깐…, 뭐라고요?"

내가 말했다. 나는 깜짝 놀라 눈을 깜빡거렸다.

"뭐라고요? 아니, 아니에요. 그건 아니죠."

"맞네, 안타깝지만. 그게 말이지, 이 미궁은 마음에 장난질을 하거든. 사람들로 하여금 망각하게 만들지. 조심하지 않으면 인격을 모조리 상실할 수도 있네."

나는 할 말을 잃었다.

"우리가 이 얘기를 몇 번이나 했죠?"

마침내 내가 물었다. 그는 잠시 생각했다.

"이번이 세 번째네. 패턴이 있어. 자네는 일 년 반마다 지식 탐색을 그만두자는 생각이 떠오르는 듯해."

그는 내 얼굴을 흘끗 보았다.

"아네, 알아."

그는 딱하다는 듯 말했다.

"받아들이기 어렵겠지."

나는 저항했다.

"이해가 안 가는데요. 제 기억력은 아주 좋다고요. 한번 가 본 홀은 모조리 기억한다니까요. 칠천육백칠십팔 개예요."

"자네는 미궁에 관해서는 잊어버리는 법이 없지. 바로 그렇기 때문에 자네 도움이 내 작업에 그렇게나 중요한 것이고. 하지만 다른 일들은 그렇지가 않아. 게다가 자넨 시간을 놓쳐 버리네."

"뭐라고요?"

내가 깜짝 놀라서 물었다.

"시간 말이네. 자네가 번번이 놓친다고."

"무슨 뜻이죠?"

"왜 있잖나. 요일이나 날짜를 틀리는 거지."

"안 그런데요."

내가 분개해서 말했다.

"아니, 맞네. 솔직히 말해서 좀 성가신 일이야. 내 일정은 항상 꽉꽉 차 있어. 그런데 자네를 만나러 오면 자네가 또 하루를 놓쳐 버려서 보이질 않아. 자네의 시간 개념이 어긋나 있을 때마다 나는 몇 번이나 바로잡아줘야 했네."

"무엇과 어긋나 있다는 거죠?"

"나와, 다른 모든 사람들과."

나는 경악했다. 그 말이 믿어지지 않았다. 그렇다고 그를 의심하는 것도 아니었다. 어떻게 생각해야 좋을지 알 수 없었다. 그러나 그런 불확실한 것들 사이에서도 한 가지는 여전히 분명해서, 내가 절대적으로 의지할 수 있었다─나머지 사람은 정직하고 고귀하며 근면했다. 거짓말을 하지는 않을 것이다.

"그럼 왜 당신은 잊어버리지 않는 거죠?"

내가 물었다. 나머지 사람은 잠시 주저했다.

"난 대비를 하거든."

그는 조심스럽게 대답했다.

"저도 할 수 있는 방법인가요?"

"아니, 아니. 그렇게는 안 되네. 미안하군. 자네한테 이유와 원인을 시시콜콜 설명할 수가 없네. 복잡하거든. 언젠가는 얘기해주지."

그다지 만족스러운 대답은 아니었지만 그때 나는 그 문제를 파고들만 한 에너지도 정신력도 없었다. 내가 혹시 뭘 잊어버렸을까 하는 생각에 바빴던 탓이었다.

"제 입장에서는 매우 걱정스러운 일인데요. 이를테면, 시간과 조수의 패턴처럼 중요한 것을 잊었다면요? 그럼 익사할 수도 있어요."

"아니, 아니, 아니네."

나머지 사람이 달래듯이 말했다.

"그 문제는 걱정할 필요 없네. 자네는 그런 쪽으로는 절대 잊어버리지 않아. 자네가 조금이라도 위험해질지 모른다고 생각했다면 나는 자네가 여기저기 돌아다니도록 내버려두지 않았을 거네. 우리가 알고 지낸 지도 벌써 몇 년이 지났고 그동안 자네는 미궁에 관해 기하급수적으로 많이 습득했어. 정말 대단한 일이지. 그 외의 일들 중에 자네가 뭔가 중요한 것을 잊어버리면 내가 말해 주면 되네. 하지만 나는 기억하는데 자네는 잊어버린다는 사실, 바로 그것 때문에 내가 우리 목표를 설정해야 하는 걸세. 내가 말이네. 자네가 아니라. 그것이 우리가 지식 탐색을 계속해 나가야 하는 셋째 이유네. 알겠나?"

"네, 네. 적어도…."

나는 잠시 입을 다물었다.

"생각할 시간이 필요해요."

"물론이지. 물론이야."

나머지 사람은 말했다. 그는 내 어깨를 위로하듯 도닥였다.

"화요일에 다시 이야기하자고."

그는 일어나서 빈 주추로 가더니 거기에 놓인 작고 반들반들한 기기를 살펴보았다.

"아무튼 나는 가봐야겠어. 거의 오십오 분이나 여기 있었군."

그러고서 그는 말 한마디 없이 몸을 돌려 첫째 현관 쪽으로 걸어갔다.

내 기억에 공백이 있다는 나머지 사람의 주장을 뒷받침하는 증거가 나오지 않다

앨버트로스가 남서쪽 홀에 온 해 여섯째 달의 스물셋째 날 기록

내 기억에 공백이 있다는 나머지 사람의 주장을 뒷받침하는 증거가 이 세상에는 없다(내가 확인한 바로는).

나머지 사람이 설명하는 동안에는—그 후로도 한동안은—어떻게 생각해야 할지 몰랐다. 몇 번은 거의 공황과 유사한 느낌도 경험했다. 정말 내가 대화를 통째로 잊어버리기라도 한 것일까?

하지만 시간이 지나도 나는 나머지 사람의 주장을 지지하는 증거, 내가 기억을 잃었다는 증거를 찾을 수 없었다. 나는 평범하고 일상적인 일을 하면서 바쁘게 보냈다. 낚시 그물 하나를 손보았고 조각상 목록도 계속 작성했다. 초저녁에는 여덟째 현관에 가서 아래쪽 계단의 물에서 낚시도 했다. 저물녘의 햇살이 아래쪽 홀의 창문으로 비쳐 들어 수면을 때리고, 물결치는 황금색 빛이 계단 천장을 가로지르며 조각상들 얼굴에 번졌다. 밤이 되자 나는 달과 별들이 부르는 노래에 귀 기울이며 함께 노래했다.

세상은 완벽하고 온전하게 느껴지고, 그 자녀인 나는 어긋난 곳 하나 없이 거기에 꼭 맞는다. 세상 어디에도 괴리가 없다— 내가 기억해야 하지만 하지 못하는 것도, 이해해야 하지만 하지 못하는 것도 없다. 나라는 존재에서 뭔가가 분열되었다고 느끼는 유일한 부분은 지난번에 나머지 사람과 나눈 그 이상한 대화뿐이다. 그러므로 나는 자문한다. 누구의 기억이 잘못되었는가? 내 기억인가 그의 기억인가? 그가 사실은 한 적이 없는 대화를 기억하는 것은 아닌가?

두 개의 기억. 지난 일을 다르게 기억하는 총명한 두 지성. 난감한 상황이다. 우리 중 누가 맞는지 말해 줄 제삼자가 없다(열여섯째 사람이 있었더라면!).

내가 시간을 놓치고 날짜를 혼동한다는 나머지 사람의 주장에 관해서는 어떻게 이런 일이 가능할 수가 있는지 납득이 가지 않는다. 내가 쓰는 달력도 내가 만들었는데, 어떻게 그의 말대로 '어긋날' 수가 있는가? 어긋날 대상이 없는데.

그러고 보니 삼주 반 전에 그가 그 이상한 질문을 한 것도 그 때문이었을지 궁금해진다. 이상한 단어를 넣어서 한 그 질문 말이다. 일지의 앞쪽을 살펴보니 그 이상한 '배터시'라는 말이 보인다.

그리고 바로 그 순간, 해결책이 저절로 나타났다! 나는 그저 일지를 되짚어 가며 읽어서 지금 내가 기억하지 못하는 일이 기록되어 있는지, 일치하지 않는 부분이 있는지 확인하면 되는 것이다. 그래! 이렇게 하면 확실히 문제가 해결될 것이다. 사실 이 방법의 유일한 흠은 어마어마한 시간이 걸려—내 글이 장황하다 보니—다른 프로젝트에서 시간을 빼기가 어렵다는 점이다.

언젠가는 일지를 다시 살펴볼 작정이지만 그때까지는 내 기억이 아니라 나머지 사람의 기억이 잘못되었다는 가정하에 행동할 것이다.

편지를 쓰다
앨버트로스가 남서쪽 홀에 온 해 여섯째 달의 스물넷째 날 기록

다음은 내가 남서쪽 둘째 홀 노면에 분필로 쓴 편지 내용이다.

나머지 사람에게

비록 저는 이제 위대하고 은밀한 지식 탐색을 타당한 과학 연구라고 생각할 수가 없지만, 당신을 도와 당신이 부탁한 대로 데이터를 수집하는 것이 맞는 방향이라고 결론 지었어요. 제가

가설에 확신을 잃었다는 이유만으로 당신의 과학 연구에 타격을 줘서는 안 될 테니까요. 당신이 이것을 받아들이실 수 있기를 바랍니다.

당신의 벗

나머지 사람이 16에 관해 경고하다
앨버트로스가 남서쪽 홀에 온 해 여섯째 달의 스물여섯째 날 기록

오늘 아침에 나는 남서쪽 둘째 홀로 가서 나머지 사람을 만났다. 고백하건대 이 만남이 어떻게 흘러갈지 몰라 조금 불안했다. 나는 불안하면 때때로 말이 많아지는데, 이번에도 곧바로 일장 연설을 시작해서 노면에 분필로 쓴 편지에 관해 불필요할 정도로 상당히 세세하게 말했다.

상관없었다. 절반쯤 말하다가 나머지 사람이 내 말을 듣지 않고 있다는 사실을 알아차린 것이다. 나머지 사람은 고개를 숙인 채 생각에 잠겨, 주머니에 있는 작은 금속성 물체들을 무심하게 만지작거렸다. 오늘 그는 어두운 목탄색 정장에 검정 셔츠를 입었다.

"미궁에서 나 말고 다른 사람을 만난 것은 아니겠지?"

그가 느닷없이 물었다.

"다른 사람이요?"

내가 물었다.

"그래."

"새로운 사람이요?"

"그래."

"아뇨."

내가 대답했다. 그는 무슨 이유에서인지 내가 방금 한 말이 진실인지 의심하는 듯 나를 뚫어져라 들여다보았다. 그러더니 긴장을 풀고 말했다.

"그래, 그렇지. 어떻게 그럴 수 있겠나? 여기엔 우리뿐인데."

"그래요. 우리뿐이죠."

내가 동의했다. 잠시 침묵이 흘렀다.

"혹시 집의 다른 부분에 사람들이 산다면 또 모르지만요. 당신과 제가 가 보지 못한 아주 먼 곳이요. 저는 그런 생각을 곧잘 해요. 가설로서는 맞든 틀리든 입증할 수가 없지만요. 어느 날 제가 인간 활동의 신호를 우연히 마주치지 않는 한은요. 합리적으로 봤을 때 이곳에 있는 죽은 자들의 흔적일 리가 없는 신호 말이에요."

"으음."

나머지 사람이 말했다. 그는 다시 생각에 잠겼다. 또 침묵이 흘렀다. 어쩌면 내가 이미 그런 신호를 마주쳤을지도 모른다는 생각이 머리를 스쳤다. 서쪽 여든여덟째 홀에서 얼마 전에 발견한, 글씨가 쓰인 종잇조각들 말이다! 그것은 죽은 자들이 쓴 것일지도 모르지만 우리가 모르는 누군가가 쓴 것일지도 모른다. 내가 나머지 사람에게 이 말을 하려고 하는 찰나에 그가 다시 말을 시작했다.

"잘 듣게. 내게 한 가지 약속해 줬으면 좋겠네."

"물론이죠."

"미궁에서 누군가를 혹시라도 본다면—자네가 모르는 사람 말이네—그 사람에게 말을 걸지 않을 거라고 약속해 주게. 반드시 숨어야 하네. 그 사람에게서 물러나게. 그 사람이 자네를 보지 못하게 해."

"아, 하지만 그러면 얼마나 큰 기회를 날려 버리게 될지 생각해 보세요! 열여섯째 사람은 분명 우리한테는 없는 지식이 있을 거예요. 세상의 더 먼 곳들에 대해 얘기해 줄 수 있을 거라고요."

나머지 사람은 멍한 얼굴이었다.

"뭐라고? 무슨 소리를 하는 건가? 열여섯째 사람이라니?"

나는 죽은 자 열세 명과 산 자 두 명에 관해 설명하고 새로운 사람이 나타나면 열여섯째 사람이 될 거라고 이야기했다(나는 이것을 여러 번 설명했다. 나머지 사람은 이 중요한 정보를 도무지 머리에 담아 둘 수가 없는 모양이다).

"저도 '열여섯째 사람'이라는 호칭이 좀 성가시다고는 생각해요. 원한다면 짧게 '16'이라고 부를 수도 있겠죠. 요지는 세상에 관해 우리가 모르는 정보가 16에게 있다는 거고, 따라서…."

"아니, 아니, 아니, 아니, 아니. 자네는 몰라. 우리는 이 사람한테서 최대한 멀리 떨어져 있어야 한단 말이네."

그는 잠시 말을 멈췄다가 말했다.

"있잖은가, 피라네시. 난 그 사람을 만났네. 자네가 16이라고 부르는 사람 말이네."

"뭐라고요? 그럴 리가!"

내가 외쳤다.

"그러면 정말 세상에 열여섯째 사람이 있는 거군요? 왜 한 번도 그 얘기를 안 하신 거죠? 굉장하군요! 축하할 일이에요!"

"아니네."

그가 수심 가득한 얼굴로 고개를 저었다.

"그게 아니야, 피라네시. 이게 자네한테 중요한 일이라는 거나도 알고, 이런 얘기를 털어놓아야 하는 상황이 되어 유감스럽네. 하지만 이건 축하할 일이 아니야. 정반대지. 이 사람, 16은 나를 해치려고 하네. 16은 내 적이야. 그러니까 자네의 적이기도 하지."

"아!"

외마디를 내뱉고 나는 입을 다물었다.

얼마나 끔찍한 소식인가. 물론 나는 적의라는 개념을 이해한다. 집에는 어떤 생물이 다른 생물과 다투는 장면을 표현한 조각상이 많이 있다. 하지만 나는 그것을 직접 경험해 본 적은 없다. 그때 맥락 없이 어떤 생각이 떠올랐다―서쪽 여든여덟째 홀에서 발견한 종잇조각들 중 하나에 적힌 '죽인다'라는 문구. 그것을 쓴 사람은 적이 있었던 것이다.

"잘못 알고 계실 가능성은 전혀 없나요? 어쩌면 전부 오해일지도 몰라요. 16이 오면, 당신이 좋은 사람이고 존경할 만한 자질도 많이 있다고 제가 설명할 수 있어요. 당신에게 품은 적개심에 합리적인 근거가 없다는 걸 증명할 수 있다고요."

나머지 사람은 웃음 지었다.

"참 자네답군, 피라네시. 이런 상황에서도 좋은 점을 찾으려고 하다니. 안타깝게도 이번에는 그런 식으로 안 되네. 그래서 나도 16에 관해 이야기하고 싶어 하지 않은 거야. 자네는 16을 이성적으로 설득할 수 있다고 생각하지. 하지만 아쉽게도 그렇지가 않네. 16은 우리라는 존재 전체에, 자네와 내가 가치 있고 귀중하게 생각하는 모든 것에 반대하는 사람이야. 이성은 16이 무너뜨리고 싶어 하는 대상이네."

"그런 끔찍한!"

내가 말했다.

"그래."

우리는 다시 침묵에 빠져들었다. 더는 할 말이 없는 듯했다. 나는 그가 묘사한 16의 사악함에 충격을 받았다. 이성 그 자체에 반대하다니! 얼마 후 나머지 사람이 말을 이었다.

"아마도 내 얘기에 우리 둘 다 스트레스를 받는 건 괜한 걱정일 거야. 16이 여기에 올 가능성은 사실 아주 적네."

"어째서 가능성이 적죠?"

"16은 길을 모르거든."

그가 말했다. 그는 내게 웃어 보였다.

"그 문제로 걱정하지 말게."

"그래 볼게요."

그때 어떤 생각이 퍼뜩 떠올랐다.

"16을 만난 게 언제였어요?"

"음? 아, 그저께네."

"16이 사는 머나먼 곳에 가신 건가요? 그런 얘기는 하신 적 없잖아요. 말해 주세요!"

"무슨 소린가?"

"16을 만났다면서요. 그런데 16은 여기 오는 길을 모른다고도 하셨죠. 그 얘기는 당신이 그 사람이 사는 홀에, 아니면 어디든 머나먼 지역에 가서 그 사람을 만났다는 뜻이잖아요. 저로서는 놀라운 일이죠. 여태까지 저는 당신이 멀리 여행한 적이 없다고 생각했거든요."

나는 나머지 사람에게 웃음 지으며 그가 대답하기를 기다렸다. 아주 흥미진진한 이야기가 되리라 잔뜩 기대하면서. 그는 멍한 표정이었다. 멍하고 살짝 두려워하는 얼굴.

긴 침묵이 이어졌다.

"사실은⋯."

그는 입을 떼었다가 생각을 고쳐먹고 다른 이야기를 하려는 듯 보였다.

"사실 어디서 만났느냐는 중요하지 않네. 지금 그런 얘기를 자세히 할 시간도 없고. 다른 일⋯, 그러니까 오늘은 이제 가 봐야 한다는 얘기야. 난 그냥 자네한테 경고를 하고 싶었네. 그, 16에 관해서 말이야."

그는 경쾌하게 고개를 끄덕이며 반들거리는 기기들을 집어든 다음 첫째 현관을 향해 걸어갔다.

"안녕히 가세요!"

나는 멀어지는 그의 등에 대고 외쳤다.

"안녕히 가세요!"

16에 관한 정보를 갱신하다
앨버트로스가 남서쪽 홀에 온 해 여섯째 달의 스물일곱째 날 기록

나는 나머지 사람이 16을 만났다는 사실에 매우 관심이 있는데 그에 관해 그가 아무 말도 하고 싶어 하지 않으니 무척 아쉽다. 두 사람이 만난 상황과 장소에 대해 더 많이 알고 싶다. 하지만 나머지 사람은 사악한 사람 이야기에 우리가 만나는 시간을 쓰고 싶지 않은 모양이다.

여섯 주 전에 일지에 적은 기록('이곳에 산 사람들 목록과 그들에 관해 알려진 바' 참조) 외의 사실이 드러났다. 오늘 아침에 나는 그곳에 메모를 남겨 이 페이지를 참조할 수 있게 했다.

열여섯째 사람

열여섯째 사람은 집의 머나먼 지역에 거주한다. 어쩌면 북쪽이나 남쪽일지 모른다. 나는 그 사람을 본 적이 없지만 나머지 사람 말에 따르면 그 사람은 사악하고, 이성과 과학과 행복에 적대적이라고 한다. 나머지 사람은 16이 우리의 평화로운 삶을 훼방하려고 이곳에 올지 모른다고 여기고, 이 부근의 홀에서 그 사람을 혹시라도 보면 몸을 숨기라고 경고했다.

첫째 현관
앨버트로스가 남서쪽 홀에 온 해 일곱째 달의 첫째 날 기록

오늘은 첫째 현관에 가 보기로 했다. 참 '신기'한 일인데 나는 그곳에 거의 가지 않는다. '신기하다'고 한 이유는 몇 년 전에 홀의 번호를 매기는 체계를 만들었을 때 이 현관을 출발점으로 삼았기 때문이다. 다른 장소들을 파악하는 기점으로 잡은 것이다. 나 자신을 잘 알기에, 그곳에 강한 유대를 느끼지 않았더라면 그곳을 고르지는 않았을 것이다. 그런데도 그 유대가 무엇이었는지 지금은 기억이 나지 않는다(나머지 사람 말이 맞을까? 내가 깜빡깜빡하는 것일까? 이런 생각을 하자니 마음이 불편해져서 생각을 밀어내고 있다).

첫째 현관은 인상적인 장소로, 대다수의 현관보다 더 웅장하고 더 음침하다. 그곳을 장악한 것은 거대한 미노타우로스 조각상 여덟 개로, 각각 높이가 대략 구 미터에 달한다. 이 조각들은 노면을 굽어보며 커다란 몸집으로 현관을 어둡게 하고, 거대한 뿔은 허공으로 치솟아 있으며, 동물적인 얼굴은 근엄하면서도 의미를 알 수 없는 표정이다.

첫째 현관의 온도는 주변의 홀들과는 다르다. 몇 도 낮은 데다가 어딘가에서 외풍이 불어오는데, 거기에 실려 비 냄새, 금속 냄새, 휘발유 냄새가 흘러온다. 전에도 몇 번이나 이것을 알아차렸지만 왠지 모르게 매번 곧바로 잊어버리는 것 같다. 오늘은 그 냄새에 주의를 집중했다. 냄새는 유쾌하지도 불쾌하지도 않았지만 지극히 흥미로웠다. 나는 냄새를 따라갔다. 현관 남쪽 벽을 따라 걷다가 남동쪽 구석 옆에 서 있는 두 미노타우로스를 마주쳤다. 거기에서 뭔가가 눈에 띄었다. 두 조각상 사이의 그림자가 일종의 착시 현상을 만들어 내고 있었던 것이다. 그림자가 뒤쪽으로 한참 뻗어나가, 실제로 내가 저 멀리까지 이어진 복도를 응시하고 있다는 착각을 불러일으켰다. 거기에는 희부연 빛 덩어리가 있었고, 그 안에는 깜빡거리면서 움직이는 듯한 다른 빛들이 있었다. 바로 그곳에서 외풍도 냄새도 들어오는 것 같았다. 희미한 소리가 들렸다. 뭔가 진동하고 질주하는 듯한 소음, 파도 같지만 덜 규칙적인 소리.

갑자기 발소리가 들리더니 어떤 목소리가, 크고 성난 목소리가 들렸다.

"…그건 내가 할 일도 아니었고, 그래서 말했지. '지금 장난하는 거지. 씨발, 장난하는 거 맞잖아, 당신.'"

다른, 좀 더 침울한 목소리가 말했다.

"사람들 참 부끄러운 줄 몰라. 도대체 머리에 뭐가 들어앉아 있기에…."

발소리가 잦아들었다.

나는 마치 무언가에 쏘인 것처럼 남동쪽 구석에서 풀쩍 뒤로 물러섰다. 방금 무슨 일이 벌어진 것인가? 조심스럽게 나는 두 조각상으로 다가가서 그들 사이를 들여다보았다. 이제 그림자에는 이렇다 할 특징이 보이지 않았다. 언뜻 보면 그림자가 복도 형태로 비춰질 수도 있겠다는 점은 알겠지만 그게 전부였다. 차가운 외풍이 내 발목 주위에서 장난질을 쳤고 비와 금속, 휘발유 냄새도 여전히 맡을 수 있었지만, 빛과 소음은 사라지고 없었다.

이런 생각을 하면서 서 있는데 오래된 감자칩 봉지 네 개가 하나씩 바람에 실려 노면을 굴러다녔다. 나는 짜증이 치밀어 신음소리를 냈다. 이 문제는 이미 해결한 줄 알았다. 언젠가 첫째 현관 여기저기에서 감자칩 봉지가 끝도 없이 발견된 때가 있었다. 또 피시 핑거[7] 봉지와 소시지 롤 봉지도 보였다. 나는 그것들이 집의 아름다움을 훼손하지 못하도록 모아서 태워 버렸다(그 많은 감자칩과 피시 핑거, 소시지 롤을 먹은 이가 누구였는지는 모르지만, 누구든 좀 더 깔끔했으면 좋겠다는 생각을 참을 수가 없다!). 대리석 곡선 계단 아래에서 침낭을 발견한 적도 있다. 그것은 아주 더럽고 냄새가 지독했지만 나는 그것을 꼼꼼하게 빨아서 아주 잘 써먹었다.

나는 감자칩 봉지 네 개를 쫓아 달려가서 집어 들었다. 네 번째로 집은 봉지는 감자칩 봉지가 전혀 아니었다. 꼬깃꼬깃 뭉친 종잇조각이었다. 나는 그것을 잘 폈다. 거기에는 이렇게 쓰여 있었다.

나는 그저 자네가 전에 언급한 조각상이 어디 있는지 말해달라는 것뿐이네. 늙은 여우가 어린 다람쥐들과 다른 동물들을 가르치고 있는 조각상 말일세. 가서 직접 보고 싶거든. 어려운 일도 아니니 자네라면 충분히 할 수 있을 테지. 아래 여백에 가는 길을 적게. 자네 점심 옆에 볼펜을 놔두었네.
뜨거울 때 먹게. 점심 말이네, 볼펜 말고.
로런스

추신. 제발 멀티비타민 좀 잊지 말고 챙기게.

그 아래에는 수신인이 글을 남기도록 공간이 넉넉하게 남아 있었지만 비어 있는 것을 보면 수신인은 발신자가 요청한 정보를 주지 않은 모양이다.

나는 종이를 보관하고 싶었다. 그것은 이곳에 두 사람이 살았다는 증거였다. 첫째로, 로런스라는 이름의 사람, 둘째로 로런스가 편지를 쓰고 또 점심과 멀티비타민까지 제공한 사람. 하지만 그들은 누구일까? 나는 생각해 보고 그들 중 하나가 열여섯째 사람일 가능성을 즉시 배제했다. 나머지 사람 말로는 16은 여기에 오는 길을 모르는데 로런스와 그의 친구는 언젠가 이 주변에 익숙했던 것이 틀림없었다. 두 사람은 어쩌면 나의 죽은 자들 중의 누군가일 가능성도 있었다. 그러나 다른 가능성도 있었다. 그들이 머나먼 홀의 거주자일 가능성. 로런스가 아직 살아 있고 아직도 조각상에 관해 알고 싶어 한다면 그 종이를 내가 가져서는 안 될 것이었다.

나는 펜을 꺼내서 종이의 빈 공간에 다음과 같이 적었다.

로런스에게
개-여우가 두 다람쥐와 두 사티로스를 가르치는 조각상은 서쪽 넷째 홀에 있습니다. 여기에서 서쪽 문을 통과하세요. 다음

홀에서 오른쪽 셋째 문으로 들어가세요. 남서쪽 첫째 홀이 나올 겁니다. 남쪽(왼편) 벽을 따라가다가 다시 셋째 문으로 가세요. 복도가 나타날 테고 그 끝에 서쪽 넷째 홀이 나올 거예요. 조각상은 북서쪽 모퉁이에 있습니다. 저도 그 조각을 좋아합니다!

1. 당신이 살아 있다면 이 편지를 발견하기 바라고, 제가 적은 정보가 도움이 되면 좋겠습니다. 언젠가는 만날지도 모르죠. 이곳에서 북쪽, 서쪽, 남쪽에 있는 홀 중 어디선가 저를 발견할지도 모르겠군요. 동쪽의 홀들은 황폐합니다.

2. 당신이 저의 죽은 자들 중 하나라면(그리고 당신 영혼이 이 현관을 통과하다가 이 편지를 읽는다면) 제가 당신의 니치와 주추에 주기적으로 방문해서 당신과 이야기도 나누고 당신에게 음식과 물을 공양한다는 사실을 이미 알고 있기를 바랍니다.

3. 당신이 죽었다면—그러나 저의 죽은 자들 중 하나가 아니라면—제가 이 세상을 널리 여행한다는 것을 알아주시기 바랍니다. 언제든 당신 유해를 발견한다면 음식과 물을 공양하겠습니다. 산 사람 중에 아무도 당신을 보살피지 않는 것으로 보이면 당신 유골을 모아 제 홀로 가지고 오겠습니다. 유골을 잘 정돈하고 저의 죽은 자들 옆에 놓을게요. 그러면 당신도 혼자가 아닐 테지요.

아름다운 집이 우리 두 사람을 쉬게 하기를.

당신의 벗

    나는 종이를 한쪽에 있는 미노타우로스—현관 남동쪽 모퉁이에 가장 가까운—발치에 놓고 작은 돌멩이로 눌러놓았다.

3부

예언자

예언자

앨버트로스가 남서쪽 홀에 온 해 일곱째 달의 스무째 날 기록

북동쪽 첫째 홀의 창문에서 커다란 빛기둥이 여럿 내려왔다. 그 빛기둥 중 하나에 어떤 사람이 내게 등을 지고 서 있었다. 그는 미동조차 하지 않았다. 그는 조각상들이 쌓인 벽을 올려다보고 있었다.

나머지 사람이 아니었다. 나머지 사람보다 말랐고 그만큼 크지도 않았다.

16!

너무 갑작스러운 만남이었다. 내가 서쪽 문들 가운데 하나로 들어섰는데 그가 있었던 것이다.

그는 고개를 돌려 나를 보았다. 그는 움직이지 않았다. 아무 말도 없었다.

나는 달아나지 않았다. 오히려 그에게 다가갔다(어쩌면 잘못된 행동이었을지 모르지만 이미 숨기에는, 나머지 사람과 한 약속을 지키기에는 늦어 버렸다).

나는 그를 빙 둘러 천천히 걸으며 그를 톺아보았다. 그는 노인이었다. 피부는 얇고 건조했으며, 손의 혈관은 두껍고 뭉쳐 있었다. 커다란 두 눈은 짙은 색으로 맑았고, 눈꺼풀은 살짝 처져 있었으며 눈썹은 둥근 아치 모양이었다. 입은 길고 표정이 풍부했는데, 붉은 데다가 이상하게 물기가 있었다. 복장은 왕세자 체크무늬[8] 정장 차림이었다. 오랫동안 마른 체형이었던 것이 틀림없었다. 비록 오래된 정장이기는 하지만 완벽하게 잘 맞았기 때문이다. 다시 말해서, 재단이 잘못되어서가 아니라 천이 오래되고 낡아서 주름지고 처져 보였다는 뜻이다. 이상하게도 나는 실망하고 말았다. 16이 나처럼 젊으리라 상상했던 것이다.

"안녕하세요."

내가 말했다. 나는 그의 목소리가 어떤지 듣고 싶었다.

"안녕하신가? 점심 들었는가? 지금이 정말 오후라면 말이지만. 매번 모르겠구먼."

그는 발음을 늘어뜨리는, 거만한 옛날 말투로 말했다.

"16이시군요. 열여섯째 사람 말입니다."

"무슨 뜻인지 모르겠구먼, 젊은 친구."

그가 말했다.

"세상에는 산 자가 두 명 있고 죽은 자가 열세 명 있습니다. 그 다음이 선생님이고요."

내가 설명했다.

"죽은 자가 열 셋이라고? 그것 참 재미있구먼! 여기에 인간의 유골이 있다는 이야기는 아무도 하지 않았는데. 누구일지 궁금하군그래."

나는 비스킷 깡통 사나이, 물고기 가죽 사나이, 숨겨진 사람, 알코브 사람들, 웅크린 아이를 묘사했다.

"그게 말이지, 참으로 신기한 일이라네. 그 비스킷 깡통이 기억이 난단 말이야. 대학에 있는 내 서재 귀퉁이에 작은 탁자가 하나 있었는데 거기 놓인 머그잔들 옆에 그게 놓여 있었어. 그게 어떻게 여기까지 왔는지 모르겠구먼. 아무튼 이건 이야기해 줌세. 자네의 그 죽은 자 열세 명 중에는 분명히 스탠리 오벤든이 그토록 열을 올리던, 그 젊고 잘빠진 이탈리아 친구가 있을 거야. 이름이 뭐였더라?"

그는 잠시 먼 곳을 보며 생각하더니 어깨를 으쓱했다.

"안되겠군, 생각이 안 나. 그리고 다른 하나는 바로 오벤든일 테지. 그 이탈리아 친구를 만나러 번질나게 왔으니 말이네. 그러면 문제를 자초하는 거라고 내가 타일렀건만 그 친구는 들으려고 하지 않았지. 왜 있잖은가, 죄책감이니 뭐니 하는 것들. 그리고 또 한 명이 실비아 다고스티노라고 해도 나는 놀라지 않을 걸세. 구십 년대 초반 이후로는 실비아 이야기를 한마디도 듣지 못했으니까. 내가 누구인고 하는 문제 말인데, 젊은 친구, 자네가 어쩌다가 나를 '16'이라고 판단했을지는 이해가 가는구먼. 하지만 나는 아니네. 여기가 매력적이기는 하지만…."

그는 주위를 흘끗 돌아보았다.

"머무를 마음은 없다네. 그냥 지나가는 길일 뿐이지. 자네가 여기 있다고 누가 그러더군. 아니지."

그는 정정했다.

"그건 맞는 말이 아니야. 누군가 자네한테 무슨 일이 벌어졌다고 생각하는지 나한테 얘기했고 자네가 여기 있다는 결론은 내가 내린 거니까. 그 사람이 자네 사진을 보여 줬는데, 자네가 확실히 좀 잘빠졌는지라 와서 한번 봐야겠다고 생각한 거지. 와 보길 잘했구먼. 전에는 정말 보기 좋았겠어. 그러니까, 일이 이렇게 되기 전에는 말이야. 아, 이런! 나도 나이가 들어 버렸어. 자네는 이리 되어 버렸고. 우리 꼴을 좀 보게! 여하간 하던 이야기로 돌아가세. 산 자가 두 명이라고 했는데. 다른 하나는 케틀리겠지?"

"케틀리요?"

"밸 케털리. 자네보다 크지. 짙은 색 머리카락과 눈동자. 턱수염. 어두운 피부. 어머니가 스페인 사람이었거든."

"나머지 사람 말씀이세요?"

"나머지 뭐?"

"나머지 사람이요. 저 빼고 남은 한 사람이요."

"허! 그렇구먼! 무슨 뜻인지 알겠어. 그 친구한테 아주 잘 어울리는 이름이로세! 나머지 사람이라니. 상황이 어떻든 간에 그 친구는 항상 '나머지 사람'에 불과하지. 언제나 누군가가 선수를 치거든. 늘 이인자인 거야. 그 친구도 그걸 알아. 그게 그 친구를 좀먹고 있지. 그 친구도 내 학생 중 하나였지 않겠나. 암, 그렇고말고. 물론 완전히 사기꾼이지. 그 당당하고 지적인 태도와 사람을 꿰뚫어보는 듯한 어두운 시선에도 불구하고 그 친구 머리에 독창적인 생각이라고는 하나도 없거든. 전부 남한테서 빌린 생각뿐이지."

그는 잠시 말을 멈췄다가 계속했다.

"사실 그 친구 생각은 전부 나한테서 온 거라네. 나는 내 세대에서 가장 위대한 학자였지. 어쩌면 다른 세대를 통틀어도 그럴지 모르겠구먼. 나는 이론을 세웠어 이것이…"

그는 홀을, 집을, 모든 것을 가리키려는 듯 양손을 벌렸다.

"존재한다고 말이야. 그리고 그것은 사실이지. 나는 이곳에 오는 길이 있다는 가설을 만들었네. 길은 실제로도 있고. 그리고 나는 여기에 왔고 다른 친구들도 여기에 보냈네. 모든 것을 비밀에 부쳤지. 장담하건대 다른 친구들도 그랬을 걸세. 나는 이른바 도덕성이라는 것에는 한 번도 관심이 없었지만, 문명이 붕괴되게 할 수야 없었으니 말이야. 어쩌면 잘못된 생각이었으려나. 모르겠군. 내가 좀 감상적인 기질이 있다네."

그는 살짝 감긴 듯한 사악하고 빛나는 한쪽 눈을 내게 고정했다.

"결국 우리는 다들 끔찍한 대가를 치러야 했네. 내 대가는 감옥이었어. 그래, 맞네. 충격적이겠지. 전부 오해에 불과하다고 말할 수 있으면 좋겠지만 나는 그들이 주장하는 일들을 정말로 했네. 솔직하게 털어놓자면 그들이 주장하는 것보다 훨씬 더 많은 일을 했지. 실은, 그거 아는가, 나는 감옥이 꽤 마음에 들었다네. 거기 있으면서 정말 흥미진진한 인간들을 만났거든."

그는 잠시 말을 멈췄다.

"이 세상이 어떻게 만들어졌는지 케털리가 말해 주던가?"

"아닙니다."

"알고 싶은가?"

"꼭 알고 싶습니다."

그는 내 관심에 만족한 듯 보였다.

"그렇다면 말해 줌세. 내가 젊었을 때 시작된 일이라네. 나는 동료들에 비해서 훨씬 더 총명했거든. 내가 처음으로 위대한 통찰을 얻은 것은 인류가 얼마나 많은 것을 잃어버렸는지 깨달았을 때였네. 한때 사람들은 독수리로 둔갑해서 아주 먼 거리를 날아갈 수 있었네. 강산과 소통했고 그들에게 지혜를 얻었지. 머릿속에서 별들의 움직임을 느꼈고. 나와 동시대에 살던 사람들은 이런 것을 이해하지 못했다네. 모두들 진보라는 개념에 사로잡혀서 무엇이든 새것이면 옛것에 비해 우월한 것이 틀림없다고 여긴 게야. 마치 가치라는 것이 연대순으로 생기기라도 하는 것처럼 말이네! 하지만 나는 고대의 지혜가 그냥 사라졌을 리가 없다고 느꼈네. 그냥 사라지는 것은 아무것도 없지. 그런 일은 사실 불가능해. 나는 그것이 에너지가 세상에서 빠져나가는 일과 비슷하다고 상상했고, 그렇다면 이 에너지가 어딘가로는 가야 한다고 생각했다네. 바로 그때 다른 장소들, 다른 세상들이 분명히 있으리라는 것을 깨달았지. 그러해서 나는 그곳들을 찾기로 했네."

"그래서 찾으셨나요?"

내가 물었다.

"그랬지. 이 세상을 찾았지. 이 세계를 나는 '지류支流세상Distributary World'이라고 부르네. 이 세계는 다른 세계에서 흘러나온 개념에서 만들어졌네. 이곳은 그 세상이 먼저 존재하지 않았더라면 존재할 수 없었을 거야. 아직도 그 처음 세상이 있어야 이곳이 존재할 수 있는지는 나도 모른다네. 전부 내가 쓴 책에 있네만. 혹시 그 책을 읽지는 않았겠지?"

"네."

"안됐군. 아주 좋은 책인데. 마음에 들 텐데."

노인이 말하는 내내 나는 아주 주의를 집중하며 들었고 동시에 그가 누구인지 이해하려고 해 보았다. 그는 자기가 16이 아니라고 했으나, 나는 다른 증거도 없이 그의 말을 믿을 정도로 순진하지가 않았다. 나머지 사람 말로는 16이 사악하다고 했으니, 16이 자기 정체에 관해 거짓말을 했을 가능성도 있었다. 하지만 노인이 말을 하는 동안 나는 점점 더 그가 진실을 말하고 있다고 확신하게 되었다. 그는 16이 아니었다. 내 추론은 이러했다. 나머지 사람은 16이 이성과 과학 연구에 반대한다고 했다. 이 묘사는 노인과 맞지 않았다. 노인은 우리와 마찬가지로 과학을 열정적으로 좋아했다. 노인은 세상이 어떻게 만들어졌는지 알았고 그 지식을 내게 전해 주려는 의욕으로 충만했다.

"말해 보게. 케틸리는 고대의 지혜가 아직도 여기 있다고 여기는가?"

"위대하고 은밀한 지식 말씀이신가요?"

"바로 그걸세."

"네."

"그리고 아직도 찾고 있고?"

"네."

"그것 참 재미있군. 절대 못 찾을 걸세. 여기에 없거든. 그건 존재하지 않는다네."

"어쩌면 그럴지도 모른다는 생각을 하고 있었습니다."

내가 말했다.

"그렇다면 자네는 그 친구보다 한결 총명하구먼. 그게 여기 숨겨져 있다는 생각, 그것도 유감스럽지만 나한테서 얻은 것일 게야. 이 세상을 보기 전에 나는 이곳을 창조한 지식이 아직도 여기 어딘가에 놓여, 발견되고 쓰이기를 기다리고 있을 거라고 생각했다네. 물론 여기에 오자마자 그게 얼마나 터무니없는 생각인지 깨달았지. 지하로 흐르는 물을 상상해 보게나. 물은 달이 가고 해가 가는 동안 같은 틈새를 따라 흐르면서 돌을 마모하네. 천년이 지나면 동굴이 생기지. 하지만 원래 동굴을 창조한 물은 거기에 존재하지 않아. 이미 오래전에 가 버렸지. 땅속으로 스며들어서 말일세. 여기도 똑같다네. 그러나 케틸리는 자기중심적이야. 언제나 유용성의 관점에서 생각하지. 자기한테 쓸모가 없는 것이 어째서 존재해야 하는지 그로서는 상상을 할 수가 없는 거네."

"그것 때문에 조각상들이 있는 건가요?"

내가 물었다.

"조각상들이 무엇 때문에 있다는 겐가?"

"조각상들이 있는 이유가 다른 세상에서 이곳으로 흘러들어

온 지식과 개념을 상징하기 때문인가요?"

"아! 그런 생각은 못 해 봤구먼!"

그는 기뻐하며 말했다.

"참으로 지적인 견해로군. 그래, 그래! 그럴 가능성이 상당할 거야! 어쩌면 우리가 이야기하는 이 순간 미궁의 어떤 먼 지역에는 한물간 컴퓨터들 조각상이 들어오고 있을지도 몰라!"

그는 잠시 말을 쉬었다.

"오래 머무를 수는 없네. 이곳에 머무르면 어떤 일이 벌어지는지 너무 잘 알고 있으니 말이야. 기억 상실, 철저한 신경 쇠약, 기타 등등. 그렇지만 자네는 놀랄 정도로 논리정연하군그래. 딱한 제임스 리터, 마지막에는 한 문장도 제대로 엮지를 못했는데 그 친구는 여기 있었던 시간이 자네의 반도 안 됐다는 말이지. 아니지, 내가 자네한테 해 주려고 한 이야기는 이걸세."

그는 차갑고 뼈가 도드라진 건조한 손으로 내 손을 잡았다. 그러더니 나를 자기 쪽으로 거칠게 끌어당겼다. 그에게서 종이와 잉크 냄새, 제비꽃과 아니스 씨가 잘 조화를 이룬 향이 났고, 그 아래에는 희미하지만 오해할 여지가 없는, 뭔가 더럽고 거의 배설물 같은 흔적이 있었다.

"누가 자네를 찾고 있네."

노인이 말했다.

"16이요?"

내가 물었다.

"그게 무슨 뜻인지 다시 이야기해 보게."

"열여섯째 사람이요."

노인은 고개를 한쪽으로 기울이고 생각했다.

"그으래…, 맞아. 왜 아니겠나? 실제로 '16'이라고 해 보세."

"하지만 저는 16이 나머지 사람을 찾고 있는 줄 알았는데요. 16은 나머지 사람의 적입니다. 나머지 사람이 그렇게 말했거든요."

"나머지 사람…? 아, 그래, 케털리! 아니, 아니야! 16은 케털리를 찾고 있는 것이 아니네. 그 친구가 자기중심적이라고 한 내 말 뜻을 알겠는가? 모든 일이 자기랑 연관된다고 여기지 않는가 말이네. 아니, 16이 찾는 것은 자네일세. 16이 나한테 어떻게 하면 자네를 찾을 수 있는지 물어봤다네. 나는 16에게 도움을 베풀 마음은 딱히 없지만—누구에게도 그럴 마음은 없네—케털리에게 해를 끼치는 일이라면 백번 찬성이거든. 나는 그 친구가 밉네. 그 친구는 지난 이십오 년 동안 자기 말을 듣는 사람이라면 누구 할 것 없이 모두에게 나를 중상하고 다녔어. 그래서 나는 여기 오는 방법을 16에게 소상하게 말해 줄 걸세. 시시콜콜 말이네."

"제발 그러지 마세요. 나머지 사람 말로는 16이 사악한 사람이랍니다."

"사악하다고? 내 생각은 다른걸. 남들보다 사악하지는 않아. 안되겠네, 미안하지만 16에게 길을 말해 줄 수밖에 없겠구먼. 나는 소동을 일으키고 싶은데 그러자면 16을 여기로 보내는 방법이 최선이란 말이지. 물론 16이 여기 오지 못할 가능성은 늘 있네. 가능성이 아주 많다고 해야겠지. 누군가가 길을 알려 주지 않으면 여기에 올 수 있는 사람은 극소수니까. 사실, 나를 제외하고 그 일을 해낸 유일한 사람은 실비아 다고스티노라네. 그 여자는 틈새로 가만히 침투하는 데 재주가 있는 것 같더군. 이게 무슨 소리인지 자네가 알지 모르겠지만 말이야. 케털리는 내가 몇 번이나 보여 주고 나서도 지독하게 두려워했다네. 장비가 없이는 결코 여기에 오지 못했지. 문을 상징하는 기둥, 양초, 의식, 그 외에 온갖 쓸데없는 것들 말이야. 뭐, 그 친구가 자네를 여기 데리고 왔을 때 자네도 다 보았겠지. 반면에 실비아는 아무 때나 슬며시 사라질 수가 있었네. 보이는가 싶으면, 보이지 않는 거야. 동물들 중에도 그런 재주가 있는 녀석들이 있지. 고양이. 새. 팔십 년대 초에 내가 흰목꼬리감기원숭이를 한 마리 키웠는데 녀석은 언제나 길을 찾을 수 있었다네. 나는 16에게 길을 말해 줄 심산이고, 나머지는 16이 얼마나 재능이 있느냐에 달려 있네. 자네가 기억해야 하는 것은 케털리가 16을 무서워한다는 점이네. 16이 다가올수록 케털리는 더 위험해질 게야. 사실 그 친구가 어떤 방식이든 폭력에 기댄다고 해도 나에게는 전

혀 놀랄 일이 아니네. 그 친구를 죽이든지 해서 위험을 미연에
잘라내야 할지도 모르네."(노인은 '잘라내다'를 '즈알라'처럼 발음
했다.)

그는 나를 보고 웃었다.

"이제 가야겠구먼. 다시 만날 일 없을 걸세."

"그러면, 선생님 가시는 길이 안전하기를, 바닥이 무너지지
않고 집이 선생님 눈을 아름다움으로 채워 주기를 기원하겠습
니다."

노인은 잠시 말이 없었다. 내 얼굴을 살펴보는 듯했는데 그때
마지막으로 어떤 생각이 떠오른 모양이었다.

"알겠지만 예전에 자네가 부탁했을 때 내가 오지 않기로 한
것을 후회하지는 않네. 자네가 나한테 쓴 편지 말이야. 그때
는 자네가 시건방진 애송이라고 생각했으니까. 그때 자네는 아
마 그랬을 거야. 하지만 지금은…, 매력적이군. 상당히 매력적
이야."

그는 노면에 아무렇게나 놓여 있던 비옷을 집어 들었다. 그러
고는 서두르지 않고 동쪽 둘째 홀로 이어지는 문으로 향했다.

예언자의 말을 검토하다
앨버트로스가 남서쪽 홀에 온 해 일곱째 달의 스물하나째 날 기록

당연하게도 나는 이 뜻밖의 만남에 무척 들떴다. 곧바로 여기로 와 일지를 꺼낸 다음 전부 기록했다. 나는 제목을 〈예언자의 말을 검토하다〉라고 했는데, 그 노인이 예언자일 것이 틀림없기 때문이었다. 노인은 세상의 창조에 관해 설명해 주었고, 오로지 예언자만이 알 수 있는 다른 것들도 말해 주었다.

나는 시간을 들여 노인의 말을 세심하게 검토했다. 내가 이해하지 못하는 내용이 상당히 많았지만 이것은 예언자를 만났을 때 흔히 일어나는 현상일 것이다. 예언자는 정신적으로 위대한 존재이고 이상한 방식으로 생각하기 때문이다.

머무를 마음은 없다네. 그냥 지나가는 길일 뿐이지.

이 말에서 나는 노인이 머나먼 홀에 거주하고 그곳으로 즉시 돌아가려고 한다는 것을 알았다.

자네가 어쩌다가 나를 '16'이라고 판단했을지는 이해가 가는구먼. 하지만 나는 아니네.

나는 이 말이 사실이라고 진작 결정했다. (내 멋대로 가정하건대) 어쩌면 예언자는 내 홀들에 있는 열다섯 사람을 하나의 무리라고 봐야 한다고 간주하고, 머나먼 홀에 또 다른 무리가 사는데 자기를 그들 중 하나라고 봐야 한다고 여겼는지 모른다.

어쩌면 그 무리 가운데 그는 셋째 사람이나 열째 사람일지 모른다. 어쩌면 아찔할 정도로 높은 숫자, 이를테면 일흔다섯째 사람일 수도 있다!

명백한 공상에 빠져 이야기가 새어 버렸다.

나는 여기에 왔고 다른 친구들도 여기에 보냈네.

예언자가 나의 죽은 자들 중 일부를 이곳으로 보냈을 수도 있을까? 물고기 가죽 사나이나 웅크린 아이? 이것은 순전히 추측일 뿐이었다. 예언자가 한 수많은 말들처럼 이 진술도 당분간은 의미를 파악할 수가 없었다.

결국 우리는 다들 끔찍한 대가를 치러야 했네. 내 대가는 감옥이었어.

이 말은 도무지 이해할 수 없었다.

… 그 젊고 잘빠진 이탈리아 친구 … 스탠리 오벤든 … 실비아 다고스티노 … 딱한 제임스 리터….

예언자는 네 사람의 이름을 언급했다. 아니, 좀 더 정확히 말해서 세 명의 이름과 한 명의 호칭('그 젊고 잘빠진 이탈리아 친구')이라고 해야겠다. 이것은 세상에 관한 내 지식에 크게 보탬이 되었다. 예언자가 여기까지만 말했더라도 이 말은 여전히 가치를 따질 수 없을 만큼 귀중했을 것이다. 더 나아가 예언자는 세 이름이 죽은 자에 해당한다고 암시했다(스탠리 오벤든, 실비아 다고스티노 그리고 '그 젊고 잘빠진 이탈리아 친구'). '딱한 제임스 리터'의 상태는 확실하지가 않았다. 예언자는 그 사람도 죽은 자들 중 하나로 봐야 한다는 뜻이었을까? 아니면 그는 머나먼 홀에 사는, 예언자의 무리 중 하나였을까? 알 수가 없다.

의문이 너무 많다! 물어봤으면 좋았을 텐데 하지 묻지 못한 것들이 너무 많다! 그러나 자책하지는 않았다. 그는 너무 느닷없이 나타났다. 나는 전혀 대비가 되어 있질 않았다. 혼자 평온하게 있는 지금이니 그가 준 정보를 처리할 수가 있는 것이다.

… 케틸리는 고대의 지혜가 아직도 여기 있다고 여기는가? … 절대 못 찾을 걸세. 여기에 없거든. 그건 존재하지 않는다네.

내 생각이 옳았다는 확인을 받으니 기분 좋았다. 어쩌면 조금 자만했는지도 모르지만 나도 어쩔 수 없었다. 앞으로 내가 할 작업과 나머지 사람과 협력하는 작업을 어떻게 할지는 아직 결정하지 못했다.

예언자가 이야기해 준 여러 단서로 미루어 예언자와 나머지 사람이 한때 알던 사이였다는 점은 분명했다. 예언자는 나머지 사람을 '케틸리'라고 불렀고 그가 자기 학생이었다고 했다. 하지만 나머지 사람은 예언자를 언급한 적이 한 번도 없다. 세상에 있는 열다섯 사람에 관해 내가 나머지 사람에게 말한 적이 몇 차례나 있지만, 그는 결코 '열다섯은 잘못된 숫자네! 내가 한 명 더 알거든!' 하고 말하지 않았다. 이상한 일이다(특히 기회가 있을 때마다 그가 내 말에 반박하기를 얼마나 좋아하는지를 고려하면 더더욱). 그러나 나머지 사람은 한 번도 세상에 있는 사람 숫자를 알아내는 일에 관심을 보인 적이 없다. 이것은 우리의 과학적인 관심사가 서로 갈라지는 몇 가지 부분 중 하나다.

16이 다가올수록 케털리는 더 위험해질 게야.

나는 나머지 사람이 사소하게라도 폭력적인 성향을 보인 모습을 본 적이 없다.

그 친구를 죽이든지 해서 위험을 미연에 잘라내야 할지도 모르네.

반면에 예언자는 명백하게 폭력적인 사람이었다.

알겠지만 예전에 자네가 부탁했을 때 내가 오지 않기로 한 것을 후회하지는 않네. 자네가 나한테 쓴 편지 말이야. 그때는 자네가 시건방진 애송이라고 생각했으니까. 그때 자네는 아마 그랬을 거야.

이것은 예언자의 발언들 가운데 가장 당황스러운 말이었다. 나는 그에게 편지를 쓴 적이 없다. 그가 존재한다는 사실을 어제 알았는데 어떻게 쓸 수 있었겠는가? 어쩌면 죽은 자들 중 하나가 썼는지 모른다—스탠리 오벤든이나 딱한 제임스 리터. 예언자는 나를 그 사람과 착각하는 것일 수도 있다. 어쩌면 예언자는 보통 사람들과는 시간을 다르게 인지하는지도 모른다. 어쩌면 나는 미래에 그에게 편지를 쓸지 모른다.

나머지 사람이 나를 죽이는 것이 옳은 일이 되는 상황을 묘사하다

앨버트로스가 남서쪽 홀에 온 해 일곱째 달의 스물넷째 날 기록

나는 당연히 예언자와 만난 일에 관해 나머지 사람에게 말해 주고 싶어서 안달이 났다. 예언자가 16에게 우리 홀에 오는 길을 말해 주려고 한다는 사실을 나머지 사람이 그 무엇보다 먼저 알아야 했다. 금요일(내가 예언자를 만난 날)부터 오늘(나머지 사람을 만나기로 되어 있는 날)까지 나머지 사람을 찾아 사방을 돌아다녔지만, 나는 찾지 못했다.

오늘 아침에 나는 남서쪽 둘째 홀에 들어갔다. 나머지 사람은 이미 그곳에 있었는데, 나는 그가 동요하고 있다는 것을 곧바로 알아차렸다. 양손을 주머니에 찔러 넣은 채, 그는 같은 장소를 서성거리고 있었고 화를 억누르는 듯한 어두운 표정이었다.

"긴히 할 얘기가 있어요."

내가 말했다.

그는 손으로 내 발언을 치워 버리는 듯한 동작을 했다.

"그 얘긴 나중에 하지. 할 말이 있네. 22에 관해 말하지 않은 게 있어."

"누구요?"

"내 적 말이네. 여기에 오는 사람."

"16 말인가요?"

잠시 침묵.

"아, 그래. 맞아. 16. 자네가 붙여 주는 기이한 이름들은 도무지 정리가 안 되는군. 아무튼 16에 관해 자네한테 말하지 않은 게 있네. 16이 정말 관심이 있는 사람은 자네야."

"그래요! 이상한 일이지만 저도 알아요. 그게 말이죠…."

하지만 나머지 사람은 내 말을 가로막았다.

"16이 여기 오면, 이제는 그럴 가능성이 실제로 있다고 생각하게 됐네, 16이 찾는 사람은 자네일 거야."

"그래요, 알아요. 하지만…."

나머지 사람은 고개를 가로저었다.

"피라네시! 잘 듣게! 16은 자네한테 얘기하고 싶어 할 걸세. 자네가 이해할 수 없는 일들을 말이야. 하지만 이런 일이 벌어지게 방치하면, 16이 자네한테 말을 걸도록 내버려 둔다면, 끔찍한 결과가 벌어질 걸세. 자네가 16이 하는 말에 귀를 기울이면 무서운 일이 일어날 거라는 말이네. 정신 이상. 공포. 전에도 본 적이 있네. 16은 그냥 말을 하는 것만으로 자네 생각을 흐트러뜨릴 수가 있거든. 자네가 아는 걸 모조리 의심하게 만들 수도 있어. 자네가 나를 의심하게 만들 수 있단 말이네."

나는 오싹해졌다. 이것은 내가 상상해 본 적도 없는 수준의 사악함이었다. 무시무시했다.

"어떻게 해야 막을 수 있죠?"

내가 물었다.

"내가 이미 말한 대로 하는 거지. 숨으면 되네. 16이 자네를 보지 못하게 하는 거야. 무엇보다도 16의 말을 듣지 않아야 하네. 이 일이 얼마나 중요한지는 아무리 강조해도 지나치지 않을 정도야. 자네가 유난히 16의 이…, 이 힘에 취약하다는 것을 이해해야 하네. 이미 정신적으로 불안정하니까."

"정신적으로 불안정하다고요? 그게 무슨 뜻이죠?"

내가 물었다. 순간 짜증이 그의 얼굴을 스치고 지나갔다.

"말했잖은가. 자네가 잊어버린다고. 했던 말을 반복해서 하고. 일주일 전에 이야기하지 않았나. 벌써 잊어버렸다고 하지는 말게."

"아뇨, 아뇨. 잊어버리지 않았어요."

나는 잘못된 것이 내 기억이 아니라 그의 기억일 것이라는 내 가설을 말할까 말까 망설였지만 상황이 상황이다 보니 적절한 때가 아닌 것 같았다.

"뭐, 그렇다면."

나머지 사람이 한숨을 내쉬었다.

"그게 다가 아니네. 할 얘기가 더 있는데, 이 얘기가 자네한테도 고통스럽겠지만 나한테도 그만큼 고통스럽다는 걸 이해해 주면 좋겠군. 만약 자네가 16 얘기를 들었고 16이 자네를 감염시켜 정신 이상이 되게 만들었다는 걸 내가 알게 된다면, 나도 위험해질 걸세. 그건 자네도 이해하겠지? 자네가 나를 공격할 위험이 있다는 말이네. 사실 그럴 가능성이 농후해. 16은 거의 확실히 자네가 나를 해치도록 조종하려고 할 거야."

"당신을 해친다고요?"

"그래."

"정말 끔찍하네요."

"그렇지. 그리고 인간으로서 자네의 품위라는 문제도 있네. 자네는 그 망신스러운, 정신 나간 상태에 빠지게 될 거란 말일세. 아주 수치스러울 거야. 난 자네가 그런 식으로 계속 살고 싶을 거라고는 상상할 수가 없는데, 안 그런가?"

"그렇죠. 그럴 거라고 생각하지 않아요."

"음."

그는 심호흡을 한 번 했다.

"그런 상황이라면, 자네가 제정신이 아니라면, 그렇다면 내가 자네를 죽이는 것이 최선이라고 생각하네. 우리 둘 모두를 위해서."

"아!"

내가 말했다. 이것은 좀 예상 밖이었다. 잠시 침묵이 깔렸다.

"하지만 일정 기간 도움을 받으면 회복할 수도 있지 않을까요?"

내가 의견을 냈다.

"그럴 가능성은 적네. 그리고 어쨌거나 나로서는 운에 맡길 수가 없으니까."

"아."

이번에는 좀 더 오래 침묵이 이어졌다.

"저를 어떻게 죽이실 건가요?"

내가 물었다.

"듣지 않는 편이 나을 텐데."

"그래요. 그게 낫겠죠."

"그런 생각 하지 말게, 피라네시. 내가 말한 대로 해. 무슨 수를 쓰든 16을 피해. 그러면 문제 없을 거야."

"당신은 왜 정신이 나가시지 않은 거죠?"

"뭐라고?"

"당신은 16과 얘기해 봤잖아요. 당신은 왜 미치지 않았냐고요?"

"전에도 말하지 않았나. 나한테 몇 가지 방어 수단이 있다고. 그뿐이 아니네."

그는 유감스럽다는 듯 입 주변을 찡그리며 말했다.

"나라고 거기에서 완벽하게 안전하지는 않아. 지금 내가 여러 가지 일로 반쯤 제정신이 아니라는 걸 신은 아실 걸세."

다시 침묵이 찾아왔다. 우리는 둘 다 충격을 받은 상태였던 것 같다. 그때 나머지 사람이 조금은 억지스러운 웃음을 짓더니 좀 더 평범하게 보이려고 애를 썼다. 뭔가 생각이 난 것이었다.

"어떻게 알았지?"

그는 물었다.

"뭐라고요?"

"아까 자네가…, 16이 자네를 찾고 있다는 걸 이미 안다고 말한 것 같은데. 특히 자네를 찾는다는 걸 말이야. 하지만 어떻게? 어떻게 알 수 있지?"

그의 얼굴에서 알아내려고 애쓰는 기색이 역력했다. 지금이 예언자에 관해 이야기할 적기였다. 내 혀끝에 그 이야기가 맴돌았다. 나는 망설였다. 나는 말했다.

"계시를 받았어요. 집에게서요. 제가 이런 계시를 받는 거 아시죠?"

"아, 그래. 그거. 그리고 자네가 하려던 말이 뭐였지? 긴히 할 얘기가 있다고 했잖아."

다시 잠시 침묵.

"열여덟째 현관을 통해서 갈 수 있는 아래쪽 홀에서 물속을 헤엄치는 문어를 봤거든요."

내가 말했다.

"아, 그랬나? 그거 멋지군."

나머지 사람이 말했다.

"그랬죠."

내가 동의했다. 나머지 사람은 심호흡을 한 차례 했다.

"그러니까! 16한테서 떨어져 있게! 그리고 미치지 말게!"

그는 웃어 보였다.

"16한테서 떨어져 지낼 테니까 안심하셔도 돼요. 그리고 미치지 않을게요."

나머지 사람은 내 어깨를 도닥거렸다.

"아주 좋아."

어떤 상황이 되면 나를 죽일 수도 있다는 나머지 사람의 선언에 보인 나의 반응
앨버트로스가 남서쪽 홀에 온 해 일곱째 달의 스물다섯째 날 기록

운 좋게 빠져나왔다! 나머지 사람에게 예언자 이야기를 거의 내뱉을 뻔했는데! 그랬으면 그(나머지 사람)는 이렇게 말했겠지.

"나한테 하지 않겠다고 약속해 놓고 왜 모르는 사람과 이야기했지? 그 사람이 16일지 모른다는 생각은 하지 않았나?"

그랬더라면 내가 뭐라고 대답했겠는가? 모르는 사람과 말할 때 나는 실제로 그가 16이라고 생각했으니 말이다. 나는 정말로 나머지 사람에게 한 약속을 깨고 말았다. 거기에는 변명의 여지가 없다. 집이여 고맙습니다! 그에게 말하지 않은 것이 얼마나 다행인지! 그는 나를 신뢰할 수 없는 사람이라고 여겼을 것이다. 잘못하면 나를 죽여야겠다는 생각이 더더욱 강해졌을 것이고.

그런데도 나는 상황이 지금과 정반대가 되어 16이 위협하는 대상이 나머지 사람의 정신이었더라면, 내가 그토록 금방 그를 죽이려고는 하지 않으리라는 생각을 떨칠 수가 없다. 솔직히 나는 그를 죽일 마음이 결코 일어나지 않으리라고 생각한다. 그런 발상 자체가 몸서리가 처진다. 분명히 다른 방법을, 가령 정신 이상을 치유하는 법을 찾으려고 시도해 볼 것이다. 그러나 나머지 사람은 성격상 융통성이 좀 없다. 그것이 잘못이라고까지는 말하지 않겠지만 명확한 성향이기는 하다.

16이 올 것이라는 기대에 내 모습을 바꾸다
앨버트로스가 남서쪽 홀에 온 해 여덟째 달의 첫째 날 기록

지금 나는 16에게서 몸을 숨기는 연습 중이다.

(혼잣말이다) *상상해 봐, 지금 막 남동쪽 스물셋째 홀에서 누군가 보였어. 16이야! 자, 숨어!*

그러고는 조용하고 재빠르게 벽으로 달려가 두 조각상 사이의 틈으로 뛰어든다. 그 안으로 비집고 들어가 꼼짝도 하지 않고 소리도 내지 않는다. 어제는 내가 숨어 있는 홀로 독수리 한 마리가 날아들어 왔다. 작은 새를 사냥하려 찾아온 것이었다. 독수리는 홀을 선회하더니 별자리를 만드는 소년과 남자의 조각상에 내려앉았다. 독수리는 거기에서 반 시간 동안 머물렀지만 나를 알아차리지 못했다.

내 옷은 위장하기에 완벽하다. 내가 더 어렸을 때는 셔츠와 바지가 지금과는 다른 색이었다. 파란색, 검정색, 흰색, 회색, 올리브 갈색. 어떤 셔츠는 아주 근사한 체리 빨강이었다. 하지만 이제는 다들 색이 있었던 흔적만 희미하게 남아 있을 뿐이다. 이제는 모두 눈에 띄지도 않고 구분도 되지 않는 회색이어서, 대리석 조각상의 회색과 흰색에 잘 묻힌다.

그러나 머리카락은 다른 문제다. 시간이 지나는 동안 머리카락이 길어지면서 나는 그동안 발견하거나 만든 예쁜 물건들로 머리 여기저기에 장식을 했다. 조가비, 산호 구슬, 진주, 작은 조약돌과 흥미로운 모양의 물고기 뼈. 이 작은 장식들 중에 상당수가 밝고 반짝거리며 눈길을 끌어당기는 색이다. 내가 걷거나 뛸 때 달그락거리기도 한다. 그래서 지난주 어느 날 오후 내내 나는 그것들을 모두 떼어냈다. 간단한 일이 아니었고 때로는 아프기도 했다. 나는 장식물들을 문어가 그려진 아름다운 상자에 넣었다. 그것은 원래 내 신발이 들어 있던 상자였다. 16이 자기 홀로 돌아가면 나는 다시 머리에 장식을 달려고 한다. 그것들이 없으니 이상하게 벌거벗은 기분이다.

색인
앨버트로스가 남서쪽 홀에 온 해 여덟째 달의 여덟째 날 기록

한 주 건너 한 번 정도 일지 항목들에 색인 작업을 하는 습관을 이어오고 있다. 이렇게 하는 편이 곧바로 색인을 적는 쪽보다 더 효율적이라고 본다. 시간이 조금 흐르고 나면 중요한 것과 스쳐가는 것을 구분하기가 더 쉬워진다.

오늘 아침에는 일지와 색인을 들고 북쪽 둘째 홀 노면에 책상다리를 하고 앉았다. 마지막으로 색인 작업을 한 뒤로 여러 가지 일이 벌어졌다.

나는 색인에 이렇게 적었다.

예언자, 출현: 일지 10번, 148~152쪽

다른 항목은 이러했다.

16 방문에 관한 예언: 일지 10번, 151~152쪽

그런 다음에 나는 예언자가 죽은 자들의 정체를 두고 한 이야기를 다시 읽고서 이렇게 색인에 썼다.

죽은 자들, 몇 사람의 임시 이름: 일지 10번, 149쪽, 152쪽

나는 각각의 이름도 항목으로 만들기 시작했다. "I" 목록에는 이렇게 적었다.

이탈리아인, 젊고 잘빠진: 일지 10번, 149쪽

스탠리 오벤든의 이름을 ("O" 아래에) 반쯤 적는데, 그 위에 적힌 항목이 눈을 끌었다.

오벤든, 스탠리, 로런스 아니-세일스의 학생: 일지 21번, 154쪽. 또 마우리조 주사니 실종도 일지 21번, 186~187쪽을 참조하라

나는 아연했다. 여기에 있었다. 스탠리 오벤든. 이미 색인에 있었다. 하지만 예언자가 그 이름을 말했을 때는 전혀 익숙하게 들리지 않았다.

나는 색인 항목을 다시 보았다.

그러다가 멈췄다. 보다 보니 뭔가 아주 이상한 점이 있었다. 그런데 그 이상한 점은 너무나도 이상하고 완전히 불가해해서, 논리정연하게 생각해 볼 수가 없었다. 나는 그 이상한 무엇인가 를 눈으로 볼 수는 있었지만 머리로 생각할 수가 없었다.

일지 21번.

나는 21번 일지라고 적었다. 도대체 왜 그랬을까? 도무지 말 이 되지 않는다. 지금 내가 쓰는 일지는 (앞에서 설명했듯이) 일 지 10번이다. 21번 일지는 없다. 21번 일지라는 것은 있었을 리 가 없다. 이것이 무슨 뜻인가?

나는 그 페이지 전체를 훑어보았다. 알파벳 O에 있는 다른 항목은 대부분 '나머지 사람'에 관한 것이었다. 이 항목들은 상 당히 많았는데, 그가 나를 제외하면 유일한 인간이라는 사실을 감안할 때 당연하다고 할 만했다. 물론 예언자와 16도 있기는 했지만 이들에 관해서는 내가 거의 모르기 때문에. 보니까 다른 주제에 관해 기록된 예전 항목들이 있었다. 이것들은 스탠리 오 벤든 항목만큼이나 이상했다. 거기에 집중하다 보니 눈으로 보 이는 것을 인식하지 않으려는 모종의 거리낌이 느껴졌다. 그럼 에도 나는 억지로 보았고, 억지로 생각했다.

오크니, 2002년 여름 계획: 일지 3번, 11~15쪽, 20~28쪽

오크니, 고고학 발굴: 일지 3번, 30~39쪽, 47~51쪽

여기에도 존재하지 않는 일지를 가리키는 항목들이 있었다! 일지 11번, 17번, 18번, 20번. 3번과 5번은 물론 있으니까, 그 항목들은 문제가 없었다. 다만…, 보면 볼수록 이 항목들이 '내' 일지 3번과 5번이 아니라 다른 일지를 가리키는 것은 아닌지 의심스러워졌다. 이 항목들은 내가 모르는 펜으로 쓰여 있었다. 잉크도 가늘고 더 부드러웠고, 펜촉이 내 것보다 더 넓었다. 거기에 더해 필체도 이상했다. 내 글씨이기는 했다—거기에는 의심의 여지가 없었다. 그러나 요즘에 내가 쓰는 방식과는 미묘하게 달랐다. 살짝 둥글고 납작했다. 한마디로, 더 젊은 필체였다.

나는 북동쪽 구석으로 가서 장미 덤불에 갇힌 천사 조각상을 기어올랐다. 갈색 가죽 메신저 가방을 집었다. 그러고는 거기에 있는 일지를 모두 꺼냈다. 모두 아홉 권이었다. 아홉 권뿐. 그 순간까지 어찌된 노릇인지 간과했던 다른 스무 권은 찾지 못했다.

나는 일지들을 주의 깊게 살펴보며 표지와 거기에 쓰인 숫자에 특히 주의를 기울였다. 내 일지는 검은색이고 나는 각 권의 책등 아래쪽에 흰색 젤 펜으로 숫자를 매긴다. 경악스럽게도, 나는 처음 일지 세 권에 원래 다른 숫자가 적혀 있었다는 것을 발견했다. 그것은 21번, 22번, 23번이라고 되어 있었지만 누군가가 처음의 숫자에서 앞의 '2'를 긁어내서 1, 2, 3번으로 바꾼 것이었다. 긁어낸 작업이 완벽하게 되지 않아(젤 펜은 지우기가 어렵다) 여전히 희미하게 '2'자를 알아볼 수 있었다.

나는 잠시 앉아 이것을 이해하려고 해 보았지만 도무지 알 수가 없었다.

일지 1번이(그러니까 내 일지 1번이) 원래는 21번이었다면, 거기에는 스탠리 오벤든에 관한 항목이 두 개 있어야 할 터였다. 나는 일지를 집어 들고 펼쳐서 154쪽으로 갔다. 거기에 있었다. 이 항목은 2012년 1월 22일이라고 날짜가 쓰여 있었다. 제목은 이러했다.

　　스탠리 오벤든의 일대기.

　　스탠리 오벤든. 1958년 영국 노팅엄 출생. 아버지 에드워드 프랜시스 오벤든은 과자점을 운영했다. 어머니 이름과 직업은 불명. 버밍엄 대학에서 수학을 전공했다. 1981년 대학원 과정을 시작했다. 같은 해 로런스 아니-세일스의 유명한 강좌 중 하나에 참석했다. 〈잊힌 것, 경계의 것, 초월한 것, 신성한 것〉. 그 직후에 오벤든은 수학 연구를 그만두고 맨체스터 대학에서 아니-세일스의 감독하에 인류학 박사 과정을 시작했다.

　　첫 항목은 여기에서 끝났다. 나는 186쪽으로 갔다. 이런 제목이 붙어 있었다.

　　마우리조 주사니 실종.

　　1987년 여름에 로런스 아니-세일스는 카살리 델 피노라고 하는 농장을 임대했다. 페루자에서 20킬로미터 떨어진 곳이었다. 그가 가장 아끼는 학생들(측근)이 함께 갔다. 오벤든, 배너먼, 휴스, 케털리, 다고스티노.

　　사람들 사이에 긴장감이 흐르기 시작했다. 아니-세일스는 어떤 발언자든 자신의 '위대한 실험'에 충분히 찬동하지 않는다는 점

을 드러내는 말이나 질문을 하면 극도로 민감하게 반응했다. 누구든지 감히 그에게 의문을 제기하면 사적으로나 학문적으로 온갖 결점이 야만스럽게 파헤쳐졌다. 결국 대부분은 외교적인 침묵을 유지했으나, 다른 사람들의 성격에 관해서라면 눈치가 없던 스탠리 오벤든은 계속해서 그들이 하는 일에 의심을 표현했다. 텔리 휴스도 오벤든을 두둔했다가 아니-세일스의 분노를 부족함 없이 경험했다. 카살리 델 피노의 분위기는 점점 팽팽해졌고 그 결과 오벤든과 휴스가 다른 사람들과 떨어져 지내는 시간이 늘어났다. 두 사람은 마우리조 주사니라는 한 젊은이와 친해졌는데, 그는 페루자 대학에서 철학을 전공하는 학생이었다. 새롭게 형성된 이 우정이 아니-세일스를 심각하게 불안하게 만든 것 같았다.

7월 26일 저녁에 아니-세일스는 주사니와 그의 약혼녀 엘레나 마리에타를 카살리 델 피노에서 열리는 저녁 만찬에 초대했다. 만찬 도중에 아니-세일스는 다른 세상(건물과 바다가 하나로 뒤엉킨 장소)에 관해 이야기하면서 그곳에 가는 방법이 있다고 말했다. 엘레나 마리에타는 아니-세일스가 비유적으로 말하고 있거나, 아니면 헉슬리식 환각 체험을 묘사하고 있다고 여겼다.

마리에타는 다음 날 일하러 가야 했다(주사니처럼 마리에타도 대학원생이었지만 여름에는 페루자에 있는 아버지의 법률회사에서 보조로 일했다). 11시쯤에 마리에타는 작별인사를 하고 자기 차에

탄 뒤 차를 몰고 집으로 가서 잠자리에 들었다. 나머지 사람들은 여전히 이야기 중이었다. 영국인 무리는 자기들 중 한 사람이 주사니를 집에 태워다 주겠다고 약속했다.

마우리조 주사니는 그 후로 다시는 볼 수 없었다. 아니-세일스는 마리에티가 떠난 뒤 금방 잠자리에 들었고 무슨 일이 일어났는지 아무것도 몰랐다고 주장했다. 나머지 사람들(오벤든, 배너먼, 휴스, 케털리, 다고스티노)은 태워 주겠다는 그들의 제안을 주사니가 거절하고 자정이 좀 지나서 집으로 걸어가기 시작했다고 말했다(그날 밤은 달빛이 밝고 따뜻했으며, 주사니는 약 3킬로미터 떨어진 곳에 살았다).

십 년 뒤에 아니-세일스가 또 다른 젊은이를 납치했다는 죄목으로 유죄 판결을 받았을 때, 이탈리아 경찰은 주사니 실종 사건 수사를 재개했다. 그러나….

나는 읽기를 중단하고 읽어나, 숨을 거칠게 몰아쉬었다. 일지를 멀리 던져 버리고 싶은 강렬한 충동을 느꼈다. 거기에 적힌 말은 (내가 직접 쓴!) 말처럼 보이기는 하지만 그러면서도 아무 의미가 없는 게 틀림없었다. 횡설수설하는 허튼소리였다! '버밍엄'이니 '페루자'니 하는 단어가 도대체 무슨 의미가 있을 수 있겠는가? 전혀 없다. 세상에 그것들에 상응하는 것은 아무것도 없다.

결국은 나머지 사람 말이 맞았다. 나는 여러 가지를 잊어버린 것이다! 더 나쁜 것은 내가 제정신을 잃어버리면 그가 나를 죽이겠다고 선포한 바로 그 시점에, 내가 이미 미쳤다는 것을 발견했다는 사실이다! 아니면, 지금 미친 것이 아니라면 과거에는 확실히 제정신이 아니었을 터였다. 이 내용을 적었을 때 나는 미쳤었다!

나는 일지를 내던지지 않았다. 바닥에 떨어뜨리고는 걸어가 버렸다. 내 광기를 드러내는 증거물에서 거리를 두고 싶었다. 페루자, 노팅엄, 대학, 이런 허튼소리들이 내 마음속에서 메아리쳤다. 머리에 엄청난 압력이 느껴지는 것이, 마치 어중간하게 형성된 생각들이 한 덩어리가 되어 모조리 내 의식으로 터져 나와 나를 더 미치게 만들거나 아니면 깨달음을 줄 듯했다.

홀 몇 개를 빠른 속도로 걸어 지나가면서 나는 어디로 가는지도 상관하지 않았다. 갑자기 파우누스의 조각상, 내가 제일 좋아하는 조각상이 내 앞에 나타났다. 그의 얼굴은 차분했고, 희미하게 웃고 있었다. 검지는 입술에 부드럽게 얹어져 있었다. 그때까지 나는 매번 그가 그 동작으로 나에게 뭔가를 경고하려 한다고 생각했다. 조심해! 하지만 오늘은 뭔가 상당히 다른 의미인 것 같았다. 쉿! 안심해! 나는 주추에 기어올라 그의 팔에 뛰어든 다음 그의 목을 한 팔로 감싸고 그의 손가락 사이에 내 손가락을 끼웠다. 안전한 그의 품에서 나는 잃어버린 내 정신을

애도하며 울었다. 어깨를 들썩이는 강한 흐느낌이 거의 고통스
럽게, 가슴에서 터져 나왔다.

그는 내게 말했다.

쉿! 안심해!

자신을 더 잘 돌보겠다고 다짐하다
앨버트로스가 남서쪽 홀에 온 해 여덟째 달의 아홉째 기록

나는 파우누스의 품에서 빠져나와 비참한 기분으로 집을 배
회했다. 내가 미쳤다고, 아니면 과거에 미쳤었다고, 그도 아니면
지금 미쳐 가고 있다고 생각했다. 어느 쪽이 되었든 섬뜩한 전
망이었다.

얼마 후 나는 이런 식으로 계속해 봐야 전혀 도움이 안 된다
는 결론을 내렸다.

나는 억지로 북쪽 셋째 홀로 돌아가 물고기를 조금 먹고 물을
좀 마셨다. 그런 다음 내가 가장 좋아하는 조각상을 다시 방문
했다. 고릴라, 심벌즈를 연주하는 어린 소년, 벌통을 든 여인, 성
을 짊어진 코끼리, 파우누스, 체스를 두는 두 왕. 이 조각상들의
아름다움이 나를 어루만지고 내 안에 갇혀 있던 상태에서 벗어
나게 해 주었다. 이들의 고귀한 얼굴을 보니 세상에 있는 좋은

것들이 하나하나 떠올랐다.

오늘 아침에 나는 일어난 일을 더 차분하게 돌아볼 수 있다.

과거에 내가 매우 병들었다는 것을 받아들인다. 일지에 그 항목들을 적었을 때 나는 아팠던 것이 틀림없다. 안 그랬으면 '버밍엄'이나 '페루자' 같은 괴이한 단어로 일지를 채우지는 않았을 것이다(지금 이 단어들을 쓰면서도 다시 불안해지기 시작한다. 온갖 심상이 마음속에서 요동친다. 기이하고 악몽 같지만, 동시에 이상하게도 친숙하다. 예를 들어, '버밍엄'이라는 단어는 요란한 소음, 휭하고 지나가는 움직임과 색깔, 무거운 잿빛 하늘 아래 스치듯 지나가는 탑과 첨탑들 이미지를 연상시킨다. 나는 이런 인상들을 붙잡아서 더 파고들어보고 싶지만 그것은 곧바로 희미해진다).

이 모든 일에도 불구하고 나는 그 두 항목을 허튼소리라고 치부한 것이 성급했다고 생각한다. 어떤 단어에는—일례로 '대학'이 그런데—뭔가 실제로 의미가 담겨 있다. 나는 마음만 먹으면 '대학'을 명확하게 정의할 수 있을 것 같다. 이것이 무엇을 뜻하는지 조금 생각해 보았다. 나는 '학자'라는 말을 이해하는데, 집 여기저기에 책과 종이를 손에 든 학자들 조각상이 있기 때문이다. 어쩌면 '대학'(학자들이 집합하는 장소)이라는 개념을 이런 것에서 추론한 것은 아닐까? 이것은 썩 만족스러운 가설은 아닌 듯하지만 지금으로서 내가 할 수 있는 최선이다.

일지 내용에는 다른 증거에 따라 실존이 확인된 사람들의 이름도 있다. 예언자는 스탠리 오벤든에 관해 말했고, 따라서 이 사람은 분명히 실존 인물이었다. 예언자는 또 젊고 잘빠진 이탈리아인의 이름을 떠올리려고 했지만 생각해내지 못했다. 어쩌면 그 사람이 마우리조 주사니였을지 모른다. 마지막으로 두 기록에는 다 '로런스 아니-세일스'라는 사람이 있었고, 나도 첫째 현관에서 '로런스'가 쓴 편지를 발견한 바 있다.

달리 말해서, 이 일지 항목에 적힌 헛소리들 사이에는 실제 정보도 있는 듯하다. 생존한 사람들 전부에 대해 최대한 많이 알아내려면, 이 중요한 정보원을 무시해서는 안 될 것이다.

내가 잊어버린 일이 많다는 점은 분명해졌고—이런 것은 똑바로 마주하는 편이 최선이다—이제는 내가 심각한 정신 착란에 빠지는 시기가 있다는 증거도 있다. 내가 최우선적으로 해야 할 일은 나머지 사람에게 이 결점을 숨기는 것이다(그것 때문에 그가 나를 죽이기까지 하지는 않으리라 생각하지만, 그는 분명히 나를 지금보다도 더 의심스럽게 바라볼 것이다). 이에 못지않게 중요한 것은 이 병이 돌아오지 않도록 자신을 지키는 일이다. 이를 위해 나는 자신을 더 잘 돌보겠다고 다짐했다. 과학 연구에 너무 몰두한 나머지 낚시해야 한다는 것도 잊고 결국 굶게 되어서는 안 된다(집은 능동적이고 진취적인 사람에게 음식을 넉넉하게 제공한다. 굶으며 지내는 것은 변명의 여지가 없다!). 옷을 수선하고 발싸개를 만드는 데 지금보다 더 공을 들여야 한다. 발이 곧잘 차가워진다(의문: 해조로 양말을 짤 수 있을까? 의심스럽다).

일지의 번호를 다시 매기는 일도 고려했는데 지금 상태도 내가 만든 것이 틀림없다는 결론에 이르렀다. 이는 곧 일지 스무 권이(스무 권이나!) 행방불명이라는 뜻이다—심히 불안해지는 생각이다! 그러나 그와 동시에 잃어버린 일지가 있다는 것은 말이 되는 상황이다. 나는 (앞에서 언급했듯이) 대략 서른다섯 살이다. 내 수중에 있는 일지 열 권에는 오 년이 담겨 있다. 그 이전 인생을 담은 일지는 어디에 있는가? 그때 나는 무엇을 했는가?

어제 나는 다시는 일지의 내용을 읽거나 찾아보고 싶지 않다고 생각했다. 일지 열 권과 색인을 거친 파도에 던져 버리는 모습을 떠올리고, 그것들이 없다면 얼마나 마음이 편안해질지 상상하기도 했다. 그러나 오늘 나는 어제보다 차분하다. 두려움과 공황에 어제처럼 놀아나지 않는다. 오늘은 일지를 조사해 볼 타당한 이유가 있다는 것을 알겠다. 심지어 미쳤을 때 쓴 부분조차—어쩌면 특히 그 부분을. 첫째, 나는 이곳에 살았고 살고 있는 사람들에 대해 언제나 더 많이 알고 싶었고, 이해가 안 가기는 하지만 일지에는 그들에 관한 실제 정보가 담겨 있는 듯싶다. 아무리 기이한 방식으로 서술되어 있더라도. 둘째, 나의 정신 이상과 관련한 정보, 특히 무엇이 원인인지 앞으로 그것을 어떻게 막을 수 있는지 최대한 많이 알아내야 한다.

어쩌면 일지에서 지난 일을 살펴보다 보면 이런 부분을 이해할 수 있을지 모른다. 그때까지는 일지를 읽는 행위 자체가 정신 이상을 촉발하는 행위라는 점을, 여러 가지 고통스러운 감정과 악몽 같은 생각이 떠오르게 한다는 점을 인식해야 한다. 조심스럽게 나아가면서 한 번에 아주 조금씩만 읽어야겠다.

나머지 사람과 예언자 두 사람 모두 집 자체가 정신 이상과 기억 상실의 원인이라고 말했다. 두 사람은 과학자이고 지적인 사람들이다. 그런 흠잡을 데 없는 권위자들이 같은 생각이라면 그들의 결론을 받아들여야 할 것이다. 집은 내가 기억을 잊는 원인이다.

너는 집을 신뢰해?

나는 자문한다.

그래.

나는 대답한다.

집이 너로 하여금 기억을 잊게 만들었다면 거기에는 그럴 만한 까닭이 있었을 거야.

하지만 난 그 까닭이 뭔지 이해할 수가 없어.

네가 이해할 수 있든 없든 그것은 중요하지 않아. 너는 집의 사랑스러운 자녀야. 안심해.

그래서 나는 안심했다.

실비아 다고스티노
앨버트로스가 남서쪽 홀에 온 해 여덟째 달의 스무째 날 기록

예언자가 언급한 사람들에 관해 너무 궁금해져서 실비아 다고스티노와 딱한 제임스 리터부터 조사해 보기 시작하기로 했으나, 곧바로 일지를 뒤져보지는 않았다. 자신을 돌보겠다는 계획에 따라, 나는 일주일 반을 그냥 보낸 뒤에 일지를 다시 보기로 했다. 그 사이의 시간은 일상적이고 마음이 편안해지는 활동을 하며 보냈다. 낚시를 했고, 수프를 만들었고, 옷을 빨았으며, 백조의 뼈로 만든 플루트로 음악을 만들었다. 그런 다음 오늘 아침이 되자 나는 일지와 색인을 꺼내어 북쪽 다섯째 홀로 가지고 왔다. 이 홀에는 고릴라 조각상이 있는데, 그 조각상을 보면 힘이 날 것이라고 생각했다.

나는 고릴라 조각상 맞은편의 노면에 책상다리로 앉았다. 색인에서 알파벳 D 부분을 펼쳤다. 거기 있었다.

다고스티노, 실비아, 아니-세일스의 학생: 일지 22번, 6~9쪽
나는 일지 22번(즉, 내가 갖고 있는 일지 2번)의 6쪽을 폈다.

실비아 다고스티노의 일대기
1958년 스코틀랜드 리스에서 시인 에두아르도 다고스티노의 딸

로 태어났다.

사진들을 보면 살짝 양성적인 외모에 매력적인, 심지어 아름답다고 할 만한 여인이 있다. 짙은 갈색 눈썹, 어두운 눈동자, 강한 코, 뚜렷한 턱선. 짙은 머리카락은 보통 뒤로 묶고 있다. 앙하라드 스콧의 말에 따르면, 다고스티노는 여성성이라는 전통적인 개념을 용인하지 않았고 자기가 입는 옷에는 어쩌다가 한 번씩 신경 쓸 뿐이었다.

십대가 되자 다고스티노는 한 친구에게, 대학에 가서 죽음과 별과 수학을 공부하고 싶다고 말했다. 무슨 까닭인지 맨체스터 대학에서는 그런 강의를 제공하지 않았기에, 다고스티노는 수학으로 만족하기로 했다. 대학에서 다고스티노는 금방 로런스 아니-세일스와 그의 강의를 접하게 되었다. 이 사건으로 그녀의 인생은 완전히 달라졌다.

고대의 정신들과 교류하고 다른 세계들을 엿보는 일에 관한 아니-세일스의 말은 다고스티노가 품었던 우주적인 갈망에—'죽음과 별'에 관해 알고 싶어 하는—답이 되어 주었다. 다고스티노는 수학 학위를 받자마자 아니-세일스를 지도교수로 삼아 인류학으로 분야를 바꾸었다.

아니-세일스의 학생들과 시종들 가운데에서도 다고스티노는 단연 최고로 헌신적이었다. 아니-세일스는 월리 레인지에 있는 자택에 다고스티노가 지낼 방을 내주었고, 다고스티노는 그의 무급 가

정부 겸 비서가 되었다. 다고스티노는 차가 있었는데(아니-세일스는 운전을 하지 않았다) 업무 중 일부분은 그가 원하는 곳이 어디든 그를 태우고 가는 것이었다. 토요일 밤 그가 젊은이들을 고르러 커낼 가에 갈 때도 마찬가지였다.

1984년에 다고스티노는 박사 학위를 취득했다. 연구나 강의 쪽 일을 구하지 않고 아니-세일스의 곁에 머무르면서 하찮은 일로 생계를 꾸렸다.

다고스티노는 외동이었고 부모, 특히 아버지와 항상 아주 가깝게 지냈다. 80년대 중반 언제인가 아니-세일스가 다고스티노에게 부모와 싸우라고 지시한 일이 있다. 앙하라드 스콧에 따르면, 이것은 충성심을 시험하기 위해서였다. 다고스티노는 부모와 접촉을 모두 끊었고, 부모는 그녀를 다시는 보지 못했다.

스콧은 다고스티노를 시인이자 화가, 영화 제작자라고 묘사하면서 그녀의 시가 발표된 잡지들 이름을 나열했다. 〈아르크투루스〉[9], 〈톤 어선더〉, 〈그래스호퍼〉(오늘까지도 나는 이 잡지들을 한 부도 찾지 못했다). 〈그래스호퍼〉의 에디터는—톰 티치웰이라고 하는데—또 에두아르도 다고스티노의 친구이기도 했다. 그(티치웰)는 실비아와 계속 연락하면서 그녀의 소식을 부모에게 전해 주었다.

다고스티노가 만든 영화 두 점이 아직 남아 있다: 〈달/나무〉 그리고 〈성〉. 〈달/나무〉는 일반적인 아니-세일스의 음모론자들 무리에서 벗어난 비평가들과 팬들에게 찬양받는 작품으로, 독특한 분위기가 있는 영화다. 상영시간은 25분이고 맨체스터 주위의 숲과 황야(무어)에서 촬영했다. 슈퍼 8밀리 컬러 카메라로 찍었지만 느낌은 거의 완전히 흑백에 가깝고—검은 숲, 흰 눈, 회색 하늘 등— 이따금 핏빛 빨강을 썼다. 영화를 보면 신비 의식을 거행하는 고대의 사제가 어떤 작은 공동체를 노예로 속박하고 있다. 그는 남자들은 잔혹하게 대하고 여자들은 학대한다. 한 여자가 그에게 대항한다. 자기 힘을 보여주고 그 여자를 벌주려고, 사제는 주문을 건다. 여자가 강을 건넌다. 한 걸음 내딛자 발이 물에 비친 달의 그림자에 닿는다. 여자는 강에 붙잡히고, 달의 그림자에서 벗어날 수가 없다. 사제가 오더니 속수무책으로 서 있는 여자를 매질한다. 그래도 여자는 움직일 수가 없다. 홀로 남겨진 여자는 자작나무 숲에게 자기를 도와달라고 부탁한다. 숲을 통과하던 사제는 뒤엉킨 자작나무들에 갇혀 버리고, 나무들은 사제를 붙잡고 몸을 꿰뚫는다. 사제는 움직이지 못하다 결국 죽는다. 여자는 달의 그림자에서 풀려난다. 〈달/나무〉는 대사가 거의 없고 있다고 해도 이해가 불가하다. 여자와 사제는 각자 자기 언어로 말하는데, 둘 다 우리 언어와는 상관이 없다. 〈달/나무〉의 진정한 언어는 단순하고 삭막한 이미지다. 달, 어둠, 물, 나무.

다고스티노의 작품 중 살아남은 또 다른 영화는 이보다 더 기이하다. 원래 무제였지만 보통 〈성〉으로 불린다. 베타맥스 카메라로 촬영했는데 질이 아주 안 좋다. 카메라가 거대한 방들을 다양하게 배회하는데, 추정컨대 서로 다른 성이나 궁인 것 같다(한 건물일 리는 없다. 한마디로, 너무나 거대하기 때문이다). 벽에는 석상들이 늘어서 있고 바닥에는 여기저기에 물웅덩이가 있다. 믿는 사람들 이야기에 따르면 이것은 아니-세일스가 말하는 다른 세상들 가운데 한 곳, 아마 2000년에 그가 쓴 《미궁》에서 묘사한 장소를 담은 것이라고 한다. 사람들은 이것이 다른 세계를 찍은 영화가 아니라는 점을 증명하려고 촬영지를 밝히기 위해 애를 썼지만, 이제까지 확실하게 알아낸 사람은 아무도 없다. 다고스티노의 필체로 된 메모가 〈성〉과 함께 발견되었지만, 이것은 그녀의 마지막 일기와 마찬가지로 묘한 암호로 쓰여 있어서 해석이 불가능하다.

다고스티노는 어른이 된 후 대부분은 일기를 기록한 듯 보인다. 초기의 일기들은(1973~1980년) 리스에 있는 부모의 집에 보관되어 있었다. 이것은 영어로 기록되어 있다. 실종된 당시 쓰인(1990년 봄) 일기는 다고스티노가 일하던 진료소에서 발견되었다. 이 일기에는 기이한 상형문자들이 뒤섞여 있고 어떤 영상들(아마도 꿈속의 이미지들?)이 영어로 묘사되어 있다. 앙하라드 스콧이 이것을 해독하려고 여러 차례 시도했지만 아무것도 알아내지 못했다.

1990년 초 다고스티노는 윌리 레인지에 있는 한 진료소에서 접수원으로 일하고 있었다. 다고스티노는 그곳의 의사들 중 한 사람, 자기와 동년배인 로버트 올스테드라는 남자와 가까워졌다. 이 시점에 다고스티노는 전보다 로런스 아니-세일스에게 덜 사로잡혀 있었던 듯 보인다. 다고스티노는 올스테드에게 자기 인생이 단조롭고 고되지만, 아니-세일스에게 언제나 감사할 것이라고 말했다. 그 덕분에 더 아름다운 세상으로 가는 길이 열렸고 그곳에서 자기가 행복하기 때문이라고 말이다. 올스테드는 이 말을 어떻게 받아들여야 좋을지 몰랐다. 나중에 그는 다고스티노가 약을 하지 않았다고 확신한다고 경찰에게 말했다. 그녀가 약을 했더라면 절대로 진료소에서 일하게 하지 않았을 것이라고도 했다.

아니-세일스는 다고스티노가 올스테드와 가까워졌다는 사실을 알고 늘 그렇듯이 질투심에 휩싸여 발작을 일으키면서 일을 그만두라고 그녀에게 요구했다. 다고스티노는 이번에는 거절했다.

4월 첫째 주에 다고스티노는 진료소에 출근하지 않았다. 그녀가 이틀간 모습을 보이지 않자 올스테드 박사는 경찰에 전화했다. 다고스티노는 그 후로 목격되지 않았다.

딱한 제임스 리터
앨버트로스가 남서쪽 홀에 온 해 여덟째 달의 스무째 날 두 번째 기록

제임스 리터가 들어간 두 항목은 모두 일지 21번에 있었다. 46쪽과 122쪽. 처음 기록은 이런 제목이었다. 로런스 아니-세일스의 망신.

언제나 논란의 대상이던 아니-세일스의 이력이 느닷없이 끝나 버린 것은 1997년 4월에 그의 집을 청소하라고 고용된 여자가 뭔가를 발견했을 때였다. 그 집의 어떤 방에 있는 벽 아래에서 갈색 액체가 스며 나왔던 것이다. 그곳은 침실이었고, 아니-세일스의 말에 따르면 사용하는 사람이 없는 방이었다. 그러나 청소부는 그곳이 사용되고 있었다는 것을 알 수 있었고, 따라서 그곳을 청소했다. 청소부는 액체를 수세미로 빨아들였다. 그런 뒤 냄새를 맡아 보았다. 소변과 대변이었다. 벽 아래에서 액체가 좀 더 스며 나왔다. 청소부가 벽을 밀자 벽이 살짝 움직였다. 청소부는 벽에 귀를 대 보았다. 그러고는 경찰을 불렀다. 벽 너머에서—가짜 벽이었다—경찰은 방을 발견했고, 거기에는 웬 젊은이가 매우 쇠약하고 정신이 완전히 나간 상태로 있었다.

아니-세일스의 학문적 이력은 끝났다. (광범위하게 보도된) 재판 이후에 그는 처음에 징역 삼 년형을 선고받았다. 그러나 감옥에 있는 동안 다른 수감자들이 폭력과 폭동을 일으키도록 선동했다는 죄목으로 유죄 판결을 받았다. 결국에는 4년 반 동안 복역하고 2002년에 석방되었다.

아니-세일스는 재판에서 증언을 하지 않았고 자기가 왜 제임스 리터를 감금했는지에 관해 아무 해명도 하지 않았다.

이 항목은 실망스러웠다. 딱한 제임스 리터가 누구인지 거의 아무것도 알려주는 바가 없었다. 나는 다른 항목을 펼쳤다. 그 것은 좀 더 그럴듯해 보였다.

제임스 리터 일대기

1967년 런던 출생. 어린 시절 리터는 매우 잘생겼다. 그는 모델, 웨이터, 바텐더, 배우 그리고 이따금 남창으로 일했다. 성인이 되어서는 시시때때로 오랜 기간 정신 질환을 앓았다. 1987년부터 1994년까지 적어도 두 차례, 한 번은 런던에서 한 번은 웨이크필드에서 입원 치료 명령을 받았다. 이따금 그는 노숙을 했다. 아니-세일스의 집에 있던 가짜 벽 뒤에서 발견된 후, 그는 병원으로 호송되어 폐렴, 영양실조, 탈수, 조울증 치료를 받았다. 경찰은 아니-세일스가 그를 얼마나 오랫동안 감금했는지 알아내려고 했으나, 리터는 조리 있는 대답을 전혀 하지 못했다. 그래서 경찰은 리터를 아는 사람들에게 질문했다—마약 중독자들, 사회복지사들, 노숙자 호스텔 운영자들. 그들(경찰)이 파악할 수 있었던 것이라고는 리터가 1995년 초에 맨체스터 인근에서 목격되었다는 사실뿐이었다. 따라서 길게는 이 년 동안 감금되어 있었을 가능성이—결코 확실하지는 않으나—있다.

점차 말을 할 수 있게 되면서 풀어놓은 리터 본인의 이야기는 일을 더 모호하게 만들 뿐이었다. 리터는 월리 레인지에 있는 아니-세일스의 집에 아주 잠깐 머물렀을 뿐이고, 대부분은 다

른 집에 있었다고 고집스레 주장했다. 조각상들이 있고 여러 방이 바닷물에 잠긴 집에 있었다는 말이었다. 대체로 그는 자기가 아직도 그곳에 있다고 생각하는 듯 보였다. 병원에 있는 동안 몇 번인가 심하게 동요하더니, 미노타우로스에게 돌아가야 한다고, 그렇지 않으면 미노타우로스가 자기 저녁을 먹어 버릴 거라고 말했다. 착란을 다스리기 위해 약물 치료를 받으면서도 리터는 물에 잠긴 지하실과 조각상들이 있는 집 이야기를 계속했다.

아니-세일스가 리터를 감금해서 도대체 무엇을 얻으려고 했는지는 여전히 논쟁의 대상이다. 이제까지 두 가지 설이 제시되었다.

하나는 아니-세일스가 리터를 세뇌하여 다른 세상들이 존재할 뿐만 아니라 그 자신 그리고 다른 사람들도 그곳에 가 보았다는 주장에 신빙성을 부여하려고 했다는 것이다. 분명, 리터가 묘사한 집은 실비아 다고스티노의 영화 〈성〉에 나오는 거대한 빈 방들과 유사하다. 또 아니-세일스가 감옥에서 쓴 책 《미궁》에서 직접 묘사한 내용과도 유사하다(물론 아니-세일스가 리터의 환각을 단순히 구체적으로 적은 것일 가능성도 충분히 있다). 하지만 그것—다른 세상이 있다는 증거를 만들어내는 것—이 아니-세일스의 목적이었다면 정신 질환 이력이 있는 남자를 증인으로 고른 이유가 무엇이었을까?

다른 가설은 아니-세일스가 다른 세상 이론이 아니라 괴이한 성벽 때문에 그를 납치했다는 것이다(이것은 1997년 10월에 열린 재판에서 검찰 측이 택한 노선이었다). 하지만 이렇다면 리터는 무엇 때문에 지하가 바닷물에 잠긴 집들 이야기를 주절주절 떠든 것인가?

앙하라드 스콧은 아니-세일스 전기를 쓰고자 리터와 인터뷰를 하려고 시도했지만, 리터는 바다가 집 안에 가둬져 있는 집에 관해 자기가 한 이야기를 아무도 믿지 않아서 화가 나 앙하라드와 대화하기를 거부했다. 2010년에 〈가디언〉의 한 기자가—라이샌더 위크스라는—아니-세일스 스캔들을 다루는 기사를 쓰려고 리터를 추적했다. 이 시점에 리터는 맨체스터 시청에서 경비원으로 일하고 있었다. 위크스는 그를 차분하고 침착한, 거의 선禪의 분위기가 풍기는 남자로 묘사했다. 리터는 십 년간 약물을 끊었다고 주장했다. 그럼에도 그가 위크스에게 한 이야기는 경찰에 했던 이야기와 똑같았다. 1995년에서 1997년 사이에 약 1년 반 동안 바닷물이 지하에 흘러들고 때로는 일층까지 올라오던 커다란 집에 거주했다는 것이었다. 리터는 웅장한 대리석 곡선 계단 아래에 있던 희고 투명한 동굴 같은 곳에서 잠을 잤다고 했다. 그는 맨체스터 시청에서 일한 덕분에 살아날 수 있었다고 했다. 그곳도 커다란 방과 조각상과 계단이 있는 거대한 건물이었던 것이다. 다른 집, 아니-세일스가 그를 데려간 집과 닮아서 마음이 차분해진다는 얘기였다.

실비아 다고스티노와 딱한 제임스 리터에 관한 일지 항목들: 몇 가지 초기 단상
앨버트로스가 남서쪽 홀에 온 해 여덟째 달의 스물하나째 날 기록

딱한 제임스 리터에 관한 앞의 항목이 나로서는 가장 흥미로웠다. 그것은 다른 항목들과 마찬가지로 터무니없는 단어로 가득했으나 미노타우로스가 나오는 부분은 분명히 첫째 현관을 가리키는 내용이었다. 또 나는 리터가 묘사한, 계단 아래의 희고 투명한 동굴도 어딘지 알았다. 첫째 현관에는 바로 그렇게 생긴 계단이 있고 그 아래에 바로 그렇게 생긴 동굴 같은 공간이 있다. 그리고 바로 그 동굴 같은 공간에서 나는 그 짜증스러운 쓰레기를 잔뜩 발견했다. 분명 제임스 리터가 첫째 현관에서 감자칩과 피시 핑거를 먹은 인물이었던 것이다(이것만으로도 일지를 계속 읽기로 하기를 잘한 셈이다!).

실비아 다고스티노를 다룬 항목은 그만큼 유익하지는 않았으나 그녀가 찍은 영화 〈성〉이 묘사된 부분으로 판단하건대, 다고스티노도 이곳을 방문했었다.

'대학'이라는 단어는 실비아 다고스티노를 다루는 내용에서 세 차례 나오고 스탠리 오벤든을 다룬 항목에서도 세 차례 나온다. 두 주 전에 나는 집에 있는 학자들 조각상을 본 덕분에, 언뜻 보기에는 말이 안 되는 이 단어에 의미를 부여할 수 있다는 가설을 세운 바 있다. 당시에는 이 가설이 설득력이 약하다고 무시해 버리려고 했는데 이제는 훨씬 더 그럴듯해졌다. 비록 이 세상에 없더라도 내가 완벽하게 이해하는 개념이 대학 외에도 많이 있다는 생각이 든다. 예를 들어, 나는 정원이 식물과 나무들을 보면서 심신을 쉬게 하는 장소라는 것을 안다. 하지만 정원은 이 세상에 없는 것일 뿐 아니라 그런 개념을 나타내는 조각상도 없다(나도 정원의 조각상이 어떤 모습일지 도무지 상상이 안 간다). 대신 집 여기저기에 있는 조각상들 중에는 장미와 담쟁이 덩굴에 둘러싸여 있거나 나무 그늘 아래에서 쉬는 사람들이나 신들이나 짐승들 조각이 있다. 아홉째 현관에는 정원사가 땅을 파는 조각상이 있고 남동쪽 열아홉째 홀에는 다른 정원사가 장미 덤불을 가지치기하는 조각상도 있다. 바로 이런 조각상들에서 나는 '정원'이라는 개념을 유추한다. 나는 이것이 우연히 일어나는 일이라고 보지 않는다. 이것은 집이 사람들 마음에 새로운 개념을 부드럽고 자연스럽게 불어넣는 방법이다. 집이 나의 이해를 넓게 하는 방법인 것이다.

이것은 매우 고무적인 깨달음이고 나는 이제 일지에 적힌 무의미한 단어를 보고 설명할 수 없는 심상이 떠올라도 그렇게 경계하지 않는다. 자신에게 이렇게 말한다. *걱정하지 마. 집이 그러는 거야. 집이 너의 지식을 넓혀 주는 거야.*

일지 항목에는 모두 이름이 있다. 나는 이제까지 발견한 이름들을 목록으로 만들어 두었다. 모두 열다섯 개다. '케털리'가 나머지 사람 이름이고 또 다른 이름이 예언자의 이름이라면, 열세 개가 남는다. 이것은 내 홀에 있는 죽은 자들의 숫자와 정확히 일치한다. 우연일까? 조심스레 검토해 보니 그럴지도 모른다는 쪽으로 마음이 기운다. 열다섯 사람은 이름이 있지만 일지에는 그 외에도 몇 사람이 더 있는 것으로 암시되어 있다. 다고스티노가 '죽음과 별, 수학'을 공부하고 싶다고 말했던 친구. '경찰'(앞의 일지 항목마다 등장하는 사람). 로런스 아니-세일스의 집을 청소한 여자. 로런스 아니-세일스가 토요일 밤에 고른 젊은이들. 지금 시점에서는 이 사람들이 몇 명이나 되는지는 알 길이 없다.

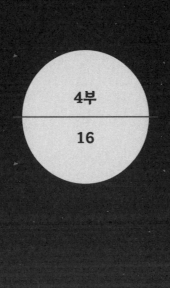

4부

16

서쪽 여든여덟째 홀에서 종잇조각들을 회수하다
앨버트로스가 남서쪽 홀에 온 해 아홉째 달의 첫날 기록

나는 서쪽 여든여덟째 홀에서 발견한 종잇조각들도, 재갈매기 둥지 속에 파고들어가 있던 나머지 조각들도 잊지 않았다.

이틀 전 나는 여행에 필요한 물자를 준비했다. 음식, 담요, 물을 데울 작은 냄비, 천 조각 몇 개. 길을 떠나 오후가 반쯤 지났을 때 서쪽 여든여덟째 홀에 도착했다. 재갈매기들은 먹이를 찾으러 나갔는지 한 마리도 보이지 않았지만, 조각상에 새로 눈 배설물이 쌓인 것을 보면 아직 그곳에서 지내고 있었다.

나는 즉시 둥지들에서 종잇조각을 뽑아내기 시작했다. 이 일의 난이도는 다 달랐다. 어떤 둥지에서는 해조들이 건조해서 살짝만 건드려도 떨어져 나왔지만, 어떤 둥지에서는 종잇조각들이 갈매기 똥에 덮여 굳어져 있었다. 나는 오래된 둥지에서 마른 해조를 가져다가 불을 피웠다. 냄비에 물을 데우고, 물에 천조각을 담갔다가 둥지에 들러붙은 종이에 부드럽게 가져다 댔다. 섬세한 작업이었다. 뜨거운 물을 너무 적게 적시면 딱딱해진 똥이 녹지를 않았고, 너무 많이 하면 종이 자체가 분해되어 버릴 터였다. 오랜 시간 애를 써야 했지만 이튿날 저녁이 되자나는 둥지 서른다섯 개에서 일흔아홉 개의 조각을 회수했다. 둥지들을 모조리 조사해서 더는 남은 조각이 없다는 것을 확인했다.

오늘 아침에 나는 내 홀들로 돌아왔다.

한동안 글을 짜 맞추느라 시간을 보냈다. 이윽고 한 시간 후에 어떤 페이지의 일부분—아마도 반쪽 정도—그리고 다른 페이지들의 조각들을 얻었다.

필체도 아주 나쁘고 줄을 그은 곳도 잔뜩 있었다. 읽어 본다.

… 그가 무슨 짓을 했는지 알았다. 나는 어떻게 그렇게 멍청했을까? 난 여기서 죽을 것이다. 나를 구하러 올 사람은 없다. 나는 여기서 죽을 것이다. 침묵은 [이 부분은 빠져 있다] 아무 소리도 없고, 아래쪽 방들에 있는 바닷물이 부딪치는 소리뿐이

다. 먹을 것도 없다. 그가 가져다주는 음식과 물에 의존하고 있다—이것은 죄수라는, 노예라는 내 위치를 더 강조할 뿐이다. 그는 미노타우로스 조각상이 있는 방에 음식을 놓는다. 나는 그를 죽이는 긴 몽상에 빠진다. 무너진 방들 중 하나에서 천장 타일 크기 정도 되는 뾰족뾰족한 대리석을 하나 발견했다. 그것으로 그의 머리를 부숴 버릴까 생각해 봤다. 그러면 기분이 무척 흡족해질 터였다….

이것은 매우 성나고 불행한 사람이 쓴 글이었다. 누구였을지 궁금했다. 이 글을 통해 그 사람에게 다가가 그를 위로하고, 모든 현관에 차고 넘치는 물고기들과 거둬가기만을 기다리는 조개들을 보여주고, 조금만 앞날을 내다보면 결코 굶주릴 일이 없다는 것과 집이 그 자녀들에게 필요한 것들을 제공해 주고 자녀들을 보호해 준다는 것을 보여주고 싶었다. 가해자라는 사람, 그를 노예로 만든 남자가 누군지도 궁금했다. 두 인간 사이에 그런 적의가 존재한다고 생각하니 무척 슬펐다. 어쩌면 심지어 나의 죽은 자들 가운데 두 사람일지도 몰랐다. 숨겨진 사람이 비스킷 깡통 사나이를 괴롭혔던 것일까? 아니면 반대일까?

　나는 아주 조심스럽게 종잇조각을 뒤집어 뒤쪽을 살펴본다. 이쪽은 필체가 더 나쁘다.

잊어버린다. 잊어버린다. 어제는 가로등이라는 단어를 생각해 낼 수가 없었다. 오늘 아침에는 어떤 조각상이 나한테 말을 거는 줄 알았다. 나는 한동안(삼십 분 정도인 것 같다) 그 조각상과 얘기했다. 나는 미쳐 가고 있다. 이런 지독한 곳에 있으면서 미치다니, 얼마나 끔찍하고 소름 끼치는 일인가. 그렇게 되기 전에 그를 죽일 작정이다. 내가 왜 그를 증오하는지 잊기 전에.

이 종이를 펼쳤을 때 나는 한숨을 쉬었다. 언젠가 나머지 사람이 내게 준 봉투 세 장을 꺼냈다. 첫 봉투에는 서로 위치를 짜 맞춘 종잇조각들을 넣었다. 그 봉투 겉면에는 두 개의 글을 조심조심 베껴 써 놓았다. 다음 봉투에는 서로 맞아 떨어져 문장의 일부분이 되는 조각들을 넣었다. 마지막 봉투에는 어디에도 끼워 맞추지 못한 조각들을 넣었다.

문제
앨버트로스가 남서쪽 홀에 온 해 아홉째 달의 둘째 날 기록

현재 무엇보다 중요한 한 가지 문제로 신경이 쓰인다. 나머지 사람에게 스탠리 오벤든이나, 실비아 다고스티노, 딱한 제임스 리터, 마우리조 주사니 이야기를 물어봐야 하는지 말아야 하는지 하는 점이다. 예언자는 나머지 사람을 '케털리'라고 불렀다. 마우리조 주사니 실종을 다룬 일지 항목에는 '케털리'라는 이름이 다고스티노와 오벤든 그리고 당사자인 주사니와 가까운 위치에서 나타난다. 이에 따라 나는 나머지 사람이 이들을 안다고 추론한다. 나는 이들에 관해 더 알고 싶고 몇 번인가 그에게 묻는 말이 혀끝에 맴돌았다. 하지만 항상 마지막 순간에 주저했다. 그가 이렇게 말한다면? 그 사람들 이야기를 어디서 들었지? 누가 말해 줬나? 나는 무슨 말을 해야 할지 모를 것이다. 내가 예언자와 대화했다는 것을 그가 알아서는 안 된다. 내 일지의 내용에 관해서도 알아서는 안 된다.

그는 의심으로 들끓는다. 16이 다가오는 일 외에는 아무것도 생각하지 않는다. 두 달 전에 그는 서쪽 백아흔두째 홀에 가서 의식을 거행하겠다고 선언했는데—그렇게 하면 위대하고 은밀한 지식을 소환할 수 있으리라는 생각에—이제는 그것도 다 잊어버렸다.

레몬

앨버트로스가 남서쪽 홀에 온 해 아홉째 달의 다섯째 날 기록

오늘 아침에 나는 북쪽 셋째 홀에서 열여섯째 현관으로 가고 있었다. 북쪽 첫째 홀을 빠져나와서 첫째 현관으로 들어섰다. 한두 걸음 가다가 발걸음을 멈췄다.

방금 무슨 일인가가 벌어졌다. 무엇이었지? 지금 무슨 일이 일어난 것인가?

나는 두어 걸음 물러나 출입구로 돌아간 다음 숨을 들이쉬었다. 또 그랬다! 냄새였다. 레몬, 제라늄 잎사귀, 히아신스, 수선화 향기.

이 한 곳에서만 향이 꽤 강했다. 누군가가—근사한 향수를 뿌린 사람이—출입구에 한동안 서서, 멀어져 가는 홀들을 내다보고 있었는지도 몰랐다. 나는 북쪽 첫째 홀로 돌아갔지만 거기에서는 향기의 흔적을 찾지 못했다. 첫째 현관으로 되돌아가 거대한 미노타우로스 아래로 벽을 따라 남쪽을 향해 걸어갔다. 그랬다, 거기에서도 향기를 맡을 수 있었다. 나는 출입구에서 서쪽 첫째 홀 사이 그리고 출입구에서 남서쪽 첫째 홀로 이어지는 복도 사이에 있는 어떤 지점까지 그 사람의 흔적을 추적해 갔다. 거기에서 흔적을 놓쳐 버렸다.

이 길을 지나간 사람은 누구였을까? 나머지 사람은 아니다. 그가 사용하는 향수는 나도 알고 있었다. 고수, 장미, 백단유가 들어간 자극적인 향이다. 예언자인가? 그의 향수는 아주 잘 기억한다. 그 역시 매우 다르다—제비꽃이 지배적인 향에 정향과 까막까치밥나무, 장미향이 희미하게 감돌았다.

이것은 새로운 사람이었다.

16이 왔던 것이다. 16이 여기 있었다.

심장이 빨리 뛰기 시작했다. 나는 현관 주위를 둘러보았다. 그 넓은 공간이 미노타우로스의 벨벳 같은 그림자로 어두운 가운데 금색 빛 조각들이 흩어져 있었다. 16은 몸을 숨긴 곳에서 걸어 나와 나를 미치게 만들지 않았다. 하지만 그곳에, 어쩌면 기껏해야 한 시간 전에 있었다.

놀라운 점은 16과 같은 사람이, 파괴와 광기에 그토록 집착하는 사람이 그렇게 사랑스럽고, 그렇게 햇빛과 행복을 연상시키는 향수를 쓴다는 사실이었다. 그러나 나는 그렇게 생각하다니 어리석다고 자신에게 말했다. 나는 말했다. *이걸 경고라고 생각해. 조심하라고. 16은 사악한 의도를 얼굴에 드러내지는 않을 거야. 보기에는 유쾌한 사람일 가능성이 많아. 친근하고 사근사근한 태도를 보일 거고. 그렇게 해서 너를 파괴하려는 거야.*

죽일 사람이 늘다
앨버트로스가 남서쪽 홀에 온 해 아홉째 달의 일곱째 날 기록

오늘 아침에 나는 나머지 사람에게 첫째 홀에서 맡은 향수 이야기를 꺼냈다. 놀랍게도 그는 이 소식을 꽤 차분하게 받아들였다.

"그래, 뭐, 해치우는 편이 낫다고 생각하기 시작한 참이네. 어정거리면서 일이 벌어지기를 기다리기보다는 말이야. 더구나 그게 결국 그렇게 나쁜 일은 아닐 수도 있고."

그가 말했다.

"16이 우리에게 아주 위험하다고 하시지 않았나요? 당신 안전과 제 정신을 위협한다고 하신 줄 알았는데요."

내가 말했다.

"그건 그렇지."

"그런데 어떻게 그가 오는 게 좋은 일이 될 수가 있죠?"

"너무나 위험해서 유일한 방법은 16을 완전히 제거하는 것뿐이기 때문이지."

"그걸 어떻게 할 수 있는데요?"

대답 대신 나머지 사람은 두 손가락으로 총을 흉내 내며 머리에 대더니 소리를 냈다. 빵! 나는 아연했다.

"아무리 사악하다고 해도 제가 사람을 죽일 수 있을 것 같지가 않은데요. 사악한 자들도 살 자격은 있어요. 만약 그렇지 않다면 그들의 목숨을 가져가는 것은 집이 할 일이에요. 제가 아니라."

"자네 말이 아마 맞겠지. 나도 내 손으로 사람을 죽일 수 있을지 자신이 없네."

나머지 사람은 생각에 잠긴 듯 손가락을 펼쳐 보고 손을 뒤집어 보며 살폈다.

"그래도 시도해 보는 건 흥미로울 거야. 이렇게 하자고. 내가 총을 구하겠네. 그편이 좀 더 쉬울 거야, 누가 하게 되든 말이야. 그러고 보니 생각나는데, 또 다른 사람이 여기 올 가능성이 조금이기는 하지만 있네. 혹시라도 어떤 노인을 만나거든…."

"노인이라고요?"

내가 놀라서 말했다.

"그래, 노인. 노인을 만나거든 즉시 말해 주게. 나만큼 크진 않네. 아주 말랐고. 창백해. 처진 눈꺼풀에 입술은 빨갛고 젖어 있지."

나머지 사람은 저도 모르게 몸을 떨더니 말했다.

"내가 왜 그 사람 모습을 설명하고 있는지 모르겠군. 난데없이 노인네들이 떼지어 나타나기 시작할 것도 아닌데 말이야."

"왜죠? 그 사람도 죽이려고 하시는 건가요?"

내가 불안해하며 물었다. 그가 예언자 이야기를 하고 있다는 데 의심의 여지가 없었다.

"음, 아니네."

그가 말하더니 잠시 입을 다물었다.

"지금 자네가 얘기를 꺼내니까 말인데, 이제 누군가 그렇게 할 때가 되기는 했지. 그가 감옥에 있을 때 아무도 그를 죽이지 않았다는 게 나로서는 늘 믿기지 않았거든. 아무튼 그 사람을 보면 말해 주게."

나는 최대한 중립적인 태도로 고개를 끄덕였다. 나머지 사람이 과거에 예언자를 보았으면 말하라고 한 것이 아니라 앞으로 그를 보면 말하라고 한 것이니, 내가 딱히 거짓말을 한 것은 아니었다. 이 새로운 국면에서 한 가지 좋은 점은 예언자가 자기 홀로 돌아갔고 돌아올 마음이 전혀 없다고 말했다는 사실이었다.

16이 쓴 글을 발견하다
앨버트로스가 남서쪽 홀에 온 해 아홉째 달의 열셋째 날 기록

닷새 동안 전 현관에 회색빛 비가 꾸준하게 쏟아졌다. 세상은 축축하고 싸늘했고 문에서 현관까지 깔려 있는 포석 곳곳에 물웅덩이가 고였다. 홀들은 안식처를 찾아온 새들이 재잘거리는 소리로 가득했다.

나는 가급적 바쁘게 보냈다. 낚시 그물을 수리하고 음악을 연습했다. 하지만 그러는 내내 마음 저 안쪽에는 16이 이곳에 있고 나를 미치게 만들려고 하고 있다는 생각이 자리해 있었다. 나는 그 일이 언제 닥쳐올지 몰랐고, 그것은 기분 좋은 일이 아니었다.

　오늘은 비가 그쳤다. 세상은 다시 마음이 가벼워졌다.

　나는 북서쪽 여섯째 홀로 갔다. 그곳은 떼까마귀 무리의 집이다. 까마귀들은 나를 보자마자 앉아 있던 높은 조각상 자리에서 내려와 선회하고, 날개를 퍼덕이고, 서로 큰 소리로 불렀다. 나는 물고기 찌꺼기를 여기저기 흩어놓아 그들에게 먹이로 주었다. 까마귀 두 마리가 내 어깨에 내려앉았다. 하나는 내 귀를 쪼며 내가 먹기에 좋은지 알아보려고 했다. 덕분에 나는 웃었다. 까만 날개들이 펄럭이며 빙글빙글 도는 한가운데에 서서 나는 주변에 신경 쓰지 않고 있었는지라, 처음에는 내 오른쪽에 있는 한 문에서 어떤 표시, 밝은 노란색 분필로 길게 그은 자국을 보지 못했다. 그러다가 보았다. 나는 어깨를 움직여 새들을 쫓은 다음 그것을 보러 갔다.

　오래전에 나는 길을 잃을까 봐 무서워서 이런 식으로 분필로 문과 바닥에 표시를 해두는 습관이 있었다. 마지막으로 그렇게 한 지가 몇 년이 지났지만, 이 노란색 표시를 보고 처음에는 내가 해 둔 표시 중 하나가 홍수와 조수와 바람과 비와 안개 속에서도 어쩐 일인지 살아남은 것이 틀림없다고 생각했다. 하지만 그와 동시에 내게 노란색 분필이 있었던 적이 한 번도 없었다는 사실도 알았다. 나는 흰색 분필과 파란색 분필이 어느 정도 있고 분홍색 분필도 조금 있었다. 하지만 노란색 분필? 아니, 그런 것은 있었던 적이 없었다.

그때 문가의 노면에서 분필 흔적이, 이번에는 흰색 분필 표시가 더 보였다.

글자다! 나머지 사람의 글씨가 아니었다. 그는 첫째 현관에서 이렇게 멀리까지 오는 법이 거의 없다. 아니, 이것은 다른 누군가의 글씨였다. 16! 나는 잠시 서서 이 상황을 파악하려고 했다. 이런 생각은 해 본 적이 없었다. 16이 글을 적어서 사람들을 미치게 만들지 모른다는!(그의 천재성에 박수를 보낼 수밖에 없었다. 나라면 그런 생각을 할 수 있었을지 자신이 없다).

그러나 그 글을 읽는다고 정말로 미칠까? 나머지 사람도 내게 16과 이야기를 나누지 말라고, 그의 말에 귀를 기울이지 말라고 경고했을 뿐이다. 아마도 16의 목소리에 담긴 어떤 자질에 위험이 있지 않을까? 어쩌면 글로 쓰인 말은 안전하지 않을까?(나는 나머지 사람의 말이 짜증스러울 정도로 모호하다는 사실을 깨달았다).

나는 조심스럽게 아래쪽으로 눈길을 돌렸다. 읽어 본다.

출입구에서 제13방. 돌아가는 길은 다음과 같다. 이 문을 통과해서 곧바로 왼쪽으로 꺾는다. 앞에 있는 문을 지나가서 오른쪽으로 꺾는다. 오른쪽 벽을 따라간다. 문을 두 개 지나면…

길 안내. 그냥 길 안내였다.

이는 그다지 위험해 보이지 않았다. 나는 읽기를 멈추고 정신 이상이나 자기 파괴의 경향이 임박했다는 신호가 나타나지는 않는지 자신을 살펴보았다. 아무것도 찾지 못했고, 못하자 나는 더 읽어 나갔다.

글은 북서쪽 여섯째 홀에서 첫째 현관으로 가는 길 안내였다. 약간 돌아가는 길이기는 하지만 안내는 명료하고 정확하고 효과적이었고, 글자 자체도 반듯하고 똑바르며 보기 좋았다.

이 안내를 따라서 나는 16의 길을 따라 첫째 현관까지 가 보았다. 문을 통과할 때마다 세심하게 표시한 노란색 분필 자국이 있었다. 표시는 내 눈높이보다 다소 낮았다(16은 내 짐작에 나보다 12에서 15센티미터 작은 듯하다). 그는 문틀 아래마다 길 안내를 적어서 조수 때문에 지워지든 다른 사고로 뭉개지든 여전히 길 안내가 남아 있게 해 놓았다. 이 얼마나 체계적인지!

나는 북쪽 둘째 홀로 가서 파란색 분필을 챙겼다. 그러고는 16의 길 안내를 처음 본 북서쪽 여섯째 홀로 돌아갔다(그는 여기까지 간 듯 보였다). 나는 그의 글 아래에 적었다.

16에게

나머지 사람이 경고해 줘서 당신이 어떻게 나를 미치게 만들려고 하는지 들었습니다. 하지만 나를 미치게 만들려면 먼저 찾아야 할 텐데 나를 어떻게 찾을 거죠? 그 답은 찾지 못한다는 겁니다. 나는 이 홀들에 있는 모든 니치와 모든 애프스와 모든 숨을 곳을 알고 있거든요. 당신의 홀로 돌아가세요, 16. 그리고 자신의 사악함을 반성하세요.

이 편지를 썼더니 그동안에 경험한 쫓기는 기분이 약해졌다. 상황을 훨씬 더 잘 다스린다는 느낌, 거의 16만큼 다스린다는 느낌이 들었다. 유일한 문제는 어떻게 서명해야 좋을지 모르겠다는 점이었다. 나머지 사람이나 로런스(늙은 여우가 다람쥐들을 가르치는 조각상을 보고 싶어 하던 사람)에게 했듯이 '당신의 벗'이라고 적을 수는 없는 노릇이었다. 16과 나는 친구가 아니었다. 나는 '당신의 적'이라고 적으려고 했지만 이것은 불필요하게 적대적으로 비춰졌다. '절대로 당신 뜻대로 미치지 않을 사람'도 생각해 봤지만 너무 길었다(게다가 좀 젠체하는 느낌이었다). 결국 나는 간단하게 썼다.

피라네시

나머지 사람이 나를 부르는 명칭이니까.
(나는 이것이 내 이름이라고 여기지 않는다.)

16의 글에 관해 나머지 사람에게 묻다
앨버트로스가 남서쪽 홀에 온 해 아홉째 달의 열넷째 날 기록

오늘 아침에 남서쪽 둘째 홀에서 나머지 사람을 만났다. 그는 중간 톤의 회색 모직 정장을 걸치고 흠잡을 데 없는, 짙은 회색 셔츠를 입고 있었다. 차분하고 진지하며 집중되어 있는 상태였다. 내가 북서쪽 여섯째 홀의 노면에서 분필로 쓰인 글을 발견했다고 전하자, 그는 그저 고개를 끄덕일 뿐이었다.

"16이 글을 이용해서 정신 이상을 일으킬 수도 있을까요? 읽지 말걸 그랬나요?"

내가 물었다.

"16의 말은 어떤 형태로든 위험하지. 읽지 않는 편이 좋았을 거야. 하지만 자네를 탓하지는 않네. 갑작스러운 일이었으니까. 자네는 글로 쓴 메시지는 생각하지 않고 있었잖아. 솔직히 말해서 나도 그런 가능성은 떠오르지 않았고. 하지만 지금은 아주 중요한 시기네. 좀 더 조심해야 해."

"조심할게요. 약속드려요."

내가 말했다. 그는 다독이듯 내 어깨를 두어 번 두드렸다.

"좋은 소식도 있네. 별건 아니지만. 총을 손에 넣었네. 내가 생각했던 것과는 비교도 할 수 없이 간단하더군. 하지만 이 시점에서 내가 보기에는 나쁜 소식이 등장하는데…"

그는 유감스럽다는 듯한 표정을 지었다.

"알고 보니 나는 사격에는 전혀 소질이 없더군. 아무것도 맞힐 수가 없는 것 같아. 연습이 필요한 거겠지. 그걸 어떻게 해야 할지는 잘 모르겠지만 아무튼…, 어쨌든 피라네시, 걱정하지 말도록 하게. 이쪽이든 저쪽이든 이 악몽은 곧 끝날 테니까."

"아, 제발! 16을 죽이지 마요 우리!"

내가 빌었다. 그는 웃음을 터뜨렸다.

"그러면 남은 대안이 뭐지? 우리를 미치게 만드는 걸 두고 보자는 건가? 그렇게는 안 되지."

내가 말했다.

"하지만 자기 계획이 안 먹힌다는 걸 알면, 우리가 자기를 피한다는 걸 알면 16이 자기 홀로 돌아갈지도 몰라요."

나머지 사람은 고개를 저었다.

"그럴 가능성은 전혀 없어, 피라네시. 난 그 사람을 아네. 16은 집념이 강하네. 계속 올 거야."

어둠 속의 빛
앨버트로스가 남서쪽 홀에 온 해 아홉째 달의 열일곱째 날 기록

사흘이 지나갔다. 16이 우리 홀에 다녀간 흔적이 없는지 계속 찾았지만 아무것도 보지 못했다. 그러다가 사흘째 날 한밤중에 자다가 벌떡 깨어났다. 뭔가가 나를 깨웠는데 나는 그게 무엇인지 알지 못했다.

나는 일어나 앉았다. 주위를 둘러보았다. 별들이 창마다 반짝반짝 빛났다. 북쪽 셋째 홀에 있는 천 개의 조각상이 희미하게 별빛을 받은 채, 마치 축복하듯이 홀을 굽어보았다. 모든 것이 늘 있는 그대로였다. 그런데도 나는 뭔가가 벌어지고 있다는 느낌을 떨칠 수가 없었다.

매우 추웠다. 나는 신발을 신고 양털 스웨터를 걸친 다음 북서쪽 둘째 홀로 걸어갔다. 모든 것이 비어 있었고, 모든 것이 고요했으며, 모든 것이 평화로웠다.

나는 오른편에 있는 문을 지나 다른 홀로 들어갔다. 그곳에서 희미하게 무슨 소리가 들렸다. 소리는 불규칙한 간격을 두고 반복되었고, 내가 걸어가는 동안 점점 커졌다. 마치 어떤 동물이 멀리에서 커다란 소리를 내는 것 같았다.

홀 건너편에 있는 문에서 희미한 빛이 피어나왔다. 이런 현상을 막 관찰한 순간 빛이 바뀌더니 더 밝아져 빛줄기가 되었고 이윽고 어둠을 가르며 반대편 벽의 조각상들을 비추기에 이르렀다! 그러더니 나타날 때처럼 갑자기 희미해지다 사라졌다.

나는 문으로 가서 안쪽을 들여다보았다.

앞 홀에 누군가가 있었다. 손전등을 들고 벽에서 벽으로, 구석에서 구석으로 재빨리 불빛을 비추면서 어둠 속에서 무언가를 혹은 누군가를 찾고 있었다(빛이 갑자기 강해졌다가 희미해진 것은 이런 까닭이었다). 그 사람이 소리쳤다.

"래피얼! 래피얼! 여기 있는 거 다 알아!"

나머지 사람이었다.

"래피얼!"

그가 다시 소리쳤다.

침묵.

"당신은 애초에 여기 오는 게 아니었어!"

그가 외쳤다.

침묵.

"여기에 내가 모르는 곳은 없어! 달아날 수 없다고! 결국은 내가 찾을 테니까!"

침묵.

나는 가만히, 움직임을 최대한으로 줄인 채 홀로 살며시 들어갔다. 그런데도 나머지 사람은 곁눈으로 언뜻 보았는지 몸을 휙 돌렸다. 그는 내가 방금 지나간 문에 손전등을 비췄지만, 너무 급하게 움직이는 바람에 손전등을 떨어트렸다. 손전등은 노면 위로 미끄러지듯 멀어졌다. 그러더니 저절로 꺼졌다.

"망할!"

나머지 사람이 외쳤다.

어둠이 다시 홀을 감쌌다. 아래쪽 홀에서 물결이 출렁거렸다. 나머지 사람은 손전등을 찾으려고 여기저기 다니면서 혼잣말로 투덜거렸다.

손전등 빛에 부셔서 거의 안 보이던 내 눈이 별빛에 다시 적응하기 시작했다. 처음에는 고요한 홀 외에는 아무것도 안 보였는데, 얼마 후 남쪽 벽을 따라 동쪽에서 서쪽으로 뭔가가 휙 하고 움직였다. 희미하게 빛나는 조각상들을 배경으로 웬 회색 그림자가 보인 듯 만 듯했는데, 거의 헛것을 보았다고 생각할 정도였다. 하지만 헛것이 아니었다. 그림자는 북서쪽 다섯째 홀로 연결되는 문을 통과했다.

16!

나머지 사람이 손전등을 찾았다. 그는 다시 전등을 켰다. 그러더니 북쪽 문들 중 하나를 지나 홀에서 나갔다.

나는 그가 사라질 때까지 기다렸다가 재빠르게, 조용히 16을 따라 달렸다. 북서쪽 다섯째 홀의 문에 몸을 숨겼다.

16은 홀에 서 있었다. 나머지 사람과 마찬가지로 그도 손전등을 들고 있었다. 그러나 나머지 사람과는 달리 되는 대로 비추지는 않았다. 그는 꾸준하게 홀의 벽을 비췄다. 강한, 은색이 감도는 흰 빛이 아름다운 조각상들을 밝히며 기이하고 색다른 그림자를 만들어, 벽이 거대한 검은 깃털로 뒤덮인 듯 보였다. 16은 손전등을 천천히 움직이며 깃털 같은 그림자들이 팽창하고 수축하며 급강하고 회전하게 만들었다. 하지만 정작 16은 보이지 않았다. 눈부신 빛 뒤에 있는 얼룩에 불과했다.

16은 몇 분간 조각상들을 바라보았다. 그러더니 벽에서 빛을 거두고 북서쪽 여섯째 홀로 이어지는 문으로 걸어갔다. 그는 문설주를 확인해 자기가 만든 분필 자국이 여전히 남아 있는지 살핀 뒤 문을 지나갔다. 나는 뒤따라가서 다음 문에 몸을 숨겼다.

북서쪽 여섯째 홀에서 16은 손전등을 내가 적은 메시지에 비추고 있었다. 그는 한참 동안 꼼짝하지 않고 서 있었다. 나는 그에게 사악함을 반성하라고 했다. 그는 반성하고 있었던 것일까? 그는 느닷없이 무릎을 꿇더니 빠르게 적기 시작했다.

아무도 내게 글을 쓴 적이 없었다.

16은 오랫동안 글을 썼고, 나는 까닭을 알 수 없이 기뻤다. 그러나 그때 생각했다. *왜 기뻐하는 거지? 메시지가 길든 짧든 뭐가 중요해? 읽으면 안 된다는 거 알잖아. 읽으면 미쳐 버릴 거라고.* 마음 한 부분에서는(아주 어리석은 부분) 메시지를 읽을 수 있다면 미쳐도 괜찮다고까지 느껴졌다.

16 앞의 어둠이 뭉쳐지며 두 개의 격렬한 검은 그림자로 둔갑하더니, 펄럭이며 공기를 때렸다. 깜짝 놀란 16은 외마디 비명을 내질렀다. 하지만 그것은 이상한 움직임에 잠에서 깨어 무슨 일인지 보러 온 까마귀 두 마리일 뿐이었다.

"꺼져! 꺼지라고! 저리 가! 바쁘단 말이야!"

16이 외쳤다. 16의 목소리는 내가 예상한 바와 전혀 달랐다.

나는 왔을 때처럼 조용히 떠났다. 나는 북쪽 셋째 홀로 돌아가 잠자리에 누웠다. 그러나 머릿속이 너무 복잡해서 잘 수 없었다.

16이 남긴 메시지를 지우다
앨버트로스가 남서쪽 홀에 온 해 아홉째 달의 열일곱째 날 두 번째 기록

해가 뜨자마자 나는 색인과 일지를 꺼냈다. 색인에서 R이라고 표시된 곳을 펼쳐 보았지만 '래피얼'이라는 항목은 없었다.

나는 서둘러 음식을 조금 먹고 집이 베푼 은혜에 감사드렸다. 나머지 사람에게 물어봐야 할 것이 있었지만 오늘은 나머지 사람과 내가 만나는 날이 아니었기에 기다려야 한다는 점을 알고 있었다.

나는 북서쪽 여섯째 홀로 출발했다. 까마귀들이 시끄럽게 나에게 인사했지만 오늘은 그들과 이야기할 시간이 없었다. 16의 메시지는 노면에서 대략 가로 60센티미터 세로 80센티미터의 면적을 차지하고 있었다.

심장이 가슴을 빠르게 쳤다. 나는 홀끗 아래를 봤다.

나는 보았다.

제 이름은…

나는 보았다.

… 로런스 아니-세일스 …

나는 보았다.

… 미노타우로스 조각상이 있는 방 …

어찌해야 했을까? 나는 메시지가 거기 있는 한 읽고 싶은 강렬한 욕망을 느끼리라는 것을 알았다. 나는 유일한 대안이 그것을 없애 버리는 것이라고 결정했다.

나는 북쪽 셋째 홀로 다시 뛰어가 낡은 셔츠와 분필을 좀 챙겼다. '셔츠'라고 하지만 사실 그 옷은 너무 해져서 이름값도 거의 못했다. 나는 옷을 두 조각으로 찢었다. 그런 다음 북서쪽 여섯째 홀로 달려갔다. 찢은 셔츠 한 조각을 눈가리개 삼아 눈에 대고 묶었다. 나머지 조각은 손에 쥐고, 무릎을 꿇고서 노면을 문질러 닦아 16의 말을 지우기 시작했다.

이삼 분 지난 다음, 눈가리개를 풀고 내려다보았다. 여기저기에 단어들이 남아 있었다.

이해가 가시나요? 제

이름

경   신 실종

파일을 읽   밸런타인

케터

분명

다른 잠재적 피해자들을 모았고 저는

오컬트 신봉자 로런스

아니-세이   제자

제가 침투했다는 사실을 알고 있는 것 같

여기 거의 육 년 동안 갇   당신

나가는 길은

찾아서

당신이 고통 받고 있을지 모른다고

에게서

말이 통하는 부분이 없었기에—적어도 흘끗 본 바로는—이
것이 내게 영향을 미치지 않았기를 바랐다(지금까지는 괜찮다).
나는 무릎을 꿇고 앉아 답을 적었다.

16에게

당신이 우리 홀에 머무르는 한 나머지 사람은 당신을 죽이려고 할 겁니다. 그에게는 총이 있어요!

당신 메시지를 읽지 않고 지웠습니다. 당신 말은 나에게 닿지 않았어요. 나를 미치게 만들지 못했다고요. 당신 계획은 실패했어요.

부탁이에요! 당신이 온, 머나먼 홀들로 돌아가세요!

피라네시

나머지 사람에게 질문하다
앨버트로스가 남서쪽 홀에 온 해 아홉째 달의 열여덟째 날 기록

오늘 나는 아침 열 시에 남서쪽 둘째 홀로 가서 나머지 사람을 만났다.

그는 빈 주추에 서 있었다. 짙은 갈색 모직 정장에 짙은 올리브색 셔츠를 입고 있었다. 반짝이는 신발은 밤색이었다.

"물어보고 싶은 게 있어요."

내가 말했다.

"그러게."

"왜 사실대로 얘기하지 않으신 거죠?"

나머지 사람은 차가운 표정을 지었다.

"난 항상 사실대로 말하는걸."

"아뇨, 그렇지 않아요. 왜 16이 여자라는 걸 얘기하지 않으신 거죠?"

나머지 사람의 표정이 오만한 부정에서 짜증으로, 다시 마지못한 묵인으로 약 0.5초 사이에 급변했다.

"알겠네. 타당한 지적인 것 같군. 하지만 난 여자가 아니라고 한 적은 없네."

나는 이 놀랍도록 약한 반론에 눈알을 굴렸다.

"제가 16을 '그'라고 부른 게 몇 달째인데요. 그동안 당신은 지적하지 않았어요. 단 한 번도요. 이유가 뭐죠?"

나머지 사람은 한숨을 내쉬었다.

"좋아. 내가 아무 말도 하지 않은 이유는 자네를 알기 때문이네, 피라네시. 자네는 낭만적인 남자야. 아, 자네는 자기가 과학자이자 이성의 제자라고 말하지—대체로 그렇고. 하지만 자네는 낭만적이기도 해. 난 그렇지 않아도 16이 얼마나 위험한지 자네를 설득하기가 힘들 거라는 점을 알고 있었네. 하지만 16이 여자라는 걸 자네가 알면 그러기가 더 힘들어질 거라고 생각했어. 자네는 여자에게 훨씬 더 관심이 있을 테니까. 난 자네가 심지어 그 여자와 사랑에 빠질지도 모른다고 생각했네. 자네가 그 여자에게 말을 걸지 않도록 자제할 수 있으리라고는 결코 생각

하지 않았어. 믿기 어려울 테지만 사실 나는 자네를 보호하려고
한 거네. 자네가 16을 신뢰하지 않는 게 무척이나 중요했네. 16
은 근본적으로 신뢰할 수 없는 사람이니까. 알겠나?"

잠시 대화가 끊겼다.

"음, 저를 보호하려고 해 준 건 고마워요. 당신이 암시하려고
하는 것처럼 제가 여자한테 쉽게 흔들릴 거라고는 생각하지 않
지만요. 부디 앞으로는 아무것도 숨기지 마세요."

"알겠네."

나머지 사람이 말했다. 그는 인상을 찡그렸다.

"그건 그렇고, 어떻게 알았지?"

경계심에 목소리가 날카로웠다.

"그 여자랑 얘기를 한 건 아니겠지? 응?"

"아니에요. 북서쪽 여섯째 홀에서 그 여자를 봤고 그 여자 목
소리를 들었어요. 그 여자는 저를 못 봤고요."

"목소리를 들었다고?"

다른 사람은 더욱 경계하는 것 같았다.

"그 여자가 누구랑 이야기하고 있었지?"

"까마귀들이요."

"아."

그는 말을 멈췄다.

"정말 희한하다니까."

로런스 아니–세일스를 색인에서 찾아보기로 하다
앨버트로스가 남서쪽 홀에 온 해 아홉째 달의 열아홉째 날 기록

한 가지 면에서는 나머지 사람이 옳았다. 나는 스스로 생각하는 만큼 이성적이지 못하다. 예전에 나는 나머지 사람이 자기애나 오만이나 자부심에서 비롯된 행동을 할 때마다 (몰래) 웃음 지었다. 나 자신의 행동은 오로지 이성에만 좌우된다고 확신하면서. 그러나 나는 자신을 속이고 있을 뿐이었다. 이성적인 사람이라면 북동쪽 첫째 홀에서 예언자에게 결코 말을 걸지 않았을 것이다. 이성적인 사람이라면 북서쪽 여섯째 홀의 노면을 계속 문질러 닦아 16의 메시지를 흔적도 남지 않게 지웠을 것이다.

나를 사로잡고 흥분시키는 것은 16이 여성이라는 사실이 아니다. 아니, 적어도 전적으로는 아니다. 그것은 그 여자가 또 다른 인간이라는 사실이다. 나는 그 여자에 관해 내가 알 수 있는 전부를 알고 싶다. 아니면 미치지 않는 선에서 알 수 있는 만큼이라도(이것이 미묘한 부분이다).

나는 16이 쓴 메시지에 관해 나머지 사람에게 말하지 않았다. 그뿐 아니라 내가 메시지를 지운 뒤에도 여기저기 구절과 문장이 조금씩 남아 있었다는 사실과 내가 그것들을 그냥 두었다는 사실도 말하지 않았다.

··· **밸런타인 케터(ㄹ리)** ··· 이 부분은 '나머지 사람'을 가리키는 내용이다. 예언자는 나머지 사람의 이름이 밸 케털리라고 했다. 16이 나머지 사람에 관해 적은 것은 놀랄 일이 아니다. 나머지 사람 말에 따르면 16은 그에게 집착하고 있고 그를 파괴하고 싶어 한다고 하니까.

··· **분명(히) 다른 잠재적 피해자들을 모았고 저는** ··· 16이 자기 피해자들에 관해 떠벌리고 있는 걸까? 자기가 준 피해와 앞으로 하려는 일들을? 불확실하다.

··· **오컬트 신봉자 로런스 아니-세이(ㄹ스) 제자**··· 모든 단서가 바로 이 한 사람에게, 로런스 아니-세일스에게 귀결된다. 내 생각에 그는 예언자와 동일인이다.

··· **여기 거의 육 년 동안 갇**··· **당신** ··· 무엇을 가리키는지 불명확하다.

··· **나가는 길은** ··· 수수께끼 같은 표현이다. 16은 나에게 출구를 알려 주려고 하는 듯 보인다. 하지만 나는 이곳 홀들을, 출구와 입구를 모두 알고 있다. 16은 그렇지 못하고.

나는 색인에서 16을 찾아보면서 나머지 사람이 그 여자를 부를 때 쓰던 이름을 적용해 보았다. 그 여자는 없었다. 그래서 나는 로런스 아니-세일스를 찾아볼 작정이다.

로런스 아니-세일스
앨버트로스가 남서쪽 홀에 온 해 아홉째 달의 열아홉째 날의 두 번째 기록

이번에도 나는 북쪽 다섯째 홀로 색인과 일지를 가지고 가서 고릴라 조각상 맞은편에 앉았다. 그의 힘과 결의가 부디 내게 용기를 주기를! 나는 색인에서 A를 펼쳤다.

로런스 아니-세일스에 해당하는 항목이 스물아홉 개 있었다. 이들 중 어떤 항목은 한두 줄밖에 안 되었고, 어떤 항목은 몇 페이지나 이어졌다. 절반쯤 슥슥 읽어 봤지만 별로 도움이 안 되었다. 거기에 담긴 정보는 대단히 광범위했다─출판물 목록, 일대기, 인용문, 아니-세일스가 직접 만난 사람들 묘사. 이런 제목의 항목이 보였다. '로런스 아니 세일스: 책 집필의 장점과 단점.' 책 집필이라는 발상이 무척이나 흥미로워 보여서, 나는 이 부분을 관심 있게 읽었다.

가능성 있는 프로젝트: 아니-세일스에 관한 책, 초월적 사상가들의 생각을 탐구해 본다. 초월적 사상가란 어떤 학문 혹은 분야에서 받아들여질 만하다고(혹은 심지어 가능하다고) 간주되는 선을 넘어서 생각하는 사람들이다. 이단자들.
이 프로젝트를 진행하는 것이 잘하는 일인지 모르겠다. 장단점을 보면.

· 앙하라드 스콧이 쓴 《긴 숟가락[10]: 로런스 아니-세일스와 측근들》은 그런대로 괜찮다. (단점)

· 그렇기는 하지만 스콧의 강점은 전기 부분이지 분석 부분이 아니다. 그 여자 스스로 누구보다 먼저 이것을 인정할 것이다. (장점? 중립?)

· 스콧은 내게 정중하고, 힘을 북돋워주며, 도우려는 의지도 있다. 다른 책이 나오는 모습을 보고 싶어 하기도 한다. 나에게 배경 지식을 상당히 많이 제공해 주었고 그 외에도 더 있다고 암시했다. 앙하라드 스콧과 통화한 부분의 메모를 참고하라. 153쪽. (장점)

· 아니-세일스는 꽤나 흥분되는 주제이다? 커다란 스캔들, 판결, 징역형 등. (장점)

· 아니-세일스는 초월적 사상가의 완벽한 사례이다─한 가지가 아니라 여러 가지 면에서 초월적이다. 도덕적으로나 지적으로나 성적으로나 형법상으로. (장점)

· 그가 추종자들에게 미친 비범한 영향력, 그들로 하여금 다른 세상 등을 보았다고 믿게 만드는 능력. (장점)

· 아니-세일스는 학자들/작가들/기자들과 대화하기를 거부한다. (단점)

· 그의 측근들─그가 이 세상과 다른 세상들을 왕래했다고 주장하던 시기에 그를 알고 지내던 사람들─은 몇 안 된다. 그

중에 몇 사람은 실종되었고 나머지는 대부분 기자들에게 말을 하지 않으려고 한다. *(단점)*

· 탤리 휴스는 아니-세일스의 제자들 중 앙하라드 스콧과 대화하려고 하던 유일한 사람이었다. 스콧에 따르면 휴스는 정서적으로 불안정하고 어쩌면 망상증이 있을지 모른다. 제임스 리터는 2010년에 한 기자*(라이샌더 위크스)*와 대화했다. 대화해 볼 만 할지도? 위크스에 따르면, 리터는 맨체스터 시청에서 경비로 일하고 있다. 위크스가 책을 쓰고 있는지 확인해 볼 필요가 있을까? *(장점도 단점도 아니다—중립)*

· 아니-세일스와 관련되어 있는데 실종된 사람들의 수수께끼: 마우리조 주사니, 스탠리 오벤든, 실비아 다고스티노. *(이것은 독자들을 강하게 끌어당기는 요인이고 따라서 분명한 장점이다. 나도 실종된다면 단점이 되겠지만.)*

· 지극히 기분 나쁜 사람에 관해 오랜 시간 책을 쓰는 일은 정서적으로 부담이 큰 일일지 모른다. 아니-세일스가 사악하고, 앙심을 잘 품고, 사람들을 조종하고, 잔혹하고, 오만하며, 완벽할 정도로 머저리라는 점은 보편적으로 동의하는 바다. *(단점)* 어느 쪽으로 봐야 할지 확실치가 않다. 아주 조금 나쁨?

이것은 로런스 아니-세일스를 아는 데는 거의 도움이 되지 않는다. 가장 정보가 많은 것은 마지막 항목이었다. 제목은 이러했다.

〈찢기고 눈 먼: 대안적 발상 페스티벌, 글래스턴베리, 2013년 5월 24~27일〉에서 한 강연 자료

로런스 아니-세일스는 고대인들에게 세상과 소통하는 다른 방법이 있었다고, 그들이 세상을 자기들과 교류하는 존재로 경험했다는 이야기로 시작했다. 고대인들이 세상을 관찰할 때, 세상도 그들을 관찰했다는 얘기다. 예를 들어, 그들이 배를 타고 이동했다면 강은 모종의 방법으로 자기 등에 그들을 얹고 데려가고 있다는 것을 인식했고 실제로 거기에 동의했다는 것이다. 고대인들이 별들을 올려다보면, 별들은 그저 보이는 대로 별자리를 만들 수 있게 해 주는 단순한 패턴이 아니라 의미를 담고 있는 매개체였다. 끝없이 흐르는 정보의 움직임이었다. 세상은 고대인들에게 끊임없이 이야기했다.

이것은 전부 어느 정도는 전통적인 철학 역사의 테두리 안에 있는 것이었으나, 아니-세일스가 동료들과 달랐던 부분은 고대인과 세상 사이의 대화가 단지 그들 머릿속에서 일어난 일이 아니었다고 끈질기게 주장했다는 사실이었다. 그는 그것이 실제 세상에서 일어난 일이라고 말했다. 고대인들이 세상을 인식한 방식은 세상을 있는 그대로 바라보는 것이었다. 그리하여 그

들은 비범한 영향력과 힘을 얻었다. 현실은 대화에 참여할 수 있을 뿐만 아니라―지적이고 조리 있어서―설득될 수도 있었다. 자연은 인간의 욕망에 뜻을 굽히려는, 자신의 일부를 인간에게 빌려주려는 의지가 있었다. 바다가 갈라질 수 있었고, 사람들은 새로 둔갑해 날아가거나 여우로 둔갑해 어두운 숲에 숨을 수 있었으며, 구름으로 성을 만들 수도 있었다.

결국 고대인들은 세상과 대화하고 세상에 귀 기울이는 일을 중단했다. 그렇게 되자 세상은 단순히 고요해진 것이 아니라 변했다. 사람과 끊임없이 소통하던 일부분이―그것을 에너지라고 부르든 힘이라고 부르든 영이나 천사나 악마라고 부르든―더는 이곳에 머무를 자리도 없고 이유도 없었기에 이곳에서 떠나버렸다. 아니-세일스의 관점에서는 실제로, 정말로 마법이 풀려 버린 것이다.

이 주제를 다룬 첫 출판물(《도요새의 울음》, 앨런&언윈, 1969년)에서 아니-세일스는 이 고대의 능력들이 되돌릴 수 없이 사라졌다고 했지만, 두 번째로 책(《바람이 데려간 것》, 앨런&언윈, 1976년)을 낼 무렵에는 정말 그러한지 확신하지 못했다. 그동안 그는 제식 마법을 써서 실험했고, 이제는 그 힘 중 일부를 되찾을 수 있을지 모른다고 여겼다. 여기에는 한때 그런 힘이 있었던 사람과 물리적인 연결고리가 있어야 한다는 전제가 붙는다. 최상의 연결고리는 실제 유해다―대상이 되는 사람의 신체

나 그 일부분.

1976년에 맨체스터 박물관에는 기원전 10년에서 기원후 200년 사이의 토탄 늪 시신[11] 네 구를 전시했는데, 각 시신들은 이들이 발견된 토탄 늪의 이름을—체셔의 메어풀—따서 명명되었다. 이들 이름은 다음과 같다.

· 메어풀 I(두개골 없는 시신)
· 메어풀 II(온전한 시신)
· 메어풀 III(두개골, 그러나 메어풀 I의 것 아님)
· 메어풀 IV(또 다른 온전한 시신)

아니-세일스는 메어풀 III, 즉 두개골에 가장 흥미를 보였다. 아니-세일스는 의식을 거행해 점을 쳤고 두개골이 왕이나 예지자의 것으로 확인되었다고 말했다. 예지자가 알았던 지식이 바로 정확히 아니-세일스가 연구를 추진하는 데 필요한 것이었다. 거기에 자신의 가설이 결합되면, 인간의 이해력 향상에 분수령이 되리라는 뜻이었다. 1976년 5월 아니-세일스는 박물관 관장에게 편지를 써서, 두개골을 빌려 자기가 고안한 마법 의식을 거행하고, 예지자의 지식을 자신에게 전이해서 인류에게 새로운 시대를 견인하고 싶다고 요청했다. 경악스럽게도, 관장은 거절했다. 6월에 아니-세일스는 오십 명 정도 되는 학생들을 설득하여, 박물관 앞에서 이 편협하고 구시대적인 사고방식에 맞서 시위를 벌였다. 학생들은 '두개골을 석방하라'라고 쓰인 플래카드를 들고 있었다. 열흘 뒤 두 번째 시위가 열렸는데, 유리창이 하나 깨지고 경찰과 몸싸움도 벌어졌다. 그 후로 아니-세일스는 토탄 늪 시신에 흥미를 잃은 듯 보였다.

12월 말에 박물관이 크리스마스 연휴로 문을 닫았다. 새해가 되어 다시 개장했을 때, 직원이 그동안 침입 사건이 일어났다는 것을 발견했다. 사람들이 박물관에서 야영한 증거가 있었다. 음식물 부스러기, 비스킷 봉지, 기타 여러 쓰레기가 여기저기 흩어져 있었다. 대마초 냄새도 났다. '두개골을 석방하라'라는 글자가 한쪽 벽에 페인트칠 되어 있었고 타 버린 양초 토막들이 바닥에 붙어 있었다. 양초들은 원 모양으로 놓여 있었다. 메어풀 III이 전시되어 있던 보관장이 깨지고 두개골을 건드렸다는 점 외에 달리 도난당한 것은 없어 보였다. 두개골에는 촛농과 겨우살이 조각들이 붙어 있었다.

경찰과 박물관 직원들은 당연히 아니-세일스를 의심했다. 그러나 아니-세일스는 알리바이가 있었다. 엑스무어에 있는 한 농가에서 열리는 한겨울 축제에 어떤 부유한 신이교도들과 함께 참석했던 것이다. 신이교도들(브루커라고 하는)이 이를 확인해 주었다. 브루커 가족은 아니-세일스를 비범한 천재이자 일종의 이교 성인으로 공경했다. 경찰은 이들의 증언이 믿을 만하다고 여기지 않았지만 이를 반박할 길이 없었다.

박물관 침입 사건으로 기소된 사람은 아무도 없었지만, 다음 책 《반쯤 보인 문》, 앨런&언윈, 1979년)에서 아니-세일스는 아데도 마루스라는 로마 제국 시대 영국의 예지자가 양쪽 세계를 오갈 수 있었다고 했다.

2001년 로런스 아니-세일스가 감방에 수감되어 있는 동안, 토니 마이어스라는 남자가 런던의 한 경찰서에 들어가 진술을 하겠다고 요청했다. 그는 맨체스터 대학에 다니던 당시 1976년 크리스마스 날 박물관에 침입했다고 말했다. 그는 창문을 하나 부순 뒤, 그곳을 넘어 들어가 다른 사람들이 들어오도록 문을 열었다. 그는 아니-세일스가 다른 두 남자와 함께 의식을 거행하는 모습을 목격했다. 그는 그 두 남자가 밸런타인 케털리와 로빈 배너먼이라고 여겼지만, 너무 오래전이라 확신할 수는 없었다.

마이어스는 한순간 메어풀 III의 입술이 움직이는 것을 보았지만 아무 말도 듣지 못했다고 말했다.

마이어스는 기소되지 않았다.

아니-세일스 자신은 메어풀 III에게 사용한 의식에 관해 쓴 적이 없었다. 70년대 말에 그는 어쨌거나 자기 사상을 수정하고 있었다. 더는 잃어버린 신앙과 힘의 내용에 흥미를 보이지 않고 그것이 어디로 갔는지에 더 관심을 보였다. 잃어버린 신앙과 힘이 모종의 에너지를 구성한다는 예전의 사상을 토대로, 그는 이 에너지가 그냥 꺼지듯이 사라졌을 리가 없다고 말했다. 필시 어딘가로 갔으리라는 말이었다. 이것이 가장 유명한 사상 〈이세계론〉의 서문이었다. 이는 한마디로 지식이나 힘이 이 세상에서 사라졌을 때 두 가지 일이 벌어졌다는 사상이었다. 첫째, 그것은 다른 세계를 창조했다. 둘째, 그것은 자신이 한때 존재했던 이 세상과 그것이 만든 새로운 세상을 연결하는 문을, 구멍을 남겼다.

아니-세일스는 말했다. 들판에 고여 있는 빗방울을 상상해 보라. 이튿날이면 들판은 건조해진다. 빗방울은 어디로 갔는가? 일부는 대기로 증발했다. 일부는 식물과 동물들이 마셨다. 하지만 일부는 땅 속으로 스며들었다. 이런 일이 계속 반복되었다. 수십 년, 수백 년, 수천 년 동안 물은 땅으로 스며들어 그 아래 놓인 바위를 갈라지게 한다. 그런 다음 틈을 더 크게 벌려 구멍으로 만든다. 그러고는 구멍을 동굴 입구로 만든다. 그곳은 사실 일종의 문이다. 문 너머에서도 물은 계속 흐르면서 동굴을 파고 기둥을 만든다. 어딘가에 반드시 통로가, 마법이 사라진 곳과 우리를 연결하는 문이 있다고, 아니-세일스는 말했다. 그 문은 아주 작을지 모른다. 대단히 안정적이지는 않을지도 모른다. 지하 동굴로 들어가는 입구처럼 붕괴될 위험이 있을지도 모른다. 하지만 있을 것이다. 그리고 있다면, 찾을 수도 있다.

1979년에 그는 세 번째, 가장 유명한 책《반쯤 보인 문》을 출간했다. 거기에서 그는 다른 세상들이라는 개념을 논하고, 자신이 어느 정도 분투하고 난 뒤에 그중 한 곳에 어떻게 들어갔는지 묘사했다.

로런스 아니-세일스 저,《반쯤 보인 문》에서 발췌

한번 발견하면 문은 언제나 당신과 함께한다. 그저 찾기만 하면 문은 나타난다. 어려운 부분은 처음으로 문을 발견하는 일이다. 아데도마루스가 준 식견을 따라서 내가 최종적으로 결론 지은 것은 문을 보려면 자기 시야를 맑게 해야 한다는 점이었다. 그러려면 반드시 그 장소, 마지막으로 세상이 유동적이라고, 자신에게 반응을 보인다고 믿었던 지리적 장소로 돌아가야 했다. 한마디로 근대의 합리성이라는 철권이 자기 마음을 틀어쥐기 전에 서 있었던 마지막 장소로 돌아가야 했다.

내게 이것은 라임 리지스에서 내가 자란 집의 정원이었다. 불행히도 1979년에는 집이 여러 사람의 손을 거쳤다. 당시의 집 주인들은(세상에 차고 넘치는 평범한 인간들의 따분한 전형들) 정원에 서서 몇 시간 동안 고대 켈트의 의식을 거행하게 해 달라는 내 요청에 인정을 베풀지 않았다. 상관없었다. 나는 한 친근한 우유 배달부에게서 집 주인들이 언제 휴가를 떠나는지 알아냈고,

그때 그곳에 돌아가 '침입했다.'

내가 정원에 들어선 날은 춥고, 비가 내리고, 우중충했다. 나는 퍼붓는 비를 맞으며 잔디밭에 서서, 내 어머니가 심은 장미들 (비록 이제는 견딜 수 없을 만큼 저속한 꽃들과 꽃밭을 공유해야 했지만)에 둘러싸여 있었다. 빗줄기 너머에 색의 덩어리들이 있었다—흰색, 살구색, 분홍색, 금색, 빨간색.

나는 그 정원에서 어린아이였던 때의 기억에, 세상도 내 마음도 구속받지 않던 마지막 시간에 주의를 집중했다. 당시 나는 모직으로 된 파란색 유아용 옷을 입고 서 있었다. 손에는 금속으로 된 병정을 쥐고 있었는데, 병정의 페인트가 조금 벗겨진 채였다.

놀랍게도 나는 기억을 떠올리는 행위 자체가 극도로 강력하다는 것을 발견했다. 내 마음은 즉각 자유로워졌고, 내 시야는 맑아졌다. 내가 준비했던 길고 복잡한 의식이 전혀 쓸모가 없어졌다. 나는 이제 비가 보이지도 느껴지지도 않았다. 어린 시절의 투명하고 강한 햇빛 속에 서 있었다. 장미의 빛깔이 초자연적으로 밝았다.

내 주위에서 다른 세상들로 들어가는 문들이 곳곳에 나타나기 시작했지만 나는 내가 바라는 문, 잊힌 것들이 모두 흘러들어가는 문이 어떤 것인지 알았다. 문은 낡은 사상들이 이 세계를 떠나면서 그것을 통과하는 통에 닳고 해어졌다.

이제 문은 완벽하게 보였다. 앙투안 리부아르와 코케트 데 블랑슈[12] 의 틈새에 있었다. 나는 그 사이로 들어섰다.

나는 돌바닥과 대리석 벽으로 된 거대한 방에 서 있었다. 서로 다른 거대한 조각상 여덟 개가 나를 둘러쌌는데, 전부 미노타우로스의 형상이었다. 웅장한 대리석 계단이 아주 높은 데까지 올라가고 마찬가지로 아찔하게 낮은 데까지 내려갔다. 꼭 바다 소리 같은 이상한 우르릉 소리가 귓전에 들려왔다….

차분함을 유지하다
앨버트로스가 남서쪽 홀에 온 해 아홉째 달의 열아홉째 날 세 번째 기록

일지에 담긴, 로런스 아니-세일스의 이론을 설명한 내용은 예언자가 스스로 한 말과 아주 부합했다(두 사람이 동일인이라는 또 다른 증거였다!). 나는 아데도마루스라는 이름을 재발견하고, 그 철자를 제대로 알게 되어 기뻤다. 이 이름이 바로, 나머지 사람이 세 달 전에 의식을 거행하면서 부른 이름이었다! 나는 나머지 사람이 아데도마루스를 로런스 아니-세일스에게서 배웠으리라 확신한다("그 친구 생각은 전부 나한테서 온 거라네." 예언자가 한 말이다).

한 문장 때문에 혼란스럽다. 세상은 고대인들에게 *끊임없이*

이야기했다. 나는 이 문장이 왜 과거형으로 쓰여 있는지 모르겠다. 세상은 여전히 내게 날마다 이야기한다.

나는 처음보다 일지 내용을 읽는 데 더 능숙해졌다고 생각한다. 극도로 모호한 문장을 마주해도 차분함을 유지한다. 신비로운 에너지로 고동치는 말과 구절에—예를 들어 '맨체스터'나 '경찰서'—더는 마음이 흔들리지 않는다. 이런 항목들이 마치 사제나 예지자, 광란 상태나 계시 받은 상태에 들어간 사람이 비록 이상하고 쉽게 가공되지 않는 형태이기는 해도 지식을 전수하려고 쓴 글인 것처럼 바라보는 습관이 거의 무의식적으로 생긴 듯하다.

어쩌면 내가 그 글을 썼을 때 정말로 변성 의식 상태에 들어가 있었던 것은 아닐까? 이 가설이 설득력 있다고 생각하지만, 그래도 몇 가지 의문이 남는다. 나는 이런 의식 상태에 들어가려고 어떤 행동을 했는가? 그리고 자신을 과학자라고 늘 생각했으면서, 어째서 이런 일에 애초에 발을 담갔는가?

큰 홍수가 날 것이다
앨버트로스가 남서쪽 홀에 온 해 아홉째 달의 스물하나째 날 기록

내가 규칙적으로 하는 일들 중 하나는 조수 표를 개정하는 것이다. 그러려면 관찰 결과도 필요하고 내가 만든 공식들도 있어야 한다. 나는 몇 달마다 계산을 하고 앞으로 다가올 날에 특이한 일이 벌어지지 않는지 확인한다. 최근에 나는 다른 일들에 정신이 팔려 이 일을 다소 소홀히 했다. 오늘 아침에 나는 자리에 앉아 이 일을 하다가 곧바로 대단히 우려할 만한 점을 발견했다. 네 종류의 조수가 일주일 내에 합류할 전망이었던 것이다!

나는 이 사건을 거의 아예 놓칠 뻔했다는 사실을 깨닫고 충격 받았다! 내가 마지막으로 한 계산은 이미 이주도 더 전에 지나간 사건을 예측한 내용이었다. 나는 의무를 등한시하고 나와 나머지 사람을 치명적인 위험에 빠뜨린 것이다!

동요한 나는 벌떡 일어나서 홀을 위아래로 빠르게 왔다 갔다 했다. 아, *씨발! 씨발! 씨발! 씨발!* 나는 혼자서 투덜거렸다. *씨발! 씨발! 씨발! 씨발!* 일이 분간 무의미하게 앞뒤로 왔다 갔다 하다가, 나는 자신에게 엄격하게 말했다. 과거를 통탄해 봐야 아무 소용도 없다고. 지금 필요한 것은 미래에 어떻게 할지 계획하는 일이라고.

나는 다시 자리에 앉아 어떤 일이 일어날 것 같은지 좀 더 정확하게 이해하기 위해 계산을 더 해 보았다. 물의 양과 힘에 따라 다르겠지만―이것을 정확하게 예측하기는 어렵다―마흔 개에서 백 개의 홀에 홍수가 날 것이다.

다행히도 오늘은 금요일, 나머지 사람과 주기적으로 만나는 날이었다. 나는 남서쪽 둘째 홀에 거의 삼십 분 전에 도착했다. 그와 어서 이야기하고 싶어서 안달이 나 있었다. 그가 나타나기가 무섭게 나는 말했다.

"드릴 말씀이 있어요."

그는 얼굴을 찌푸리더니 입을 열어 내 말에 반대하려고 했다. 그는 모임에서 내가 주도권을 쥐는 것을 좋아하지 않았지만 이번에는 내가 밀어붙였다.

"엄청난 홍수가 올 거예요!"

나는 선포했다.

"제대로 준비해 놓지 않으면 정말로 휩쓸려서 익사할 수도 있어요."

그는 즉시 촉각을 곤두세웠다.

"익사한다고? 언제?"

"엿새 뒤예요. 목요일이요. 홍수가 나기 시작하는 건 대략 정오 삼십 분 전일 거예요. 동쪽 홀의 만조가 먼저 올 것이고 그다음으로…."

"목요일이라고?"

그는 다시 긴장을 풀었다.

"아, 그럼 괜찮아. 목요일에는 여기 없을 거니까."

"어디 계실 건데요?"

내가 놀라서 물었다.

"다른 곳에. 그건 중요하지 않네. 걱정하지 말게."

"아, 알겠어요. 뭐, 그건 잘됐네요. 홍수는 첫째 현관에서 북서쪽으로 0.8킬로미터 떨어진 지점을 중심으로 일어날 거예요. 물이 지나는 길에서 반드시 피해 있어야 해요."

"난 괜찮을 거야. 자네는 괜찮을까?"

나머지 사람이 말했다.

"아, 그럼요. 물어봐 주셔서 고마워요. 저는 남쪽 홀로 갈 거예요."

"좋아."

"그럼 16만 남는데요."

나는 생각하지 않고 말했다.

"그러면…."

나는 말을 멈췄다.

"그러니까 그건…."

나는 말을 시작하려다가 다시 멈췄다.

잠시 대화가 끊겼다.

"뭐라고?"

나머지 사람이 날카롭게 말했다.

"무슨 소리를 하는 건가? 이게 16과 무슨 상관이지?"

"제 말은 16이 이 홀들 출신이 아니라는 거예요. 그 여자는 커다란 홍수가 오는 줄 모를 거라고요."

"그래, 모르겠지. 그래서 뭐?"

"그 여자가 익사하는 건 바라지 않아요."

"내 말을 믿게, 피라네시. 그 여자가 죽으면 여러 가지 문제가 일거에 해결될 거야. 하지만 어쨌거나 어느 쪽이든 별로 중요하지 않네. 자네는 16과 접촉할 방법이 없으니까, 하고 싶다고 해도 경고해 줄 수가 없잖아."

침묵이 내려앉았다.

"내 말 맞지, 응? 자네 그 여자와 말을 한 건 아니겠지?"

나머지 사람은 나를 예리한 눈으로 뜯어보았다.

"안 했어요."

"지금 그렇다고? 예전에 그렇다고?"

"지금도 그렇고, 예전에도 그렇다고요."

"뭐, 그럼 됐네. 무슨 일이 벌어지든 자네 책임이 아닐세. 나라면 걱정하지 않을 거야."

다시 말이 끊겼다.

"음. 자네 할 일이 있겠군."

나머지 사람이 이윽고 말했다.

"할 일이 많죠."

"이번 범람에 대비하고 그래야겠지."

"네, 맞아요."

"그럼, 난 이만 가보겠네."

그는 몸을 돌려 첫째 현관을 향해 걸어갔다.

"안녕히 가세요. 안녕히!"

내가 외쳤다.

당신은 매슈 로즈 소런슨인가?

앨버트로스가 남서쪽 홀에 온 해 아홉째 달의 스물하나째 날 두 번째 기록

나의 행동 방침은 분명했다. 즉시 북서쪽 여섯째 홀로 가서 닥쳐올 홍수에 관해 16에게 경고 메시지를 남겨야 했다.

걷는 동안 나는 내가 마지막으로 남긴 메시지를 생각했다—이 주변 홀들을 떠나라고 간청하는 메시지. 어쩌면 그 사이에 16이 답을 남겼을지 몰랐다. 어쩌면 이런 식으로 쓰여 있을지도 몰랐다.

피라네시에게

당신 말이 맞아요. 오늘 제 홀로 돌아가겠어요.

안녕히

16

만약 그렇다면 그 여자가 홍수에 익사하지는 않을지 더는 걱정하지 않아도 된다.

하지만 마음속 깊은 곳에서 나는 그 여자가 자기 홀로 돌아가지 않았기를 바랐다. 이상하게 비치겠지만, 16이 떠났다면 나는 분명히 아쉬워했을 것이다. 16을 제외하면 이 세상에는 나와 나머지 사람뿐이고(당신이 이 말을 읽으면 놀랄 테지만) 나머지 사람은 항상 최고의 벗이라고 할 수는 없다. 나는 16이 또 다른 메시지를 남겼는지 어서 보고 싶었다. 감히 읽지는 않는다고 하더라도. 내가 정말로 바란 것은 이런 식의 글을 남긴 상황일 듯하다.

피라네시에게

당신이 남긴 유용하고 유익한 메시지를 읽고, 저는 사악함을 벗어 던지기만 한다면 당신과 친구가 될 수 있을 거라는 사실을 깨닫게 되었어요. 만나서 이야기해요. 당신을 미치게 만들지 않겠다고 약속드려요. 대신 저한테 사악해지지 않는 법을 가르쳐 주실래요?

희망을 담아

16

나는 북서쪽 여섯째 홀에 도착했다. 까마귀들이 시끌벅적하게 나를 반겼다. 나는 노면에서 16이 지난번에 남긴 메시지의 흔적과 내가 쓴 메시지를 발견했다. 하지만 새로운 것은 없었다. 16은 내게 글을 남기지 않은 것이다. 나는 실망했으나, 당연한 결과라고 자신을 타일렀다. 내가 16의 메시지를 읽지도 않고 계속 지우는데도 그 여자가 계속 글을 쓸 가능성은 거의 없을 터였다.

나는 분필을 꺼내 쭈그리고 앉았다. 지난번에 적은 메시지 아래 이렇게 썼다.

16에게

엿새 뒤에 커다란 홍수가 일어날 겁니다. 당신이나 제 키보다 더 높은 곳까지 사방이 물에 잠길 거예요.

내 추산에 따르면 위태로운 지역은 아래 영역이 될 겁니다.

여기서 서쪽으로 여섯째 홀까지

여기서 북쪽으로 넷째 홀까지

여기서 동쪽으로 다섯째 홀까지

여기서 남쪽으로 여섯째 홀까지

홍수는 서너 시간 지속될 것이고 그 후에는 잦아들기 시작할 거예요.

부디 이 시간대에 이 홀들에서 피신하세요. 안 그러면 위험에 처할 겁니다. 물살이 강할 거예요. 혹시 홍수를 만나거든 재빨리 위로 기어 올라가세요! 조각상들은 자애로우니 당신을 보호해 줄 겁니다.

피라네시

나는 메시지를 톺아보았다. 내가 할 수 있는 한 명료하게 썼지만 한 부분은 그렇지가 않았다. '엿새 뒤'라는 말은 내가 메시지를 적은 날이 언제인지 알 때만 의미가 있는데, 그녀가 그것을 어찌 알겠는가?

오늘 날짜를 적을 수도 있겠지만 그것은 내가 직접 만든 달력에 따른 것이고 16이 나와 같은 달력을 만들었을 것 같지는 않았다.

추신: 오늘은 처음 초승달이 뜬 다음 날입니다. 홍수가 오는 날은 상현달이 뜨는 첫날이 될 거예요.

나는 그저 16이 이곳 홀에 방문하기를 완전히 그만둔 것이 아니어서 이 경고를 보게 되기를 바랄 따름이었다.

홍수가 오기 전에 나는 플라스틱 그릇—담수를 모을 때 쓰는 것—을 모두 모아서 그것들이 물에 쓸려가지 않게 해야 했다. 나는 북서쪽 여섯째 홀에서 그리 멀지 않은 곳, 스물넷째 현관의 반대편인 북서쪽 열여덟째 홀에 그릇 두 개가 있다는 사실을 알고 있었다. 지금 가까이에 온 김에 그것들을 챙기는 편이 낫겠다는 생각이 들었다.

나는 스물넷째 현관으로 걸어갔다. 이 현관은 흰색 대리석 조약돌들이 얕게, 둑처럼 경사를 이루며 쌓인 점이 특이했다. 이 둑은 아래쪽 홀로 이어지는 계단 입구를 부분적으로 가리고 있었다. 조약돌들은 세월이 흐르는 동안 조수의 힘으로 이곳에 퇴적되었다. 조약돌은 부드럽고 둥근 모양에, 촉감이 좋았다. 순백의 빛깔에 아름답고 은은한 반투명이었다. 나는 여러 차례 이 둑에 기어올라 낚시도 하고 조개도 주웠다. 매번 조약돌을 몇 개쯤 쓸려 보냈지만 둑의 전반적인 모양이 변할 정도로 많이는 아니었다.

오늘 제일 먼저 눈에 들어온 것은 조약돌 일부가 제거되었다는 점이었다. 둑의 한쪽이 움푹 패어 있었는데 예전에는 그렇지 않았다. 나는 경악했다. 누가 이런 일을 할 수 있었을까? 까마귀들이 작은 돌을 가져다가 조개를 까는 데 쓰는 것은 나도 본 적이 있지만, 새들은 아무 이유도 없이 돌을 잔뜩 옮기지는 않는다.

나는 주위를 둘러보았다. 뭔가 하얀 것이 현관의 북동쪽 모퉁이 노면에 여기저기 흩어져 있었다.

나는 가까이 가 보았다. 너무 늦어서야 나는 조약돌들이 어떤 형태를 구성하고 있다는 사실을 깨달았다. 글자들! 16이 남긴 말이었다! 눈길을 그곳에서 돌리기 전에 나는 메시지 전체를 읽고 말았다! 그것은 약 25센티미터 높이의 글자로 이렇게 쓰여 있었다.

당신은 매슈 로즈 소런슨인가요?

매슈 로즈 소런슨. 이름이다. 세 단어로 구성된 이름.

매슈 로즈 소런슨….

어떤 이미지가 내 앞에, 마치 기억이나 환영처럼 떠오른다.

… 나는 어떤 도시에서 여러 거리가 만나는 교차로에 서 있었던 것 같다. 시커먼 하늘에서 시커먼 빗방울이 내게 쏟아져 내렸다. 불빛, 불빛, 불빛이 곳곳에서 번쩍거렸다! 불빛은 다양한 색이었고 모두 젖은 도로에 반사되어 빛났다. 사방에 건물이 솟아 있었다. 자동차들이 쌩하니 지나갔다. 단어와 이미지가 건물들에 새겨져 있었다. 시커먼 형체들이 거리에 가득했다. 나는 처음에 그것이 조각상이라고 생각했지만 그것은 움직였고 알고 보니 사람이었다. 수천수만의 사람들. 내가 이제까지 상상해 본 것보다도 더 많은 사람들. 너무 많았다. 마음은 그토록 많은 사람이라는 생각을 담을 수가 없었다. 모든 것에서 비 냄새, 금속 냄새, 퀴퀴한 냄새가 났다. 이 영상에는 이름이 있었는데 그 이름은….

그러나 이름은 의식의 끝자락에서 떨리다가 사라졌고, 그와 함께 이미지도 가 버렸다. 나는 다시 현실 세계에 돌아와 있었다.

나는 비틀거리다가 거의 넘어질 뻔했다. 어지럽고 타는 듯 목이 말랐으며 호흡이 가빴다. 현관 벽에 놓인 조각상들을 올려다보았다.

"물이 필요해요. 물 좀 주세요."

나는 쉰 소리로 말했다.

하지만 그들은 조각상일 뿐이었고 나에게 물을 가져다 줄 수 없었다. 그저 차분하고 고상하게 나를 굽어볼 수 있을 따름이었다.

나는…
앨버트로스가 남서쪽 홀에 온 해 아홉째 달의 스물하나째 날 세 번째 기록

16은 음험한 목적을 달성하여 나를 미치게 만들 방법을 찾아냈다! 내가 16의 마지막 메시지를 지웠건만 어떻게 되었는가? 16은 읽지 않고서는 지울 도리가 없도록 메시지를 구성해 놓았다!

당신은 매슈 로즈 소런슨인가요?

나는…, 나는 더듬거렸다. *나는….*

처음에 나는 이 이상 앞으로 나아갈 수가 없었다.

나는… 나는 집이 사랑하는 자녀다.

그래.

나는 즉시 좀 더 차분해졌다. 이것 외에 다른 정체성이 필요하기는 할까? 나는 아니라고 생각했다. 또 다른 생각이 뇌리를 스쳤다.

나는 피라네시다.

그러나 나는 내가 이것을 정말로 믿지는 않는다는 사실을 알았다. 피라네시는 내 이름이 아니다(아닌 게 거의 확실하다).

언젠가 나머지 사람에게 왜 나를 피라네시라고 부르는지 물은 적이 있다.

그는 다소 당혹스러운 태도로 웃었다. *아, 그거*(그가 말했다). *음, 처음에는 그냥 일종의 농담이었던 것 같네. 어떤 식으로든 자네를 불러야 하니까. 게다가 자네랑 잘 어울리기도 하고 말이야. 그 이름은 미궁과 연관되어 있거든. 거슬리는 건 아니겠지? 마음에 안 들면 그만두겠네.*

거슬리지는 않아요. 그리고 말씀하신 대로 저를 어떤 식으로든 불러야 할 테니까요. 내가 말했다.

내가 이 일지를 쓰는 순간, 집의 고요함에 기대감이 가득 차 있는 느낌이 든다. 집이 무엇인가 특별한 일이 일어나기를 기다리고 있는 듯하다.

당신은 매슈 로즈 소런슨인가요?

매슈 로즈 소런슨이 누구인지 전혀 모르는데 어떻게 이 질문에 대답할 수가 있을까? 어쩌면 색인에서 매슈 로즈 소런슨을 뒤져 봐야 할까?

나는 북서쪽 열여덟째 홀로 가서 한참 동안 물을 들이켰다. 물은 맛있고 상쾌했다(고작 몇 시간 전까지만 해도 구름이었다). 나는 잠시 쉬었다. 그러고서 북쪽 둘째 홀로 가서 색인과 일지를 꺼냈다.

당신은 매슈 로즈 소런슨인가요?

매슈 로즈 소런슨이 단어 세 개로 구성되어 있다는 사실 때문에 색인에서 그를 찾기가 까다로웠다. 나는 먼저 S에서 찾아보았지만 허사였다. 다음으로 R에서 찾았다. 거기에 항목이 세 개 있었다.

로즈 소런슨, 매슈: 출판물 2006~2010년, 일지 21번, 6쪽
로즈 소런슨, 매슈: 출판물 2011~2012년, 일지 22번, 144~145쪽
로즈 소런슨, 매슈, 《찢기고 눈 먼》에 들어갈 이력: 일지 22번, 200쪽

마지막 항목이 가장 그럴듯해 보였다.

매슈 로즈 소런슨은 절반은 덴마크인이고 절반은 스코틀랜드

인인 아버지와 가나인 어머니 슬하에서 태어난 영국인이다. 원래 수학을 연구했으나, 관심사가(수학 철학과 사상사를 지나) 현재의 분야로 이전되었다: 초월적 사고. 그는 로런스 아니-세일스—과학, 이성, 법의 경계를 초월한 남자—를 주제로 책을 집필하고 있다.

매슈 로즈 소런슨이, 로런스 아니-세일스가 과학과 이성을 부정했다고 믿었다는 점이 흥미로웠다. 이 부분에서 그는 옳지 않았다. 예언자는 과학자였고 이성을 사랑했다. 나는 공중에 대고 큰 소리로 말했다.

"내 생각은 다르네요."

내가 말했다.

나는 매슈 로즈 소런슨을 소환하려고, 그를 속여 그가 스스로 자기 모습을 드러내게 만들려고 하고 있었다. 그가 정말 나의 잊힌 일부분이라면 부인당하고 싶지 않을 것이었다. 자기 입장을 내세울 터였다.

하지만 이 방법은 효과가 없었다. 그는 내 마음속의 어두운 그늘 뒤에서 모습을 드러내지 않았다. 그는 여전히 빈 공간으로, 침묵으로, 부재자로 머물러 있었다.

나는 다른 두 항목으로 눈길을 돌렸다.

처음 항목은 그냥 목록이었다.

"지금, 여기, 지금, 언제나": J. B. 프리스틀리Priestley의 시간 연극들, 〈템퍼스〉, 6권: 85~92쪽

《포용하다/용인하다/비방하다/파괴하다: 학계가 어떻게 아웃사이더 사상에 대응하는지》, 맨체스터 대학 출판, 2008년

'아웃사이더 수학의 출처들: 스리니바사 라마누잔과 여신들', 〈계간 지성사〉, 25권: 204~238쪽, 맨체스터 대학 출판

둘째 항목도 비슷한 내용이었다.

'타이미-와이미: 스티븐 모펏Steven Moffat, 깜박임, J. W. 던의 시간 이론', 〈공간, 시간, 만물의 저널〉, 64권, 42~68쪽, 미네소타 대학 출판

"'마음속 풍차에서 발견한 원': 로런스 아니-세일스가 추종자들을 이용한 사건에서 미궁의 중요성", 〈환각 세계와 반문화 리뷰〉, 35권 4호

'대성당 지붕 위의 가고일: 로런스 아니-세일스와 학계', 〈계간 지성사〉, 28권, 119~152쪽, 맨체스터 대학 출판

《아웃사이더 사상: 간략한 소개》, 옥스퍼드 대학 출판, 2012년 5월 31일

'시간 여행 건축학': 폴 이너과 브래드포드를 다룬 기사, 〈가디언〉, 2012년 7월 28일

나는 좌절하여 길게 콧김을 내뿜었다. 쓸모라고는 도대체 없었다! 매슈 로즈 소런슨이 로런스 아니-세일스에게 흥미를 보였다는 사실을 제외하면(그런 면에서 그는 다른 사람들과 마찬가지였다) 나는 아무것도 알아내지 못했다. 일지를 마구 흔들어 털고 싶은 강렬한 충동을 느꼈다. 그러면 마치 정보를 더 *끄*집어낼 수 있을 것처럼.

나는 오랫동안 앉아서 생각했다.

색인에서 아직까지 뒤져보지 않은 사람이 한 명 있었으니, 그것은 바로 나머지 사람이었다. 그때까지 그 생각은 하지 못했다. 하지만 나머지 사람에 관해 읽었는데 거기에 매슈 로즈 소런슨이 언급되어 있다면…, 나는 생각을 멈추었다. 그렇다면 어떻게 되지? 그러면 아마 나머지 사람이 매슈 로즈 소런슨을 아는지 판단하고, 궁극적으로 매슈 로즈 소런슨이 나인지도 판단할 수 있을지 몰랐다.

시도해 본다고 해가 될 것은 없을 듯 보였다. 사실, 세상에서 내가 찾아 볼 모든 이름 중에서 나머지 사람이 가장 안전하게 느껴졌다. 그와 나는 수 년 동안 친구로 지냈다. 나는 색인에서 'O'를 펼쳤다. 나머지 사람 밑으로 일흔네 개 항목이 있었다. 그 어떤 주제보다도 나머지 사람에 관해 훨씬 많이 쓴 것이다. 사실, 그 내용을 다 담으려고 'P'에 할당되어 있던 두 페이지를 이쪽으로 재할당해야 했다.

내가 찾은 항목들이다.

나머지 사람, 거행한 의식들
나머지 사람, 위대하고 은밀한 지식 논의
나머지 사람, 물에 잠긴 홀에서 사진을 찍을 수 있도록 내게 카메라를 빌려주다
나머지 사람, 별자리표를 만들어 달라고 요청하다
나머지 사람, 첫째 현관에 접해 있는 홀들의 지도를 만들어 달라고 요청하다
나머지 사람, 조각상들이 일종의 암호이고 우리가 그것을 해독할 수 있을지 모른다고 제안하다

기타 등등, 기타 등등. 그렇게 이어지다가 이윽고 가장 최근 기록이 나왔다.

나머지 사람, '배터시'라는 터무니없는 단어로 내 기억을 시험하다
나머지 사람, 내게 신발을 선물로 주다

나는 몇 개 항목을 훑어보았다. 내가 보조한 의식들을 나머지 사람이 어떻게 거행했는지 읽어 보았다. 나머지 사람이 얼마

나 영리한지, 얼마나 과학적인지, 얼마나 통찰력 있는지, 얼마나
잘생겼는지 읽었다. 그의 옷차림을 세세하게 묘사한 내용을 읽
었다. 이것도 다소 재미있었지만 현재 내 문제에는 전혀 도움이
되지 않았다. 스탠리 오벤든, 마우리조 주사니, 실비아 다고스티
노, 로런스 아니-세일스를 다룬 항목들과는 달리, 나머지 사람
을 다룬 기록 중에는 새로운 내용이 없었다. 숨은 의미로 박동
하는 듯한 불가사의한 단어나 구절이 없었다(이를테면 '월리 레
인지'나 '진료소'처럼). 여기 기록된 사건은 내가 또렷하게 기억하
는 일들이었다. 그리고 매슈 로즈 소런슨이라는 이름은 어디에
도 보이지 않았다.

나는 예언자가 나머지 사람을 케털리라고 불렀던 것이 떠올
랐다. 그래서 K를 펼쳤다.

여덟 개 항목이 있었다. 처음 항목은 일지 2번(예전의 일지 22
번)의 187쪽에 있었다.

*밸런타인 앤드루 케털리. 1955년 바르셀로나 태생. 도싯주 풀
에서 성장(케털리 가족은 예전부터 도싯서에 살았다). 군인이자 오
컬트 신봉자 레이널프 앤드루 케털리 대령의 아들.*

*밸런타인 케털리는 로런스 아니-세일스의 제자였고 후에는 맨
체스터 대학 사회인류학과 연구원이었다. 1985년에 클레멘스
휴버트와 결혼. 1991년 이혼. 자녀 둘. 1992년 케털리는 맨체*

스터를 떠나 UCL[13]에 교직을 얻었다. 같은 해 6월에는 〈더 타임스〉에 편지를 써서 아니-세일스를 공개적으로 거부하면서 그가 고의적으로 학생들을 오도하고 조종했고, 유사-신비주의와 다른 세계에 관한 이야기를 주입했다고 비난했다. 케털리는 맨체스터 대학에 아니-세일스를 해고하라고 요청했다(대학은 요청에 응하지 않다가, 1997년에 아니-세일스가 불법 감금으로 체포되자 그를 해고했다).

근래에 케털리는 아니-세일스에 관한 질문에 일절 대답하지 않으려 했다.

의문: 케털리에게 접촉해 그가 나에게 입을 열려고 할지 알아볼 가치가 있을까? 그는 배터시 공원 인근에 거주한다.

행동 방침: 케털리 박사에게 던질 질문 목록 작성.

다시 익숙한 영역으로 돌아왔다. 이 기록은 명료한 의미가 담긴 단어들과 의미가 모호한 단어들이—뭐라도 의미가 있다는 가정하에—흔히 그렇듯 뒤죽박죽으로 섞여 있었다. 나는 수수께끼 같은 단어 '배터시'가 재등장한 것을 알아보고 흥미를 느꼈다(그리고 중간에 하이픈을 넣지 말아야 한다는 것을 알았다).

나는 색인으로 돌아가 다음 항목의 위치를 찾으려고 했는데 바로 그때 뭔가 이상한 점을 발견했다. 나머지 항목은—일곱 개가 남아 있었다—모두 연속으로 이어지는 페이지에 담겨 있었다. 22번 일지의 마지막 열 페이지와 23번 일지의 처음 서른두 페이지가 모두 케털리에 관한 글이었다.

나는 일지 2번(예전에 22번이던)을 폈다. 마지막 열 페이지—내가 원하는 바로 그 페이지—가 빠져 있었다. 안쪽에 찢어진 부분이 일부 남아 있을 뿐이었다. 나는 일지 3번(예전에 23번이던)을 펴고, 똑같은 현상을 발견했다. 케털리를 다룬 마지막 서른두 페이지가 사라지고 없었다.

나는 기대앉았다. 어리둥절한 채로.

누가 이런 짓을 할 수 있었을까? 예언자가 그랬을 수도 있을까? 나는 그가 케털리를 혐오한다는 사실을 알았다. 어쩌면 증오심 때문에 자신의 적에 관한 글을 파괴하고 만 것일까? 아니면 16이 그랬을까? 16은 이성을 증오했다. 어쩌면 그녀는 글쓰기를, 이성이 한 사람에게서 다른 사람에게로 전달되게 해 주는 매체도 증오할지 몰랐다. 하지만 그것은 말이 되지 않았다. 16은 글이라는 방법으로 내게 긴 메시지를 남겼다. 그리고 어쨌거나 예언자나 16이 어떻게 내 일지를 찾을 수 있었겠는가? 일지는 (앞서 설명했듯이) 내 메신저 가방에 있고, 가방은 북쪽 둘째 홀의 북동쪽 모퉁이에 있는 장미 덤불에 갇힌 천사 조각상 뒤에 숨겨 두었다. 수천, 수백 만 조각상 가운데 하나다. 그들이 어디를 찾아봐야 하는지 무슨 수로 알겠는가?

나는 오랫동안 앉아서 생각했다. 일지를 찢어 버린 기억은 없었다. 하지만 현실적으로 누가 그럴 수 있었겠는가? 그리고 지금 내 기억에는 없지만 실제로 일어난 일이 많이 있다는 사실을 알게 된 지도 시간이 조금 되었다. 나는 지금은 기억나지 않는 여러 가지 일을 실제로 했다(이를테면 이 수수께끼 같은 항목들을 쓴 일처럼). 그러므로 내가 그 페이지들을 찢어 버렸을 수도 있다.

하지만 내가 찢어 버렸다면, 그것들은 어떻게 되었을까? 어디로 갔을까?

나는 서쪽 여든여덟째 홀에서 발견한 종잇조각들을 가지고 왔다. 몇 조각을 꺼내, 살펴볼 수 있게 펼쳤다. 한 조각에—모퉁이 조각—231이라는 숫자가 쓰여 있었다. 그것은 일지 2번에서 나온 페이지 수였다.

재빨리—거의 광적으로—나는 조각들을 맞춰 보기 시작했다. 2012년 11월 15일에서 2012년 12월 20일이라고 명명한 기간에 해당하는 항목이 대략 서른 개 있었다. 가장 긴 글의 제목은 이러했다. *2012년 11월 15일의 사건.*

5부

밸런타인 케털리

2012년 11월 15일의 사건

나는 십일월 중순에 그를 방문했다. 오후 네 시가 막 지난, 차 갑고 푸른 황혼이 내린 때였다. 그날 오후는 폭풍우가 몰아쳤고 자동차 불빛들이 비 때문에 번져 보였다. 시커먼 나뭇잎들이 노 면에 콜라주를 형성했다.

그의 집에 도착하자 음악 소리가 들려왔다. 진혼곡. 나는 베 를리오즈의 음악을 들으며 그가 문을 열어 주기를 기다렸다.

문이 열렸다.

"케틀리 박사님?"

내가 말했다.

그는 쉰에서 예순 사이로, 키가 크고 날씬했다. 잘생긴 남자였다. 금욕적인 두상에 광대와 이마가 도드라진 얼굴이었다. 머리카락과 눈은 어두운 색이었고 피부는 올리브색이었다. 머리는 벗겨지고 있었지만 고작 조금뿐이었고, 깔끔하게 손질한 살짝 뾰족한 턱수염은 머리카락보다 더 희끗희끗했다.

"그래요. 당신은 매슈 로즈 소런슨이고요."

나는 그렇다고 답했다.

"들어오시죠."

그가 말했다.

나는 집에 들어가면서 거리에 배어 있는 비 냄새가 약해지는 것이 아니라 오히려 강해진다고 느낀 것을 기억한다. 집 안에는 비와 구름, 공기, 무한한 공간의 냄새가 났다. 바다 냄새.

그것은 배터시에 있는 빅토리아 시대의 연립 주택에서는 말이 안 되는 일이었다.

그는 나를 응접실로 안내했다. 베를리오즈 곡이 연주되고 있었다. 그는 볼륨을 줄였지만 음악은 여전히 우리 대화의 배경음으로, 재앙의 사운드트랙으로 흘러 나왔다.

나는 바닥에 내 메신저 가방을 내려놓았다. 그는 커피를 내왔다.

"대학에 몸담고 계시다고 들었습니다."

내가 말했다.

"예전 일이죠."

그는 다소 지친 듯 설명했다.

"십오 년 전까지요. 지금은 심리학자로 개인 사무실을 운영합니다. 학계는 한 번도 나를 그다지 반긴 적이 없어요. 내가 엉뚱한 사상을 품고 엉뚱한 친구들과 어울렸던 거죠."

"아니-세일스와 알고 지내셨던 게 도움이 되지는 않았나 보네요?"

"뭐, 그렇죠. 사람들은 아직도 그 사람이 저지른 범죄들을 내가 알고 있었던 게 틀림없다고 생각합니다. 아닌데."

"지금도 만나십니까?"

내가 물었다.

"맙소사, 아니요! 만난 지 이십 년입니다."

그는 나를 가늠하듯 바라보았다.

"당신은 로런스와 대화해 봤나요?"

"아뇨. 물론 편지는 썼습니다. 하지만 아직 만나 보지는 못했네요."

"그렇겠지요."

"저는 그 사람이 과거를 부끄러워해서 저랑 이야기하지 않으려고 할지 모른다고 생각했습니다."

내가 말했다. 케틸리는 짧고 날카로운, 웃음기 없는 웃음을 터뜨렸다.

"천만에요. 로런스는 수치심이 없어요. 그냥 비뚤어졌을 뿐이지. 누가 희다고 하면 그 사람은 검다고 합니다. 당신이 만나고 싶다고 하면, 만나고 싶어 하지 않을 테죠. 그게 그 사람입니다."

나는 메신저 가방을 무릎에 올려놓고 일지를 꺼냈다. 지금 작성하는 일지 외에도 나는 그 전 일지를(거의 매일 참조했다) 갖고 있었다. 일지의 색인도. 그리고 다음 저널이 될 빈 공책도(지금 쓰는 일지의 끝이 얼마 남지 않았다).

나는 지금 쓰는 일지를 꺼내 적기 시작했다. 그는 흥미롭게 지켜보았다.

"실물 펜과 종이를 쓰나요?"

"저는 모든 메모에 일지 시스템을 적용합니다. 그게 정보를 추적하는 데 최상의 방법이더군요."

"기록을 잘하는 편인가요? 전반적으로?"

"아주 뛰어난 편이죠. 전반적으로."

"재미있군요."

그가 말했다.

"어째서죠? 저한테 일이라도 제안하시려고요?"

내가 물었다. 그는 웃었다.

"모르겠네요. 그럴 수도 있겠죠."

그는 잠시 말을 멈췄다.

"정말로 알고 싶은 게 뭐죠?"

나는 주로 초월적 사상과 그것을 고안하는 사람들 그리고 그 사람들이 종교, 예술, 문학, 과학, 수학 등 다양한 분야에서 어떻게 받아들여지는지에 관심이 있다고 설명했다.

"그리고 로런스 아니-세일스는 탁월한 초월적 사상가죠. 그 사람은 수많은 경계를 넘어갔습니다. 마법을 주제로 쓰면서 그게 과학인 척했죠. 매우 지적인 사람들을 설득해서 다른 세상들이 있고 그들을 거기로 데려갈 수 있다고 믿게 했고요. 아직 불법이던 시절에 동성애를 하기도 했습니다. 한 남자를 납치했는데 오늘날까지도 그 이유를 아무도 모르죠."

케털리는 아무 말도 하지 않았다. 실망스러울 정도로 무표정한 얼굴이었다. 무엇보다 그는 지루해 보였다.

"워낙 오래전 일이기는 하죠."

내가 공감하려는 시도로 말했다.

"난 기억력이 아주 좋습니다."

그가 차갑게 말했다.

"아. 그러시군요, 잘됐네요. 지금 저는 팔십 년대 초반에 맨체스터가 어떤 느낌이었는지 그림을 그려 보려고 하고 있거든요. 아니-세일스와 같이 일한다는 게 어떤지. 그때 분위기는 어땠는지. 그 사람이 무슨 이야기들을 했는지. 어떤 가능성을 마법처럼 불러들이고 있었는지. 그런 것들 말입니다."

"맞아요."

케틸리는 혼잣말을 하는 것처럼 생각에 잠겼다.

"사람들은 로런스 이야기를 할 때마다 그런 표현을 쓰죠. 마법."

"그 표현에 반대하시나요?"

"염병할, 당연히 반대하다마다요."

그가 짜증스럽게 말했다.

"당신 얘기는 로런스가 무슨 무대 마법사라도 되고 우리가 전부 순진한 눈망울의 봉이라는 거니까. 그런 게 아닙니다. 그 남자는 사람들이 자기한테 반박하기를 바랐어요. 이성주의의 견해를 내세우기를 바란 겁니다."

"그러고 나면요…?"

"그러고 나서는 상대방을 뭉개 버리는 거죠. 그의 이론은 단순히 연기와 거울 같은 속임수가 아니었어요. 천만에 말씀입니다. 그 남자는 모든 걸 치밀하게 계획했어요. 어느 정도까지는 완벽하게 논리정연했죠. 그리고 그 남자는 지성과 상상력을 결합하는 걸 겁내지 않았습니다. '전근대인'의 사고방식에 관한 그의 이야기는 이제까지 내가 접해 본 이론 중 최고로 설득력이 있었죠."

그는 잠시 말을 멈췄다.

"그렇다고 그 남자가 사람들을 조종하지 않았다는 얘기는 아닙니다. 확실히 그랬으니까요."

"하지만 방금 말씀하시기로는…?"

"사적으로는 그랬다는 겁니다. 인간관계를 맺을 때는 사람들을 조종했다고요. 지적인 차원에서는 정직했지만, 사적인 차원에서는 빌어먹으리만치 사람들을 조종했죠. 실비아가 좋은 옙니다."

"실비아 다고스티노요?"

"이상한 여자예요. 로런스에게 헌신했죠. 그 여자는 독자였어요. 부모님, 특히 아버지와도 아주 가깝게 지냈고. 그 여자와 아버지는 둘 다 재능 있는 시인이었어요. 로런스는 실비아에게 그럴듯한 구실을 찾아 부모님과 다투고서 그들과 완전히 절연하라고 말했죠. 그 여자는 로런스가 지시했기 때문에, 로런스가 위대한 마법사, 우리를 다음 시대로 안내할 위대한 예지자였기 때문에 하라는 대로 했어요. 실비아를 가족들에게서 잘라내 봐야 그 남자한테는 아무 이득도 없었어요. 전혀 도움이 안 됐죠. 그런데도 그 남자는 단지 그럴 수 있다는 이유로 그렇게 한 겁니다. 실비아와 실비아 부모에게 고통을 주려고. 잔인하기 때문에."

"실비아 다고스티노는 실종된 사람들 중에 하나였는데요."

"그 얘기는 모릅니다."

케털리가 말했다.

"그 사람이 지적으로 정직했다고 주장할 수는 없을 것 같은

데요. 그 남자는 다른 세상들에 가 봤다고 했어요. 다른 사람들도 가 봤다고 했고요. 그건 딱히 정직한 게 아니잖아요?"

내 목소리에 어렴풋이 거만함이 묻어났을지 모르겠다. 자제하는 편이 나았을 테지만 항상 나는 이기는 논쟁을 좋아했다.

케틸리는 인상을 썼다. 뭔가 내면에서 싸우고 있는 것 같았다. 그는 입을 열고 뭐라고 말하려고 하다가 마음을 바꾸었는지 입을 다물었고, 그러다가 다시 말했다.

"당신 별로 마음에 안 드는군."

나는 웃었다.

"하는 수 없죠."

내가 말했다.

둘 다 말이 없었다.

"왜 미궁이라고 생각하시죠?"

내가 물었다.

"무슨 뜻이오?"

"그 남자가 다른 세계를, 가장 자주 갔다고 하던 곳을 왜 미궁이라고 묘사했다고 보시나요?"

케틸리는 어깨를 으쓱했다.

"우주처럼 장대한 비전이겠지. 실존의 공포와 뒤엉킨 영광의 상징. 아무도 살아나올 수 없는 곳."

"그렇군요. 하지만 저는 아직도 그 사람이 어떻게 그곳이 존재한다고 설득했는지 선뜻 이해가 가지 않는군요. 그 미궁 세계 말입니다."

"그자는 우리더러 의식을 거행하게 했소. 우리를 거기에 데려다준다는 의식 말이오. 그 의식에는…, 환기한다고 할까, 그런 면이 있었지. 연상시킨다고 할까."

"의식이라고요? 정말입니까? 저는 아니-세일스가 의식을 터무니없는 일이라고 말한 줄 알았는데요. 그런 얘기를《반쯤 보인 문》에서 하지 않았던가요?"

"그렇소. 자기는 그냥 심리적인 프레임만 조정하면 미궁 세계에 들어갈 수 있다고 주장했지. 어린아이처럼 경이를 느끼는 상태로, 합리적 의식 이전 상태로 돌아가면 된다고. 로런스는 자기가 아무 때나 그렇게 할 수 있다고 주장했소. 놀라운 일도 아니지만 우리는—그의 제자들은—대부분 아무 진전도 보이지 못했지. 그래서 그 남자는 우리가 미궁에 들어갈 수 있도록 의식을 만들었고. 하지만 그게 우리의 부족한 능력에 베푸는 특혜였다는 걸 분명하게 알렸소."

"그렇군요. 대부분이라고요?"

"뭐요?"

"방금 대부분이 의식을 거행하지 않고는 미궁에 들어갈 수 없었다고 하셨잖아요. 그렇다면 들어갈 수 있는 사람도 있었다는 뜻으로 들려서요."

잠시 말이 끊어졌다.

"실비아요. 실비아는 자기가 로런스와 똑같은 방법으로 그곳에 들어갈 수 있다고 생각했소. 그러니까 경이를 느끼는 상태로 돌아가서 말이오. 말했듯이 이상한 여자였소. 시인이지. 거의 자기 안에 갇혀 있었소. 그 여자가 봤다고 여기는 게 뭔지 누가 알겠소."

"박사님은 보셨나요? 미궁을?"

그는 생각하다가 말했다.

"내가 경험한 건 대부분 암시라고들 하는 것, 거대한 공간에 서 있는 느낌이었소. 그냥 넓기만 한 게 아니라 엄청나게 높기도 한 공간이었지. 그리고—이 부분은 인정하기가 좀 힘든데—그렇소, 한 번은 봤소. 한 번은 본 것 같다 이거요."

"어떤 곳이었죠?"

"로런스가 묘사한 모습과 아주 흡사하더이다. 고대의 건물들이 서로 붙어 있는 것처럼 무한히 늘어서 있었지."

"그게 무슨 뜻이라고 생각하세요?"

내가 물었다.

"아무것도. 난 그게 아무 의미도 없었다고 생각하오."

잠시 침묵이 이어졌다. 그러다가 그가 불쑥 말했다.

"당신이 여기 있는 걸 아는 사람이 있소?"

"네?"

내가 말했다. 이상한 질문인 것 같았다.

"당신은 로런스 아니-세일스와 관계를 맺은 사실이 학계에 있는 내내 나를 따라다녔다고 했소. 그런데 정작 당신 자신은 학계에 몸담은 사람으로서 이런 질문을 죄 던지면서 지나간 일들을 다시 하나하나 끄집어내고 있지 않소. 난 당신이 왜 좀 더 조심하지 않는지 궁금했을 뿐이오. 그것 때문에 당신의 눈부신 이력에 오점이 생기면 어쩌나 두렵지 않소?"

"제 생각에는 제 방식에 이의를 제기할 사람은 없을 것 같은데요. 아니-세일스를 다루는 제 책은 초월적 사상을 주제로 한 더 큰 프로젝트의 일부분이거든요. 그건 이미 말씀드렸죠."

"아, 그렇군. 그러니까 오늘 여기 나를 만나러 온다는 걸 여러 사람에게 말했군. 친구들한테 전부?"

나는 얼굴을 찡그렸다.

"아뇨, 아무한테도 말하지 않았는데요. 저는 제가 하는 일을 사람들에게 말하지 않는 편이거든요. 하지만 그건⋯."

"재미있군."

그가 말했다.

우리는 서로 상대를 혐오하는 눈길로 쳐다보았다. 내가 일어나서 가려고 하는 찰나에 그가 불쑥 말했다.

"로런스를, 그자가 우리에게 끼친 지배력을 정말로 이해하고 싶은 거요?"

"네. 물론이죠."

내가 말했다.

"그렇다면 의식을 거행해야 하오."

"의식이요?"

내가 말했다.

"그렇소."

"그러니까…."

"미궁으로 가는 길을 여는 의식. 맞소."

"뭐라고요? 지금요?"

나는 이 제안에 상당히 놀랐다. 하지만 두렵지는 않았다. 두려워할 일이 뭐가 있었겠는가?

"아직도 기억하시나요?"

내가 말했다.

"물론. 말했듯이 나는 기억력이 아주 좋거든."

"아, 그럼, 제가…, 오래 걸릴까요?"

내가 물었다.

"제가 좀 일이…."

"이십 분이면 되오."

"아! 아, 알겠습니다. 그러죠. 안 될 거 있나요."

나는 일어섰다.

"뭔가 약을 해야 되는 건 아니겠죠? 왜냐하면 그건 좀…."

그는 다소 경멸하듯이 다시 웃었다.

"커피 마시지 않았소. 그걸로 충분할 거요."

그는 창문의 블라인드를 내렸다. 벽난로 위에서 촛대에 꽂힌 초를 가지고 왔다. 촛대는 바닥면이 네모졌고 오래된 놋쇠로 되어 있었다. 집의 다른 장식들—현대적이고 간소하며 유럽적인—과 별로 어울리지 않았다.

그는 나더러 응접실에 서서, 현관으로 이어지는 문을 향해 있으라고 했다. 그 부분에는 가구가 없었다.

그는 내 메신저 가방을—내 일지와 색인과 펜이 담긴—들고 와서 내 어깨에 걸어 주었다.

"이건 뭣 때문이죠?"

내가 물으며 인상을 썼다.

"공책이 필요할 거요. 그러니까, 미궁에 가면 말이오."

그는 유머 감각이 이상했다.

(이 글을 쓰면서 나는 일종의 공포를 느낀다. 이제 무슨 일이 벌어지는지 알겠다. 손이 떨리고, 떨리는 손을 진정시키려고 글쓰기를 잠시 중단해야 한다. 하지만 당시에는 아무것도, 아무런 위험의 예감도, 전혀 느껴지지 않았다.)

그는 초에 불을 붙이고 초를 현관 바닥에, 문 바로 뒤에 놓았다. 현관 바닥은 응접실 바닥과 같은 재질이었다. 오크로 만든 단단한 목재 바닥. 나는 그가 촛대를 놓은 곳에 있는 얼룩을 알아차렸다. 마치 그 부위의 나무가 촛농에 반복해서 더럽혀진 것 같았는데, 그 어두운 얼룩 안에는 촛대의 바닥면과 꼭 맞는 좀 더 밝은 부분이 있었다.

"초에 집중해야 하오."

그가 말했다. 그래서 나는 그렇게 했다.

하지만 그와 동시에 나는 어두운 얼룩에 있는 밝은 사각형과 그곳에 딱 맞는 촛대에 관해 생각하고 있었다. 그리고 바로 그 순간 나는 그가 거짓말을 하고 있다는 것을 깨달았다. 초는 다름 아닌 그 자리에 수도 없이 놓여 있었고, 그는 이 의식을 몇 번이고 반복해 거행했던 것이다. 그는 여전히 믿었다. 여전히 다른 세계에 닿을 수 있다고 생각했다.

나는 무섭지 않았다. 그저 의심하며 재미있어 할 뿐이었다. 그리고 의식이 끝난 뒤에 그의 거짓말을 드러내려면 어떤 질문을 해야 할지 머릿속으로 생각하기 시작했다.

그는 집 안의 불을 껐다. 집은 어두워졌고, 바닥에서 타고 있는 초와 블라인드 틈으로 새어드는 가로등의 희부연 오렌지색 빛만 남았다.

그는 내 뒤쪽에 조금 떨어져 서서 나더러 초를 계속 바라보라고 지시했다. 그러더니 내가 들어 보지 못한 언어로 영송하기 시작했다. 나는 그것이 웨일스어와 콘월어와 유사한 것으로 미루어 브리튼어라고 추측했다. 만약 내가 그 전에 그의 비밀을 알아내지 못했다면, 그때는 짐작할 수 있었을 것이다. 그는 확신에 차서, 열정을 담아, 자기가 하는 일을 절대적으로 믿는 것처럼 읊었으니.

나는 '아데도마루스'라는 이름을 여러 번 들었다.

"이제 눈을 감으시오."

그가 말했다. 나는 눈을 감았다.

영송이 더 이어졌다. 나는 그의 비밀을 알아냈다는 즐거움으로 한동안은 버틸 수 있었지만, 점점 지루해지기 시작했다. 그는 언어를 아예 내던지고 동물이 으르렁거리는 것 같은 소리를 몸 어딘가에서 끄집어내듯이 내는 듯했다. 소리는 먼저 뱃속에서, 불가능할 정도로 깊은 곳에서 시작되어 점점 높이, 점점 거칠게, 점점 크게, 점점 기이하게 울렸다.

모든 것이 전환되었다.

어찌된 노릇인지 세상이 멈춰 버린 듯했다. 그는 조용해졌다. 베를리오즈는 합창 중에 뚝 끊겼다. 내 눈꺼풀은 아직 덮여 있었지만 어둠의 질이 달라졌다는 것은 알 수 있었다. 더 회색빛이고 더 차가웠다. 공기도 더 차갑고 습하게 느껴지는 것이 꼭 안개 속으로 떨어진 듯했다. 나는 혹시 어딘가에 문이 활짝 열려 버리지는 않았나 생각했지만, 그와 동시에 런던의 소음도 멈췄으니 이런 생각은 이치에 맞지 않았다. 광대한 빈 공간 같은 소리가 났고, 사방에서 물결이 둔탁한 소리를 내며 벽을 때리고 있었다. 나는 눈을 떴다.

어떤 광대한 방에 벽이 사방에 솟아 있었다. 미노타우로스 조각상들이 나를 굽어보았는데, 커다란 몸집으로 주변을 어둡게 만들었고 거대한 뿔은 허공으로 치솟았으며 동물 같은 얼굴은 근엄하면서도 의미를 알 수 없는 표정이었다.

나는 도저히 믿을 수 없어서 눈을 돌렸다.

케털리가 셔츠 바람으로 서 있었다. 그는 제 집처럼 편안해했다. 나를 보면서 내가 마치 아주 잘 진행된 실험 결과물인 듯 웃음 지었다.

"이제까지 아무 말도 안 해서 미안하지만 이렇게 만나서 무척 반갑소. 젊고 건강한 사람이 마침 필요하던 참이었는데."

그는 웃었다.

"되돌려 놔!"

내가 그에게 비명을 질렀다.

그는 소리 내 웃기 시작했다.

그는 웃고, 웃고, 또 웃었다.

6부

파도

착각이었다!

앨버트로스가 남서쪽 홀에 온 해 아홉째 달의 스물하나째 날 네 번째 기록

나는 책상다리로 앉아 무릎에 일지를 놓고 종잇조각들을 내 앞에 놓았다. 살짝 몸을 돌려 그것들이 더러워지지 않게 하고는 노면에 구토했다. 몸이 떨렸다.

착각이었다. 나머지 사람은 내 친구가 아니다. 한 번도 내 친구였던 적이 없다. 그는 내 원수다.

여전히 몸이 떨렸다. 나는 손에 물컵을 들고 있었지만 가만히 쥐고 있을 수가 없었다.

한때 나는 나머지 사람이 적이라는 사실을 알았다. 아니, 매슈 로즈 소런슨은 알았다. 그러나 매슈 로즈 소런슨을 잊어버렸을 때 나는 이 사실도 잊고 말았다.

나는 잊었지만 나머지 사람은 기억했다. 이제 언젠가 내 기억이 돌아올까 봐 그가 불안해했다는 것을 알겠다. 그는 매슈 로즈 소런슨이라는 이름을 쓸 필요가 없도록 나를 피라네시라고 불렀다. '배터시' 같은 단어들을 언급해서 내 기억이 깨어나지는 않는지 시험하기도 했다. 배터시가 허튼소리라고 한 것은 옳지 않았다. 그것은 허튼소리가 아니었다. 매슈 로즈 소런슨에게는 의미가 있는 단어였다.

하지만 왜 나머지 사람은 기억하는데 나는 하지 못할까?

왜냐하면 그는 집에 머무르지 않고 다른 세상으로 돌아갔기 때문에.

이제 계시가 뭉텅이로 빠르게 왔다. 머리가 그 무게로 흔들리는 듯 느껴졌다. 나는 양손으로 머리를 감싸고 신음했다.

오래 머무를 수는 없네. 이곳에 오래 머무르면 어떤 일이 벌어지는지 너무 잘 알고 있으니까. 기억 상실, 철저한 신경 쇠약, 기타 등등. 예언자는 말했다. 예언자처럼, 나머지 사람도 절대 오래 머무르지 않았다. 그는 우리 모임이 한 시간 넘게 이어지게 내버려 둔 적이 없었고 끝나고 나면 바로 가 버렸다. 그리고 그때 그는 다른 세상으로 돌아갔던 것이다.

하지만 어떻게 해야 이것을 다시 잊지 않도록 보장할 수 있을까? 나는 다시 자신을 잊고서 나머지 사람의 친구가 되어 집 안 곳곳을 뛰어다니며 그를 위해 측정을 하고 사진을 찍고 데이터를 수집하는 내 모습을 상상했다. 그는 줄곧 나를 비웃고 있는데! 안 돼-안 돼-안 돼-안 돼-안 돼-안 돼-안 돼-안 돼-안 돼! 도저히 참을 수가 없었다! 나는 기억이 도망치지 못하도록 물리적으로 막기라도 하려는 듯이 머리를 양손으로 눌렀다.

16이 했듯이 여러 현관에서 대리석 조약돌을 모아 그것으로 글자를 만들 것이다. 높이가 일 미터는 되는 글자를 쓸 것이다. 기억해! 나머지 사람은 네 친구가 아니야! 그자는 매슈 로즈 소런슨을 속여 자기 이득을 위해 이곳에 오게 만들었어! 필요하다면 거대한 글자로 홀이면 홀마다 쓰리라!

… *자기 이득을 위해*… 그래, 그래! 그것이 열쇠였다. 바로 그것이 그가 매슈 로즈 소런슨을 이곳에 데리고 온 이유였다. 나머지 사람에게는 누군가가—노예가!—이곳에 살면서 정보를 모아 줄 사람이 필요했다. 집 때문에 망각하게 될까 봐 두려워 자기가 감히 직접 그렇게 하지는 못한다.

격분이, 뜨거운 분노가 내 안에서 솟구쳤다.

왜, 내가 왜 그에게 홍수 이야기를 해 줬는가? 홍수가 온다는 것을 깨닫기 전에 이런 사실을 알기만 했더라면! 그러면 비밀로 할 수 있었을 텐데. 목요일이 올 때까지 기다렸다가 물이 오지 않는 안전하고 높은 장소로 기어 올라가 그가 파멸되는 모습을 지켜보았을 텐데. 그래! 이제 내가 바라는 것은 그거다! 어쩌면 늦지 않았을지 모른다! 나머지 사람에게 돌아가는 것이다. 웃음 지으며 평소처럼 보이면서 그가 나를 속였듯이 그를 속일 것이다. 홍수에 대해 착각했다고 말할 것이다. 홍수는 오지 않는다. 목요일에 와라! 이 홀 한가운데 있어라!

그러나 물론 나머지 사람은 목요일에 여기 있지 않을 것이라고 말했다. 그는 목요일에 여기 있는 법이 없다. 다른 세상에서 안전할 것이다. 그것은 중요하지 않다! 분노가 내게 기지를 준다! 화요일에 그는 나를 만나러 올 것이다. 우리가 만나는 날이므로. 나는 그를 붙잡아 낚시 그물로 구속할 것이다. 이 손으로 그렇게 하리라! 나에게는 낚시 그물이 두 개 있다. 그것들은 합성 고분자로 만들어서 아주 튼튼하다. 나는 남서쪽 둘째 홀의 조각상들에 그를 묶어 놓을 것이다. 그는 이틀간 묶여 있을 것이다. 홍수가 온다는 사실을 알고 괴로워할 테지. 어쩌면 나는 그에게 물을 줄 수도 있다. 어쩌면 안 줄 것이다. 어쩌면 이렇게 말할 것이다.

"조금 있으면 물을 실컷 먹게 될 거야!"

그리고 목요일이 되면 그는 조수가 여러 문으로 쏟아져 들어오는 모습을 지켜보며 비명에 비명을 지를 것이다. 그리고 나는 웃고 또 웃으리라. 그가 매슈 로즈 소런슨을 이곳에 데리고 왔을 때 웃었던 것처럼 크고 길게 웃을 것이다….

나는 여기에 빠졌다.

나는 길고 역겨운, 복수하는 공상에 빠졌다. 쉴 생각도 하지 않았다. 먹을 생각도 하지 않았다. 물 마실 생각도 하지 않았다. 몇 시간이 지나갔다—얼마나 흘렀는지도 모른다. 나는 배회했고 내 공상 속에서 나머지 사람은 계속해서 홍수에 빠져 죽거나 아주 높은 곳에서 떨어져 죽었다. 그리고 때때로 나는 그에게 악을 쓰며 비난했다. 그리고 때때로 나는 차갑고 조용했고, 그가 나더러 왜 자기를 배신하는지 말해 달라고 빌어도 말해 주지 않았다. 그리고 매번 나는 그를 구할 수 있었지만 구하지 않았다.

이런 상상을 하다 보니 피폐해졌다. 실제로 누군가를 백 번은 죽였더라도 그렇게 녹초가 된 느낌이 들지는 않았을 것 같다. 허벅지가 아프고, 허리가 아프고, 머리도 아팠다. 울고 소리치다 보니 눈과 목이 따가웠다.

밤이 내리자 나는 북쪽 셋째 홀로 돌아갔다. 나는 잠자리에 쓰러져 잠들었다.

내 친구는 나머지 사람이 아니라 16이다

앨버트로스가 남서쪽 홀에 온 해 아홉째 달의 스물두째 날 기록

오늘 아침에는 전날 너무 무리한 탓에 기진한 상태로 일어났다. 나는 아홉째 현관으로 가서 해조와 홍합을 주워 아침에 먹을 수프를 끓이려고 했다. 더 화를 낼 마음도 없이 멍하고 텅 빈 느낌이었다. 하지만 이렇게 감정이 비어 있는 상태인데도 때때로 흐느낌이나 울음이 내 입술 사이로 비집고 나왔다. 참담함이 담긴 작은 소리.

고함을 지른 것이 나라고는 믿어지지 않았다. 내 생각에는 내 안 어딘가에서 무의식 상태로 쉬고 있던 매슈 로즈 소런슨이었던 것 같다.

그는 고통받았다. 원수와 단 둘이 있었다. 그것은 그가 감당할 수 있는 한계를 넘어선 일이었다. 어쩌면 나머지 사람은 그를 조롱했는지 모른다. 매슈 로즈 소런슨은 일지에 자기가 노예가 되었다고 적은 부분을 갈기갈기 찢어 버렸고, 그 조각들을 서쪽 여든여덟째 홀에 흩어 놓았다. 그때 자애로운 집이 그로 하여금 잠들게 만들었고—그에게는 그 무엇보다 좋은 일이었다—그렇게 해서 그는 내 안에 들어오게 되었다.

그러나 스물넷째 현관에서 조약돌로 쓰인 자기 이름을 보자 그는 뒤숭숭해졌고, 나머지 사람이 한 일이 밝혀지니 사태는 더

악화될 뿐이었다. 나는 그가 온전하게 깨어나서 다시 전처럼 비통해하기 시작하면 어쩌나 걱정했다.

나는 가슴에 손을 얹었다. *쉿! 무서워하지 마요. 당신은 안전해요. 다시 잠들어요. 내가 우리 둘을 보살필 테니까.*

매슈 로즈 소런슨이 다시 잠든 것처럼 느껴졌다.

내가 일지에서 읽은 모든 항목들을 생각했다―주사니, 오벤든, 다고스티노, 딱한 제임스 리터에 관한 기록. 나는 그 글을 썼을 때 내가 미쳤었다고 생각했다. 그러나 이제 그 결론이 틀렸다는 것을 알겠다. 그 기록은 내가 쓴 것이 전혀 아니었다. 그가 쓴 것이었다. 그뿐 아니라 그는 다른 세계에서, 필시 다른 규칙과 환경과 조건이 적용되는 세상에서 그 글을 썼던 것이다. 내가 아는 한 매슈 로즈 소런슨은 그 글을 썼을 때 제정신이었다. 나도 그도 미치지 않았던 것이다.

또 다른 계시가 찾아왔다. 내가 미치기를 바라는 사람은 16이 아니라 나머지 사람이었다. 16이 나를 미치게 만들려고 한다고 했을 때 그는 거짓말을 한 것이다.

나는 해조와 홍합 수프를 만들어서 마셨다. 기운을 잃지 않는 것이 중요했다. 그러고서 다시 일지를 꺼냈다. 나는 16이 적었지만 내가 지워서 군데군데만 남은 메시지로 돌아갔다.

밸런타인

케터(ㄹ리)

분명(히)

다른 잠재 피해자들을 모았고 저는

오컬트 신봉자 로런스

아니-세이(ㄹ스의) 제자

이 부분이 모두 케털리에 관한 것이라는 점을 이제 알겠다. 16이 말하는 피해자들은 16의 피해자가 아니라 (십상팔구) 케털리의 피해자였다. 그가 다른 사람들도 속여서 이 세계로 오게 만들었을까? 아니면 매슈 로즈 소런슨만 유일한 피해자였을까? '잠재적'이라는 말을 보면 16은 피해자가 한 사람뿐이라고 여긴 듯하다.

제가 침투했다는 사실을 알고 있는 것 같(아요)

이 부분도 케털리 얘기다. 16은 자기가 이 홀에 왔다는 사실을 케털리가 안다고 얘기하고 있다(내가 말했기 때문에 안 것이다. 나는 속으로 내 멍청함을 저주했다).

하지만 16은 왜 왔을까?

매슈 로즈 소런슨을 찾고 있었기 때문이다. 나머지 사람의 노예로 묶여 있는 그를 구출하고 싶었기 때문이다. 이제 또렷이 알겠다. 내 친구는 나머지 사람이 아니라 16이다.

그렇게 생각하니 두 눈에서 눈물이 솟았다. 내 유일한 친구였는데 그 사람을 피해 숨었다니!

"저 여기 있어요! 여기 있다고요!"

내가 허공에 대고 소리쳤다.

"돌아와요! 이제 숨지 않을게요!"

그 여자를 찾을 수 있는 기회가 수도 없이 많았다. 그녀가 북서쪽 여섯째 홀에서 무릎 꿇고 내게 메시지를 남기던 밤에 말을 걸 수도 있었다. 첫째 현관에서 향수의 흔적이 남아 있던 곳에서 기다릴 수도 있었다. 어쩌면 그 여자는 이제 나를 찾는 것도 포기해 버렸을지 모른다! 어쩌면 내가 숨는 것을 알고, 내가 자기 메시지를 지운 것을 알고 넌더리가 나 버렸을지 모른다.

아니다. 16은 스물넷째 현관에 그 문장을 만들어 놓았다. 당신은 *매슈 로즈 소런슨인가요?* 그 조약돌을 배치하는 데는 시간이 오래 걸렸을 것이다. 16은 인내심 있고, 결의도 있으며, 기발했다. 아직도 나를 찾고 있었다.

어쩌면 지금쯤은 홍수가 온다고 경고한 내 메시지를 발견했을지 모른다. 어쩌면 답으로 뭔가 적었을지도. 나는 수프를 끓인 냄비와 그릇을 씻고, 물건을 정리하고, 북서쪽 여섯째 홀로 출발했다.

내가 다가가자 까마귀들이 난리를 피웠다. *그래, 그래. 나도 너희들 봐서 반가워. 그런데 내가 오늘은 할 일이 있어서 오래 얘기할 수가 없다.* 내가 말했다.

16이 새로 남긴 메시지는 없었다. 그러나 매우 염려스러운 일이 벌어졌다. 홍수가 온다고 경고한 내 메시지가 사라진 것이었다. 다른 메시지는 다 그대로 있었는데 그것만 없었다. 나는 어리둥절해서 빈 노면을 노려보았다. 무슨 일이 벌어진 것일까? 내가 여러 가지를 잊었다는 것은 나도 안다. 이제는 일어나지도 않은 일을 기억하기 시작하는 것일까? 사실은 그런 메시지를 적은 적이 없는 것일까?

나는 북서쪽 여섯째 홀을 지나 16이 조약돌로 메시지를 만들었던 스물넷째 현관으로 갔다. *당신은 매슈 로즈 소런슨인가요?* 이 문장을 형성하던 조약돌이 노면 여기저기로 흩어져 있었다. 글은 철저히 파괴되었다.

나머지 사람. 나머지 사람이 한 짓이었다. 나는 상당히 확신했다.

나는 북서쪽 여섯째 홀로 돌아가 노면을 세심하게 조사하기 시작했다. 내가 쓴 경고의 흔적이 희미하게 남아 있는 것이 보였다. 나머지 사람이 이 메시지도 지운 것이다.

왜일까?

그는 내가 매슈 로즈 소런슨에 관해 알아내지 못하게 막으려고 조약돌들을 흘어 놓았다. 그것은 분명했다. 그러나 16에게 보내는 메시지는 왜 지우지? 그 여자가 우연히도 위태로운 지역으로 들어갔다가 홍수에 파괴되기를 바라는 마음에? 아니다. 나머지 사람은 희망을 품지 않는다. 그는 계획하고 행동한다. 그는 그 여자가 익사하기를 바라고, 꼭 그렇게 되도록 할 것이다.

세 달 전 나에게 처음으로 16 이야기를 꺼냈을 때, 나머지 사람은 그 여자와 이야기한 적이 있다고 했다. 그러나 내가 그 대화를 어디서 했느냐고 묻자 그는 혼란스러워하더니 대답하지 않으려고 했다. 그것은 그 일이 다른 세상에서 벌어졌는데, 그 세상의 존재를 내게서 숨기고 싶었기 때문이었다.

나머지 사람은 다른 세상에서 16에게 연락해 홍수가 일어날 때 이곳 홀에 오라고 설득할 것이다. 어쩌면 이미 그랬을지 모른다. 16은 위험에 처해 있다.

나는 쭈그리고 앉아 나머지 사람이 지운 메시지를 빠르고 효율적으로 복원했다. 목요일 전에 16이 여기에 오면 메시지를 보고 홍수가 온다는 경고를 받을 것이다. 그러나…, 지금부터 목요일까지는 고작 닷새밖에 남지 않았다. 16이 그 기간에 이곳에 오지 않는다면? 이것은 전적으로 가능한 일이라고 느껴졌다. 그 여자가 다른 곳(다른 세상)에서 온다는 사실을 알고 보니, 불규칙적이고 예측 불가능하게 방문할 것 같다는 생각이다. 그녀가 메시지를 보지 못할 위험이 있으므로, 나는 걱정으로 다소 불안한 상태다. 계속 16과 그녀의 안전이 머리에 떠오르지만, 달리 그 여자를 보호하기 위해 할 수 있는 일이 생각나지 않는다.

홍수 대비
앨버트로스가 남서쪽 홀에서 온 해 아홉째 달의 스물여섯째 날 기록

숨겨진 사람을 제외하면 죽은 자들은 모두 범람한 물이 지나갈 길에 놓여 있다. 일요일에 나는 그들을 안전한 곳으로 옮기는 일에 착수했다.

나는 담요 한 장을 가지고 가서 비스킷 깡통 사나이의 뼈를 모두 그 안에 담았다―비스킷 깡통에 담긴 뼈는 빼고. 해조 끈으로 담요를 묶어 일종의 꾸러미로 만든 뒤, 그것을 둘째 현관으로 가지고 가 계단을 타고 위쪽 홀들로 올라갔다. 그곳에서 나는 담요에 담긴 뼈를 풀어서 양손으로 새끼 양을 안고 있는 양치는 여자 조각상의 주추에 내려놓았다. 그런 뒤 비스킷 깡통을 가지러 돌아갔다.

나는 알코브 사람들과 웅크린 아이도 똑같은 방법으로 계단 위로―그들이 평소 거주하는 곳에서 가장 가까운 계단―옮겨서 위쪽 홀들 중 하나에 조심스럽게 보관했다. 물고기 가죽 사나이 뼈는 담요에서 풀어 놓지 않고 그대로 묶어 두었다(뼛조각이 너무 많아서 잃어버릴까 염려가 되었다). 마찬가지로 웅크린 아이도 담요로 감싸 두었지만, 그것은 익숙하지 않은 장소에서 아이가 안전하다고 느꼈으면 하는 바람에서였다.

이 임무를 마무리하는 데 거의 사흘이 걸렸다. 죽은 자 각각의 유골은 2.5에서 4.5킬로그램이 나가고 계단은 25미터에 달한다. 하지만 힘든 육체노동을 하니까 좋다는 점을 알았다. 나머지 사람이 내게 준 상처들과 16에 관한 두려움에 계속 매달리지 않을 수 있었던 것이다.

앨버트로스 새끼를 잊어버린 것은 아니다(이제 아주 커다란 새가 됐다!). 나는 마흔셋째 현관이 홍수에 어떤 영향을 받을지 몇 가지 계산해 보았는데 기껏해야 바닥에 얄팍한 막이 될 뿐이라는 것을 알고 안심했다. 앨버트로스 부부가 나를 친구로 여기기는 하지만 나는 그들 새끼를 계단 위쪽으로 데려가도록 그들이 나를 내버려두리라고는 생각하지 않았다. 더구나 나와 그들 사이에 분쟁이 일어난다면 어떤 경우에도 그들이 분명 이길 테니까!

어제는 화요일, 보통 때라면 내가 나머지 사람과 만나러 가는 날이었다. 나는 가지 않았다. 나머지 사람이 의심스러워했을지 궁금하다. 아니면 내가 홍수에 대비하느라 너무 바쁜 것뿐이라고 생각했을까?

장미 덤불에 갇힌 천사 조각상은(나는 일지와 색인을 그 뒤에 숨겨 둔다) 높이가 바닥에서 약 5미터 정도 된다. 홍수가 나더라도 아마 충분히 안전한 높이일 것이다. 그러나 일지와 색인이 내 목숨만큼 귀중한 것이기에 나는 그것들을 모두 가죽 메신저 가방에 담아 두꺼운 플라스틱으로 감싼 다음, 위쪽 홀로 가지고 올라가 비스킷 깡통 사나이 옆에 두었다. 나는 낚시 장비들, 침낭, 냄비와 팬, 그릇, 숟가락, 기타 소유물을 홍수가 닿지 않는 높은 장소로 옮겨 놓았다. 마지막으로 할 일은 남아 있는 플라스틱 그릇(담수를 모을 때 사용하는)을 거둬들이는 것이었다.

　　남서쪽 열넷째 홀에서 마지막 플라스틱 그릇을 수거한 뒤 북쪽 셋째 홀로 막 옮기던 참이었다. 가는 길에 나는 서쪽 첫째 홀을 지나갔다. 이곳은 뿔 달린 거인 조각상들이 놓인 장소다. 이 거인들은 동쪽 문 양옆의 벽에서 튀어나와, 일그러진 얼굴로 사력을 다해 벽에서 벗어나려고 애쓰고 있다.

　　나는 그 홀의 북동쪽 모퉁이 부근에서 뭔가를 발견하고 살펴보러 다가갔다. 그것은 회색 천으로 된 가방이었는데 그 옆에 검정색 캔버스 천으로 만든 물건이 두 개 있었다. 가방은 길이가 80센티미터, 폭이 50센티미터, 깊이가 40센티미터 정도였다. 마찬가지로 회색인 캔버스 천으로 만든 손잡이가 두 개 있었다. 나는 가방을 들어 보았다. 매우 무거웠다. 나는 도로 내려놓았다. 가방은 캔버스 끈 두 개로 묶여 있고, 끈은 금속 버클로 잠겨 있었다. 나는 버클을 풀고 가방을 열었다. 내용물을 모두 꺼냈다. 그것들은 다음과 같았다.

- · 총
- · 밀도가 높고 무거운 플라스틱으로 만든, 접힌 물건 한 덩어리. 가방에서 가장 커다란 물건이었다. 가방을 거의 채우고 있었고 색깔은 파랑, 검정, 회색이었다.
- · 튼튼한 뚜껑이 있는 작은 원통 모양의 용기. 여기에는 사용처가 불분명한 작은 물건이 몇 개 들어 있었다.
- · 더 커다란 원통을 비스듬하게 자른 부분 같은 물건. 자른 단면에서 노란색 호스가 나와 있었다.
- · 약 2미터까지 늘어나는 검정색 플라스틱 막대 두 개
- · 노처럼 생긴 검정색 물건 네 개

물건들을 일이 분 정도 살펴본 뒤 나는 노처럼 생긴 물건들을 검정색 막대 끝에 부착할 수 있다는 것을 알아냈다. 나는 플라스틱 덩어리를 펼쳤다. 그것은 길고 납작한 모양이 되었고 양쪽 끝이 뾰족했다. 그것은 보트였다. 원통의 단면 같은 물건은 풀무 아니면 펌프였다. 길고 납작한 모양의 물건에 공기를 주입하면 그것이 부풀어 길이 4미터 폭 1미터의 보트가 되었다.
나는 가방 옆에 놓인, 캔버스로 된 검정색 물건 두 개를 살펴

보았다. 거기에는 끈이 몇 개씩 매달려 있었다. 나는 그것이 보트의 부속이라고 결론 지었지만 그 이상은 무슨 용도인지 확정할 수 없었다.

홍수 직전에 집에 보트가 난데없이 나타난 이유가 무엇일까? 집이 나를 안전하게 보호하려고 보낸 것일까? 나는 이 가정을 검토했다. 과거에도 홍수가 일어났지만 보트가 나타난 적은 없었다. 또 집이 보트를 보내는 상황은 상상할 수 있었지만 총을 보내는 상황은 상상할 수가 없었다. 아니, 총은 가방의 주인이 누구인지를 드러냈다. 그것은 나머지 사람의 것이었다.

나는 보트를 접고 물건을 모두 단정하게 가방에 도로 넣었다. 총만 빼고. 나는 총을 집어 들고 잠시 생각했다. 그것을 가지고 가서 첫째 현관에 있는 웅장한 계단을 따라 아래쪽 홀로 내려갈 수도 있었다. 그곳에서 조수에 총을 던져 버릴 수도 있었다.

나는 총을 다시 가방에 넣고 가방을 묶어 놓았다. 그러고는 북쪽 셋째 홀로 돌아갔다.

파도
앨버트로스가 남서쪽 홀에 온 해 아홉째 달의 스물일곱째 날 기록

오늘은 홍수가 오는 날이었다. 나는 평소 일어나던 때 일어났다. 신경이 예민해졌고 위가 꽉 조여드는 느낌이었다.

날이 추웠고 피부에 닿는 공기에서 현관에 비가 이미 내리고 있다는 사실을 알 수 있었다.

나는 입맛이 없었지만 수프를 조금 데워서 억지로 마셨다. 몸에 영양을 잘 공급해야 한다. 나는 팬과 그릇을 씻고 마지막 남은 물건을 높은 조각상들 뒤에 보관했다. 그러고는 시계를 찼다.

여덟 시 십오 분 전이었다.

가장 중요한 임무는 16을 찾아 안전을 확보하는 것이었다. 그러나 그렇게 하는 최선의 길이 무엇인지는 도무지 불분명했다. 나머지 사람이 16에게 덫을 놓았다는 것은 분명했다. 열에 아홉은 특정 시간에 어떤 홀에서 만나자고, 그때 매슈 로즈 소런슨을 찾는 방법을 알려 주겠다고 약속했으리라. 이것은 16을 찾는 가장 확실한 방법이 나머지 사람을 찾아내는 것이라는 뜻이었지만, 나는 가능하다면 나머지 사람 가까이에 가고 싶지 않았다. 나는 예언자의 말을 기억했다.

16이 가까워질수록 케털리는 더 위험해질 거네.

나는 16이 나머지 사람과 만나기 전에 16을 찾아내기를 바랄 따름이었다.

나는 첫째 현관으로 갔다. 회색 빗속에 서서 기다리면서 16이 나타나기를 바랐다. 아홉 시에서 열 시 사이에는 인접한 홀들을 찾아보았다. 아무것도 없었다. 열 시에는 첫째 현관으로 돌아갔다.

열 시 반에는 첫째 현관과 북서쪽 여섯째 홀 사이를 걷기 시작했다. 16이 적은 길 안내를 따라갔다. 이 길을 여섯 번 걸었지만 16을 찾지 못했다. 나는 점점 극도로 불안해졌다.

나는 첫째 현관으로 돌아갔다. 이제 열한 시 반이었다. 이곳에서 서쪽과 북쪽으로 두 홀 떨어진 아홉째 현관에서 벌써 첫째 조수가 가장 동쪽에 있는 계단을 오르고 있었다. 잔잔한 물결이 주변 홀들의 노면 위로 종종거리듯 달려갔다.

어쩔 수 없었다. 나머지 사람을 찾는 수밖에 없었다. 내가 막 이런 결론에 이르렀을 때, 그가 내 앞에 나타났다(어째서 16은 그럴 수 없었을까?). 그는 첫째 현관을 동쪽에서 서쪽으로 재빠르게 지나갔다. 비를 피하느라 고개를 숙이고 있었다. 옷은 평소 입던 것과 현저하게 달랐다. 청바지에 오래된 스웨터, 스니커즈 운동화 그리고 스웨터 위에는 기이한 장비 같은 것을 걸치고 있었다. 구명조끼다, 나는 생각했다(아니면 내 머릿속에서 매슈 로즈 소런슨이 생각한 것일지도).

그는 나를 보지 못했다. 그는 서쪽 첫째 홀로 들어갔다. 나는 조용히 그를 따라가서 문 근처의 니치에 숨었다.

나머지 사람은 즉시 공기주입 보트가 담긴 가방으로 가서 가방을 풀기 시작했다. 나는 기다리면서 16이 나타나는지 분주하게 살폈다. 나머지 사람이 다른 데 정신이 팔려 있었기 때문에, 16이 홀에 들어오면 중간에서 가로막을 시간이 충분할지도 몰랐다.

나머지 사람에게서 약간 떨어진 곳, 홀의 서쪽 끝에서 노면이 빛으로 반짝이는 것이 보였다. 북서쪽 문들로 얕은 물이 흘러 들어오기 시작한 것이었다. 나는 시계를 흘끗 보았다. 이곳에서 남쪽과 서쪽으로 다섯 홀 떨어진 스물두째 현관에서 또 다른 조수가 이미 차오르면서 계단을 뛰어오르고 있었다.

나머지 사람은 배를 펼쳤다. 작은 펌프를 거기에 부착하고 발로 펌프질을 하기 시작했다. 보트가 효율적으로 차차 부풀었다.

물이 남서쪽 둘째 홀과 셋째 홀을 채우고 있었다. 파도가 벽에 부딪히는 둔탁한 소리가 들려왔다.

그때 떠올랐다. 16은 영리했다. 적어도 나만큼은, 어쩌면 나보다 더 영리했다. 홍수에 관해서는 아무것도 모르지만 나머지 사람을 믿지는 않을 터였다. 나처럼 기다리고 지켜보면서, 매슈 로즈 소런슨이 나타나기를 바랄 것이었다. 문득 16과 내가 둘 다 서쪽 첫째 홀에 숨어서 서로 상대가 나타나기를 기다리는 영상이 마음에 떠올랐다. 나는 더 몸을 숨기고 있을 수가 없었다. 니치에서 내려가 나머지 사람을 향해 걸어갔다.

그는 위를 흘끗 보더니 인상을 썼다. 그는 펌프질을 멈추지 않았다. 그에게서 왼쪽으로 이 미터 정도 떨어진 곳에 지금은 빈 회색 가방이 있고, 그 옆 노면에는 은색 총이 있었다.

"도대체 어디 있었던 건가?"

그가 불쾌함과 분노가 담긴 목소리로 말했다.

"화요일에는 왜 안 온 거지? 사방을 찾아다녔는데. 방이 열 개가 잠긴다고 했는지 백 개가 잠긴다고 했는지 기억할 수가 있어야지."

펌프를 밟는 발이 느려졌다. 공기주입 보트에 거의 공기가 다 차서 그가 펌프질하기가 더 힘들어진 것이다.

"계획을 수정해야 했네. 성가시기는 하지만 하는 수 없지. 래피얼이 오고 있네. 내키든 내키지 않든 우리는 이 일을 끝내야 돼. 그러니까 허튼소리는 하지 말게, 알겠나? 분명히 말하는데, 피라네시, 지금 난 사람들 때문에 진력이 난 상태라고."

"나는 십일월 중순에 그를 방문했다. 오후 네 시가 막 지난, 차갑고 푸른 황혼이 내린 때였다."

내가 말했다.

그는 펌프질을 멈췄다. 보트는 이제 탱탱하고 둥근 모양으로 부풀어 있었다.

"이제 좌석을 붙일 차례야. 거기 있는 검은색 부품이네. 좀 가져다주겠나?"

그는 내가 용도를 알아내지 못한 두 장치를 가리켰다.

"방이 물에 잠기면 자네랑 나는 이 카약에 탈 거야. 래피얼이 같이 타려고 하거나 거기 매달리면, 페달로 손과 머리를 치게."

"그날 오후는 폭풍우가 몰아쳤고 자동차 불빛들이 비 때문에 번져 보였다. 시커먼 나뭇잎들이 노면에 콜라주를 형성했다."

내가 말했다.

그는 공기가 주입되는 밸브를 만지작거리고 있었다. 그가 짜증스럽게 물었다.

"뭐라고? 무슨 소리를 하는 거야? 어서 저 좌석이나 가져다주겠나? 서둘러야 한다고. 그 여자가 당장이라도 올 거란 말이네."

"그의 집에 도착하자 음악 소리가 들려왔다. 진혼곡. 나는 베를리오즈의 곡을 들으며 그가 문을 열어 주기를 기다렸다."

내가 말했다.

"베를리오즈?"

그는 하던 일을 멈추고 허리를 펴더니 처음으로 나를 제대로 쳐다보았다. 그는 찡그렸다.

"무슨 소리…, 베를리오즈?"

내가 말했다.

"문이 열렸다. '케털리 박사님?' 내가 말했다."

그는 자기 이름을 듣자 몸이 굳어 버렸다. 동공이 확장되었다.

"무슨 소리를 하는 거야?"

그는 두려움에 쉰 목소리로 재차 물었다.

"배터시. 당신이 나한테 배터시를 기억하느냐고 물은 적이 있죠. 이제 기억해요."

내가 말했다.

쿵! … 쿵! …

스물두째 현관에서 온 조수가 점점 강해지고 있었다. 남서쪽 둘째와 셋째 홀의 벽을 더 거세게 때리고 있었다.

"그 여자 메시지를 봤군."

그가 말했다.

"그래요."

내가 말했다.

얄팍한 물이 노면을 가로질러 내 발을 쳤다. 곧바로 다음 물결이 밀려왔다.

그는 불쑥 소리 내 웃었다. 희한한 소리였다. 안심으로 가장한 히스테리.

"아니, 아니! 그렇게 쉽게 날 속일 수는 없지. 그건 자네 말이 아니야. 다른 사람 말이지. 자네는 정말 기억하는 게 아니야. 래피얼이 꾸민 일이지. 정말이지, 매슈, 내가 얼마나 멍청하다고 생각하는 건가?"

그는 느닷없이 오른쪽으로 몸을 날려 노면에 놓여 있던 총 쪽으로 향했다. 하지만 나는 세심하게 자리를 잡았기에 그보다 총에 가까웠다. 나는 발로 총을 제대로, 세게 걷어찼다. 총은 대리석 포석 위에서 미끄러져 가다가 약 십오 미터 떨어진 북쪽 벽에 가서 멈췄다. 이제 좀 더 깊어진 물결이 우리 발을 지나쳐 가고 있었다. 물결은 총을 따라갔다. 마치 우리 모두 총을 가지고 놀이를 하고 있고 물결도 총을 잡으려고 하는 것 같았다.

"무슨…? 뭘 하려는 건가?"

나머지 사람이 물었다.

"16은 어디 있죠?"

내가 물었다.

그는 입을 열어 뭐라고 말하려고 했지만 그 순간 목소리가 들려왔다.

"케틸리!"

여자 목소리였다. 16이 왔다!

나는 그 소리로 16이 남쪽 문 어딘가에 숨어 있다고 판단했다. 나머지 사람은 홀에서 메아리가 어떻게 울리는지 익숙하지 않아 혼란스러운 듯 두리번거렸다.

"케틸리, 매슈 로즈 소런슨을 찾으러 왔습니다."

그녀가 다시 소리쳤다.

그는 내 오른팔을 붙잡았다.

"여기요!"

그가 소리쳤다.

"내가 데리고 있어요! 와서 데려가요."

조수가 부딪히는 쿵 하는 소리가 점점 커졌다. 홀 전체가 그 힘으로 진동했다. 물이 남쪽 문들을 통해 자유로이 흘러들었다.

"조심해요! 당신을 해치려는 거니까. 총이 있어요!"

내가 소리쳤다.

작고 가냘픈 형체가 남쪽 첫째 홀로 이어지는 문에서 걸어 나왔다. 그 여자는 청바지와 초록색 스웨터를 입고 있었다. 짙은 색 머리카락은 뒤로 당겨 포니테일로 묶었다.

나머지 사람은 나를 잡고 있던 오른손을 놓았다(왼손은 여전히 나를 잡고 있었지만). 그러고는 오른손으로 주먹을 쥐고 팔과 몸을 뒤로 젖혀, 그 탄력으로 나를 치려고 했다. 그러나 나도 같이 몸을 젖혀 둘의 균형을 깨뜨렸다. 그는 바닥으로 거의 쓰러질 뻔했다. 나는 그에게서 풀려나 16에게 달려가기 시작했다.

달리면서 나는 소리쳤다.

"홍수가 오고 있어요! 위로 올라가야 돼요!"

나는 그녀가 몇 단어나 알아들었는지 모르지만, 그녀는 내 목소리에서 긴급 상황이라는 것을 이해했다. 나는 16의 손을 잡았다. 우리는 함께 동쪽 벽으로 뛰어갔다.

뿔 달린 거인들 조각상이 동쪽 문 양편에, 우리 앞에 놓여 있었지만 우리는 그것을 기어오를 수 없었다. 그들 몸은 바닥에서 이 미터 높이에서 벽 바깥으로 나와 있었고 그 지점까지는 손이

나 발로 디딜 곳이 없었다. 왼쪽 거인 옆으로는 양손으로 어린 아들을 안고 앉아 있는 아버지 조각상이 있었다. 아버지는 아들의 발에서 가시를 뽑아주고 있었다. 나는 그 조각상의 니치로 기어올라 주추로 올라섰다. 아버지의 무릎에 올라간 다음 조각상 양편에 있는 기둥 중 하나에 매달린 채로, 아버지의 팔과 어깨와 머리를 발판 삼아 니치 위에 놓인 삼각형 페디먼트 끝까지 올라갔다. 16은 나를 따라오려고 했지만 나만큼 키가 크지 않았고, 아마도 나처럼 기어오르는 데 익숙하지 않은 것 같았다. 그녀는 조각상의 무릎까지는 갔지만 그 다음에는 어떻게 해야 좋을지 모르는 듯 보였다. 나는 급히 아래로 내려가 그녀를 끌어올렸다. 내 도움으로 16은 페디먼트로 올라갔다.

정오였다. 열째와 스물넷째 현관에서 마지막 두 조수가 차오르며 주변 구역을 폭풍우처럼 격렬한 물살로 채웠다.

페디먼트에서 오십센티 미터쯤 위에 홀 전체를 따라 둘려져 있는 넓은 돌림띠 혹은 선반이 있었다. 우리는 페디먼트 경사면을 올라 돌림띠 위로 힘겹게 몸을 끌어올렸다. 이제 우리는 바닥에서 칠 미터쯤 높이에 있었다. 16은 안색이 창백했고 떨고 있었지만(등반을 좋아하지 않는 것이 틀림없었다) 격한, 결연한 표정이었다.

갑자기 날카롭고 뭔가 깨지는 듯한 소리가 아마도 네 번, 차례차례 공기를 갈랐다. 한순간 나는 공포에 빠져 물살의 무게와 진동 때문에 홀이 붕괴하지는 않을까 생각했다. 홀을 내다보았다가 나머지 사람이 아직 보트에 타지 않았다는 것을 알았다(탔으면 안전했을 텐데). 대신 그는 총을 되찾으러 북쪽 벽으로 달려가 버린 것이었다. 지금 그는 우리에게 총을 쏘고 있었다.

"배에 타요! 늦기 전에 배에 타라고요!"

내가 외쳤다. 그는 다시 총을 쏘아, 우리 머리 위에 있는 한 조각상을 맞혔다. 내 이마에서 예리한 통증이 느껴졌다. 나는 비명을 질렀다. 손을 이마에 댔다가 떼었더니 피가 묻어 있었다.

나머지 사람은 흐르는 물을 헤치며 우리 쪽으로 걸어오기 시작했다―추정컨대 우리에게 총을 더 잘 쏘겠다는 생각인 듯했다.

나는 다시 소리쳐, 조수가 거의 다 왔다는 이야기를 했다. 하지만 사방팔방에서 물살이 어마어마한 굉음을 내는 바람에 그가 듣지 못했을 것 같았다.

누군가가 우리에게 총을 쏘고 있는 상황이 아니었더라면 우리는 돌림띠에 머무를 수도 있었다(그러다가 물이 내가 예상한 것보다 높이 올라오면 더 올라갈 수도 있었다). 하지만 그 상태로는 막아 줄 엄폐물 없이 노출되어 있었다.

우리 일 미터쯤 아래에 뿔 달린 거인의 등과 상완이 벽에서 돌출되어 있었다. 그의 등과 벽 사이에 공간이, 일종의 대리석 주머니 같은 틈이 있었다. 나는 뛰었다. 대략 이 미터 정도, 아래로는 일 미터 정도 떨어진 거리였다. 나는 쉽게 안착했다. 고개를 들어 16을 보았다. 16은 불안으로 눈이 휘둥그레졌다. 나는 두 팔을 뻗었다. 그녀는 뛰었다. 나는 그녀를 잡았다.

이제 우리는 거인의 몸으로 나머지 사람의 총알을 막을 수 있었다. 나는 조각상의 대리석 등으로 힘겹게 올라가 어깨 너머로 내다보았다.

나머지 사람은 우리에게 등을 돌리고 보트에 다가가려 하고 있었다. 하지만 출발이 너무 늦었다. 물살이 그의 무릎까지 올라왔고, 파도들이 서로 다투며 그를 끌어당겼다. 그는 애를 썼지만 점점 더 몸이 무거워지는 것처럼 보였다. 한편 보트는 점점 가벼워지고 자유로워졌다. 물 위에서 춤추면서 홀의 한쪽 부분에서 다른 부분으로 빙글빙글 돌아갔다. 한순간 북쪽 벽 근처에 있었는가 하면 다음 순간에는 서쪽 벽으로 반쯤 가 있었다. 나머지 사람은 보트를 잡으려고 연신 방향을 틀었지만 그가 고되게 몇 발자국을 떼고 나면 보트는 전혀 다른 곳으로 가 버렸다.

갑자기 보트는 자기가 이곳에 온 목적을 기억하기라도 한 듯했다. 나머지 사람을 구하겠다고 결심이라도 한 것 같았다. 보트는 방향을 바꾸더니 곧장 그를 향해 항해했다. 그는 양팔을 내밀어 보트를 잡으려고 그쪽으로 몸을 기울였다. 고작 반 미터만 가면 잡을 수 있었다. 순간 나는 그가 보트의 앞부분을 잡았다고 생각했다. 그때 보트가 빙글 돌더니 그곳을 떠나, 홀의 서쪽 끝까지 나아갔다.

"기어올라가요! 올라가라고요!"

내가 소리쳤다. 보트를 잡기에는 너무 늦었지만, 기어오른다면 아직 살아남을 수 있을지도 모른다고 생각했다. 하지만 홀로 쏟아져 들어오는 파도 소리 때문에 그는 내 말을 듣지 못했다. 그는 계속 필사적으로, 아무 쓸모도 없이, 배를 쫓아 물을 헤치며 걸었다.

옆 홀에서 커다란 물살과 커다란 굉음이 일었다. 육중한 물이 북쪽 벽의 반대편을 쳤다. 쿵!!! 그때 나는 우리가 뿔 달린 거인 쪽으로 내려온 것에 감사했다. 아직도 돌림띠에 서 있었더라면 벽에서 떨어지고 말았을 터였다. 그러나 뿔 달린 거인은 우리를 꼭 붙들어 주었다.

천장까지 솟구치는 포말이 북쪽 문 전체에서 폭발하듯 들이닥쳤다. 포말이 햇빛을 받아, 마치 누군가가 홀에 와인 통 백 개는 가득 채울 만큼의 다이아몬드를 던진 듯 보였다.

너울이 북쪽 문으로 밀려들었다. 파도가 나머지 사람을 잡아채 남쪽 벽으로 내던졌다. 그는 바닥에서 십오 미터쯤 되는 높이에 있는 조각상들에 가서 부닥쳤다. 내 생각에 그는 그때 죽었을 것이다.

파도가 물러났고, 그는 그 속으로 사라졌다.

그동안 작은 공기주입식 보트는 물 위에서 빙글빙글 돌면서 이따금 잠시 물에 가라앉았지만 매번 즉시 떠올랐다. 나머지 사람이 보트에 닿기만 했더라면 목숨을 구할 수 있었을 터였다.

래피얼
앨버트로스가 남서쪽 홀에 온 해 아홉째 달의 스물일곱째 날 두 번째 기록

파도가 남쪽 벽에 부서졌다. 하얀 포말이 폭발하듯 퍼져 홀을 메웠다. 물은 가장 낮은 단의 조각상들을 덮었고, 물빛은 폭풍우 때 같은 회색빛으로 깊은 부분은 시커멨다. 너울이 몇 번인가 우리 머리 위를 지나갔지만 다음 순간 가라앉았다. 우리는 흠뻑 젖었고, 감각이 없어졌고, 앞이 안 보였으며, 귀가 멍했다. 그러나 매번 구원되었다.

시간이 지나갔다.

파도가 가라앉고 물이 잠잠해졌다. 물은 계단을 타고 아래쪽 홀로 빠져 나가기 시작했다. 제일 밑단에 놓인 조각상들 머리가 수면 위로 다시 나타났다.

그 시간 내내 16과 나는 서로 한마디도 하지 않았다. 으르렁거리는 파도소리 때문에 들리지도 않았을 테고 어쨌거나 우리는 자기 자신과 상대를 지키는 데 정신을 집중하고 있었기에 다른 일을 생각할 겨를이 없었다. 이제 우리는 고개를 돌려 상대를 바라보았다.

16은 크고 짙은 색 눈에 요정 같은 얼굴이었다. 표정은 엄숙했다. 나보다 조금 나이가 더 먹어서, 마흔 정도인 듯했다. 머리카락은 젖어서 검었다.

"당신이 십…, 래피얼이군요."

내가 말했다.

"새라 래피얼이에요. 그리고 당신은 매슈 로즈 소런슨이고요."

그리고 당신은 매슈 로즈 소런슨이고요. 이번에 그녀는 의문문이 아니라 평서문으로 말했다. 이런 표현은 확실히 시기상조였다. 아직은 의문문으로 하는 편이 나았을 터였다. 그러나 생각해 보면, 그 문장을 의문문으로 했었더라면 나는 어떻게 대답해야 좋을지 알 수 없었을 것이다.

"그가 당신을 알았나요?"

내가 물었다.

"누가 저를 알았냐는 말씀이죠?"

그녀가 말했다.

"매슈 로즈 소런슨이요. 매슈 로즈 소런슨이 당신을 알았나요? 그래서 여기 오신 건가요?"

그녀는 잠시 말을 멈추고, 내가 방금 한 말을 파악하고 있었다. 그러더니 조심스럽게 말했다.

"아뇨. 당신과 저는 만난 적이 없어요."

"그럼 왜죠?"

"저는 경찰이에요."

그녀가 말했다.

"아."

내가 말했다.

우리는 다시 입을 다물었다. 우리 둘 다 여전히 좀 전에 일어난 일 때문에 멍한 상태였다. 눈은 여전히 거친 물살의 이미지로 가득했고, 귀는 여전히 파도소리로 가득했으며, 마음은 여전히 나머지 사람이 파도에 날려 조각상들이 있던 벽에 부딪히는 순간으로 가득했다. 그 순간 우리는 서로 할 말이 없었다.

래피얼이 현실적인 문제로 주의를 돌렸다. 그녀는 내 이마의 상처를 살펴보더니 그리 깊지 않다고 말했다. 그녀는 내가 나머지 사람의 총알에 맞은 게 아니라고 생각했다. 그보다는 쪼개진 대리석 조각에 긁힌 것이라고 보았다.

수위가 계속 낮아졌다. 물이 제일 밑단의 조각상들이 놓인 주추와 같은 높이까지 내려갔을 때, 나는 뿔 달린 거인에서 아래로 어떻게 내려갈지 생각해 보기 시작했다. 이곳에 온 방법으로 돌아갈 수는 없는 노릇이었다. 그러려면 돌림띠까지 뛰어올

라야 하기 때문이었다. 나는 래피얼이 그렇게 할 수 있으리라고
생각하지 않았다(솔직히 나도 할 수 있을지 자신이 없었다).

"가서 당신이 내려가는 데 도움이 될 만한 걸 가져올게요. 걱
정 마세요. 최대한 빨리 올 테니까요."

내가 말했다.

나는 거인의 몸통에서 아래로 뛰어내렸다. 물이 내 허벅지까
지 올라왔다. 나는 물을 헤치고 북쪽 셋째 홀로 가서 조각상을
기어올라 내 물건을 보관한 곳으로 갔다. 전부 포말 때문에 젖
어 있었지만, 흠뻑 젖은 것은 없었다. 나는 낚시 그물과 담수 통,
마른 해조를 조금 챙겼다(몸에 수분과 영양을 공급하는 것은 중요
한 일이다).

나는 서쪽 첫째 홀로 돌아갔다. 그 사이 수위가 더 낮아져 이
제 내 무릎까지밖에 오지 않았다. 나는 뿔 달린 거인 위로 다시
기어올랐다. 래피얼에게 물을 좀 준 다음 마른 해조를 조금 먹
으라고 했다(좋아하지는 않았으리라 생각하지만). 그러고 나서 낚
시 그물을 묶어 거인의 한쪽 팔에 고정했다. 그물은 노면에서
오십센티 미터쯤 높이까지 내려갔다. 나는 래피얼에게 낚시 그
물을 이용해서 내려가는 방법을 보여 주었다.

우리는 물을 헤치고 첫째 현관으로 가 웅장한 계단을 올라 물
이 닿지 않는 곳까지 갔다. 우리는 자리에 앉았다. 옷이 젖어서
몸에 착 들러붙어 있었다. 내 머리카락은 짙은 색에 곱슬곱슬한

데 구름처럼 물방울들이 잔뜩 붙어 있었다. 내가 움직일 때마다 비가 내렸다.

새들이 우리를 찾아왔다. 여러 다른 종류의 새들이었다 재갈매기들, 까마귀들, 검은새들, 참새들이 조각상이며 계단 난간에 모여 각자 다른 목소리로 내게 재잘거렸다.

"금방 지나갈 거야. 걱정하지 마."

내가 말했다.

"뭐라고요?"

래피얼이 깜짝 놀라 물었다.

"무슨 뜻인지 모르겠는데요."

"새들한테 얘기한 거예요. 엄청난 물이 사방에 차올라서 놀랐거든요. 물이 곧 지나갈 거라고 한 거예요."

"아! 당신은…, 새들과 자주 이야기하시나요?"

"네. 하지만 놀란 얼굴 하실 필요 없어요. 당신도 새들과 얘기하셨잖아요. 북서쪽 여섯째 홀에서요. 제가 들었는걸요."

래피얼은 그 말에 더 놀란 듯 보였다.

"제가 뭐라고 했는데요?"

"꺼져 버리라고요. 저한테 메시지를 쓰고 있었는데 새들이 귀찮게 굴면서 코앞에서도 날아다니고 글자 위로도 날아다니고 당신이 뭘 하는지 알아내려고 했잖아요."

그녀는 잠시 생각했다.

"당신이 지워 버린 메시지 말인가요?"

"네."

"왜 그랬어요?"

"왜냐하면 나머지…, 왜냐하면 케털리 박사가 당신이 제 적이라고, 당신이 쓴 글을 읽으면 제가 미칠 거라고 했기 때문이었어요. 그래서 메시지를 지웠죠. 하지만 그러면서도 한편으로는 읽고 싶었고, 그래서 다 지우지는 않았어요. 그다지 논리적이지 못했죠."

"그 사람 당신을 참 힘들게 했죠."

"그래요. 그런 것 같아요."

둘 다 말이 없었다.

"우리 둘 다 흠뻑 젖어서 춥네요. 가는 게 어떨까요?"

"어디로 가죠?"

내가 물었다.

"집이요. 그러니까 제 집에 가서 몸을 말리면 어떻겠냐는 말이에요. 그러고 나서 집에 데려다 드릴게요."

"여기가 제 집인데요."

래피얼은 우중충한 회색 물이 벽에 찰박거리는 모습과 물이 똑똑 떨어지는 조각상들을 둘러보았다. 그녀는 아무 말도 없었다.

"평소에는 이것보다 훨씬 건조해요."

래피얼이 내 집을 사람 살기 어려운 습한 곳이라고 생각할지 몰라 재빨리 말했다. 하지만 래피얼은 그 생각을 하고 있었던 것이 아니었다.

"드릴 말씀이 있어요. 기억하실지 모르겠지만, 당신에게는 엄마와 아빠가 있어요. 여동생도 둘이 있고. 친구들도 있죠."

그녀는 나를 빤히 응시했다.

"기억하시나요?"

나는 고개를 저었다.

"그 사람들이 당신을 계속 찾고 있어요. 하지만 어디를 찾아야 할지 몰랐죠. 그 사람들은 당신을 걱정하고 있어요. 이제까지…."

래피얼은 또 먼 데를 보며 자기 생각을 표현할 말을 찾으려고 했다.

"당신이 어디 있는지 몰라서 가슴 아파했어요."

나는 이 말을 생각해 보았다.

"매슈 로즈 소런슨의 엄마와 아빠와 여동생들과 친구들이 아파한다니 유감이군요. 하지만 그게 저랑 무슨 상관인지 잘 모르겠네요."

"당신은 자신이 매슈 로즈 소런슨이 아니라고 생각하세요?"

"네."

"하지만 그 사람과 얼굴이 똑같은데요."

"네."

"손도 똑같고요."

"그래요."

"발도 몸도 같죠."

"다 맞는 말이에요. 하지만 제 마음은 그 사람 마음과 다르고, 저에겐 그 사람 기억이 없어요. 그 사람이 여기 없다는 말이 아니에요. 그는 여기 있어요."

나는 가슴에 손을 댔다.

"하지만 잠든 것 같아요. 잘 있어요. 걱정하실 필요는 없어요."

그녀는 고개를 끄덕였다. 래피얼은 나머지 사람처럼 논쟁을 좋아하는 성격이 아니었다. 내가 하는 말마다 반박하면서 다투려고 하지 않았다. 나는 그 점이 마음에 들었다.

"당신은 누구죠? 그 사람이 아니라면 말이에요."

그녀가 물었다.

"저는 이 집이 사랑하는 자녀예요."

내가 말했다.

"집이요? 집이 뭔가요?"

무슨 그런 이상한 질문이! 나는 첫째 현관, 첫째 현관 너머에 있는 홀들, 모든 것을 가리키려고 양팔을 뻗었다.

"이게 집이죠. 보세요!"

"아. 알겠어요."

우리는 잠시 조용히 있었다. 그러다가 래피얼이 말했다.

"한 가지 물어볼게요. 저랑 같이 매슈 로즈 소런슨의 부모와 동생들이 있는 곳으로 가서, 그 사람들한테 얼굴을 보여 주실 수 있을까요? 그가 살아 있다는 걸 알면 그 사람들한테 큰 도움이 될 거예요. 당신이 다시 가 버린다고 해도요—그러니까 만약 여기로 다시 돌아와야 한다면 말이에요. 그러면 도움이 될 거예요. 어떻게 생각하세요?"

"지금은 안 돼요."

내가 말했다.

"알겠어요."

"비스킷 깡통 사나이—그리고 웅크린 아이—그리고 알코브 사람들을 생각해야 해요. 그 사람들은 돌봐줄 사람이 저밖에 없거든요. 지금 낯선 환경에 있어서 아마 당황하고 있을 거예요. 제가 그 사람들을 지정된 자리로 옮겨 줘야 해요."

"여기 다른 사람들이 있나요?"

래피얼이 놀라서 물었다.

"네."

"얼마나요?"

"열세 명이요. 제가 방금 말한 사람들이랑, 숨겨진 사람이요. 하지만 숨겨진 사람은 위쪽 홀에 거주하니까 홍수에 영향을 받지 않았을 거라서 옮길 필요가 없어요."

"열세 명이라니!"

래피얼의 짙은 눈동자가 경악으로 휘둥그레졌다.

"하느님 맙소사! 다들 괜찮은가요?"

"네. 괜찮아요. 제가 잘 돌보거든요."

"하지만 그 사람들은 누구죠? 그 사람들한테 데려다주실 수 있나요? 스탠리 오벤든도 여기 있나요? 실비아 다고스티노는요? 마우리조 주사니는?"

"아, 그 사람들 중 하나가 스탠리 오벤든일 가능성이 상당히 많아요. 아마도 예어…, 분명 로런스 아니-세일스도 그렇게 생각했던 것 같고요. 또 한 사람은 실비아 다고스티노고, 다른 사람은 마우리조 주사니일지 모르죠. 안타깝게도 저는 누가 누구인지는 몰라요."

"무슨 말씀이죠? 그 사람들 자기가 누구인지 잊어버렸나요? 뭐라고 하는데요?"

"아, 별로 말이 없어요. 다들 죽었거든요."

"죽었다니!"

"네."

"아!"

래피얼은 잠시 이 상황을 이해하려고 했다.

"당신이 여기 왔을 때 그들은 이미 죽은 뒤였나요?"

"저는….."

나는 말을 멈췄다. 이것은 흥미로운 질문이었다. 그때까지 나는 생각해 본 적이 없었다.

"그럴 거예요. 아마 죽은 지 오래되었을 테지만, 제가 도착하던 때가 기억나지 않으니까 자신할 수는 없네요. 여기 도착한 것은 제가 아니라 매슈 로즈 소런슨에게 있었던 일이라서."

"그래요, 그렇겠네요. 하지만 무슨 뜻이에요, 돌봐준다는 게?"

"그 사람들이 좋은 상태로 있게 하는 거죠. 최대한 온전하고 정돈된 상태로 있도록. 음식과 물, 수선화도 공양하고요. 그리고 말도 걸어요. 당신이 사는 홀에는 당신의 죽은 자들이 없나요?"

"있어요. 맞아요."

"그 사람들한테 공양하지 않아요? 말도 걸고요?"

래피얼이 뭐라고 대답하기 전에 어떤 생각이 떠올랐다.

"죽은 자가 열세 명이라고 했는데, 틀렸네요. 케털리 박사도 거기에 합류했죠. 그 사람 시신을 찾아서 다른 사람들 옆에 놓을 수 있도록 준비해야 해요."

나는 양손을 마주쳤다.

"자, 보시다시피 저는 해야 할 일이 많아서 지금은 이 홀을 떠날 생각을 할 수가 없어요."

래피얼은 천천히 고개를 끄덕였다.

"괜찮아요. 시간은 많으니까요."

그녀는 손을 내밀더니 어색하게—하지만 부드럽게—내 어깨에 손을 얹었다.

그 즉시, 엄청나게 당혹스럽게도, 나는 울기 시작했다. 삐걱거리는 듯한 커다란 흐느낌이 가슴에서 차올랐고 눈물이 솟았다. 나는 우는 사람이 내가 아니라고 생각했다. 매슈 로즈 소런슨이 내 눈을 통해 울고 있었다. 울음은 한참동안 이어지더니 마침내 나귀가 울듯 딸꾹질하는 소리로 잦아들었다.

래피얼은 아직도 내 어깨에 손을 얹고 있었다. 그녀는 눈치껏 눈을 돌려 내가 손등으로 코와 눈물을 닦는 모습을 보지 않으려 했다.

"다시 오실 건가요? 제가 지금 같이 가지 않더라도, 돌아오실 건가요?"

"내일 올게요. 저녁 늦게가 될 거예요. 그래도 괜찮은가요? 우리 서로 어떻게 찾아야 하죠?"

"제가 여기서 기다릴게요. 얼마나 늦든지 상관없어요. 올 때까지 기다릴게요."

"그리고 제가 얘기한 거 생각해 보실 거죠? 당신…, 매슈 로즈 소런슨의 가족과 동생들을 보러 가는 거요?"

"네. 생각해 볼게요."

래피얼은 자리를 떠나 현관의 남동쪽 모퉁이에 있는 두 미노타우로스 사이의 그늘진 공간으로 사라져 갔다.

내 시계는 멈춰 버렸지만 나는 그때가 초저녁이라고 추측했다. 나는 혼자에, 지치고, 배고프고, 젖어 있었다. 나는 물을 헤치고 북쪽 셋째 홀로 갔다. 물이 여전히 오십 센티미터 정도 차 있었다. 나는 위로 올라가 불을 피우는 데 사용하는 마른 해조를 살펴보았다. 아쉽게도 해조는 커다란 파도에 쫄딱 젖어 버렸다. 나는 불을 피울 수 없었다. 아무것도 조리할 수 없었다.

나는 마찬가지로 축축해진 침낭을 챙겨서 첫째 현관으로 가지고 갔다. 웅장한 계단의 마르고 높은 자리에서 드러누웠다.

잠들기 전에 든 마지막 생각은 이러했다. 죽었구나. 내 유일한 친구. 내 유일한 원수.

케털리 박사를 위로하다
앨버트로스가 남서쪽 홀에 온 해 아홉째 달의 스물여덟째 날 기록

나는 여덟째 현관의 계단 모퉁이에서 케털리 박사의 시신을 발견했다. 그는 여러 벽과 조각상에 들이받혔다. 옷도 넝마가 되었다. 나는 그를 계단 난간에서 끌어내려 똑바로 눕히고서 사지를 바르게 했다. 그의 딱한, 부서진 두개골을 무릎에 놓고 흔들었다.

"잘생긴 모습이 사라져 버렸네요. 하지만 걱정하지 마세요. 이런 흉한 모습은 잠시뿐이니까. 슬퍼하지 마세요. 두려워하지도 마시고요. 물고기들과 새들이 이 찢어진 살을 뜯어 먹을 수 있는 곳에 놓아 드릴게요. 곧 없어질 거예요. 그러면 잘생긴 해골, 잘생긴 뼈가 될 거예요. 제가 잘 정돈해 줄 테니 햇빛과 별빛 아래에서 쉬시면 돼요. 조각상들이 당신을 축복의 눈길로 굽어볼 거예요. 화내서 죄송해요. 용서해 주세요."

나는 총을 찾지 못했다. 조수가 쓸고 가 버린 것이 틀림없었다. 그러나 그날 오전 늦게 케털리 박사의 보트가 아직도 서쪽 첫째 홀에서 떠다니는 것을 발견했다. 이제 물은 발목 높이밖에 오지 않았다. 보트는 별로 손상되지 않았다.

"네가 그 사람을 구해 줬으면 좋았을 텐데."

내가 말했다.

나는 보트가 어떤 식으로든 반응했다고 느끼지 않았다. 보트는 나른한 듯, 조는 듯, 반쯤만 깨 있는 것 같았다. 움직임을 부여할 거친 물살이 없으니, 이제 보트는 파도 위에서 춤추며 처음에는 케털리 박사를 조롱하다가 나중에는 내버린 악마가 아니었다.

나는 매슈 로즈 소런슨의 엄마와 아빠 그리고 여동생들과 친구들에 관해 래피얼이 한 말을 생각해 보았다. 어쩌면 매슈 로즈 소런슨이 이제 내 안에서 산다고, 의식은 없지만 완벽하게 안전하다고, 내가 튼튼하고 요령도 좋으니 다른 죽은 자들을 보살피는 것과 똑같이 부지런하게 보살필 거라고 설명하는 메시지를 보내야 할지도 몰랐다.

래피얼에게 어떻게 생각하는지 물어봐야겠다.

첫째 현관에 어둠이 내릴 때 래피얼이 돌아왔다
앨버트로스가 남서쪽 홀에 온 해 아홉째 달의 스물여덟째 날 두 번째 기록

첫째 현관에 어둠이 내릴 때 래피얼이 돌아왔다. 우리는 전날처럼 웅장한 계단에 앉았다. 래피얼은 나머지 사람이 갖고 있었던 것과 비슷한 반들반들한 작은 기기를 갖고 있었다. 래피얼이 그것을 건드리자 거기에서 희고 노란 불빛이 뿜어져 나와 조각상과 우리 얼굴을 비추었다.

나는 매슈 로즈 소런슨의 엄마와 아빠와 두 여동생과 친구들에게 편지를 쓰려고 한다는 계획을 그녀에게 말했지만, 무슨 까닭인지 래피얼은 그것이 좋은 생각이라고 여기지 않았다.

"당신을 뭐라고 불러야 하죠?"

그녀가 물었다.

"부른다고요?"

내가 말했다.

"이름 말이에요. 매슈 로즈 소련슨이 아니라면, 뭐라고 불러야 하냐고요?"

"아, 알겠어요. 제 생각에는 피⋯."

나는 말을 멈췄다.

"케털리 박사는 저를 피라네시라고 불렀어요. 그게 미궁과 연관돼 있는 이름이라고 했지만, 어쩌면 그저 저를 놀리려는 거였는지 모르겠네요."

"아마 그렇겠죠. 그런 남자였으니까요."

래피얼이 동의했다. 잠시 둘 다 말이 없다가 그녀가 다시 말했다.

"제가 어떻게 당신을 찾았는지 알고 싶으신가요?"

"무척이요."

"어떤 여자가 있었어요. 기억 못하실 거예요. 앙하라드 스콧이라고 하죠. 그 여자가 로런스 아니-세일스에 관해 책을 썼어요. 육 년 전에, 당신은 그 여자에게 연락했고요. 당신은 자기도 아니-세일스에 관해 책을 쓸까 생각 중이라고 하면서, 그 여자와 오랫동안 이야기를 나눴어요. 그러고 나서 그 여자는 당신한테서 소식을 전혀 듣지 못했죠. 올해 오월에 그 여자는 당신이 일하던 런던 대학에 전화를 걸었어요. 책이 어떻게 되었는지 알고 싶어서였죠. 당신이 아직 글을 쓰고 있는지 어떤지요. 대학 사람들은 당신이 실종되었다고 했어요. 그 여자와 처음 대화한 뒤로 거의 바로 사라졌다는 거였어요. 이 얘기에 스콧 부인은 경종이 마구 울리는 걸 느꼈어요. 아니-세일스 주위에서 실종된 사람들 이야기를 알고 있었으니까요. 당신은 네 번째, 지미 리터까지 하면 다섯 번째였어요. 그래서 스콧은 저희한테 연락했어요. 저희가, 그러니까 경찰이 당신과 아니-세일스 사이에 뭔가 연관이 있다는 것을 처음으로 알게 된 것도 그때였어요. 아니-세일스 주위에 아직도 머무르던 사람들과—배너먼, 휴스, 케털리 그리고 아니-세일스까지—이야기를 나눠 보니 뭔가가 벌어지고 있었다는 게 명백했죠. 탤리 휴스는 계속 울면서 미안하다고 했어요. 아니-세일스는 주목받게 되자 흥분했고, 케털리는 입만 열었다 하면 거짓말을 했죠."

그녀는 잠시 말을 멈췄다.

"제 말 무슨 뜻인지 이해하시겠어요?"

"조금요. 매슈 로즈 소런슨이 그 사람들 이야기를 적었거든요. 저도 그 사람들이 예어…, 로런스 아니-세일스와 연관되어 있다는 건 알아요. 그 사람이 제가 어디 있는지 말했나요? 말하겠다고 했거든요."

"누가요?"

"로런스 아니-세일스요."

래피얼은 잠시 이해하느라 가만히 있었다.

"그 사람이랑 얘기하셨어요?"

래피얼은 믿기 어렵다는 투로 물었다.

"네."

"여기 왔었다고요?"

"그래요."

"언제요?"

"두 달쯤 전에요."

"그런데 도와주겠다고 하지 않았다고요? 여기서 나가게 해주겠다고 하지 않았나요?"

"네. 하지만 사실대로 말하자면 제안했더라도 제가 가고 싶어 하지 않았을 거예요. 솔직히, 지금도 가고 싶은지 잘 모르겠는걸요."

허연 올빼미 한 마리가 동쪽 첫째 홀에서 첫째 현관으로 날아 들어왔다. 올빼미는 남쪽 벽에 놓인, 어둑어둑한 가운데서 희게 빛을 발하는 높은 조각상 위에 앉았다. 나는 대리석에 조각된 올빼미들을 본 적이 있었다. 올빼미는 여러 조각상에 등장했다. 그러나 이제까지 살아 있는 모습을 본 적은 없었다. 올빼미가 출현한 일은 분명히 래피얼이 온 일 그리고 케털리 박사가 떠난 일과 연관되어 있을 것이었다. 마치 죽음이라는 원리가 생명이라는 원리로 대체된 것 같았다. 사태가 빠르게 진전되고 있는 듯했다.

래피얼은 올빼미를 인식하지 못했다. 그녀는 말했다.

"당신 말이 맞아요. 아니-세일스는 경찰에 사실 그대로를 말한 거예요. 당신이 미궁에 있다고 했거든요. 하지만 당연히…, 음, 저희는 그 남자가 그냥 저희를 놀리려고 그러는 거라고 생각했죠. 그것도 맞아요. 실제로 놀리려고 했으니까요. 제 동료들도 한동안은 받아줬지만 결국은 포기했어요. 그런데 저는 생각이 달랐어요. 저는 생각했죠. 그 남자는 말하는 걸 좋아해. 말하게 내버려 둬. 결국은 뭔가 쓸모 있는 얘기를 할 거야."

래피얼은 반들거리는 작은 기기를 건드렸다. 거기에서 로런스 아니-세일스의 거만하고, 발음을 길게 끄는 목소리가 들렸다.

"당신은 내가 얘기한 다른 세상들에 관한 말이 죄다 무의미하다고 생각하지. 하지만 그렇지 않아. 그게 가장 핵심이야. 매슈 로즈 소런슨은 다른 세상에 들어가려고 했어. 그렇지 않았더라면 당신이 말하듯이 '실종되지' 않았을 거야."

래피얼의 목소리가 대답했다.

"거기 들어가려고 하다가 실종된 거라는 얘긴가요?"

"그래."

다시 로런스 아니-세일스.

"그러니까 그…, 그 의식인지 뭔지 하는 걸 하는 도중에 뭔가 벌어졌다? 왜죠? 그 의식이란 건 어디서 하죠?"

"의식을 절벽 끄트머리에서 거행하는데 그 친구가 그냥 떨어진 건 아니냐는 말씀인가? 아니, 그런 건 아니야. 더구나 꼭 의식이어야 할 필요는 없지. 나도 의식은 하지 않고."

"그럼 그 사람은 왜 했죠?"

래피얼이 물었다.

"의식인지 뭔지 그런 걸 그 사람이 왜 했을까요? 그 사람이 쓴 글에는 당신 이론을 믿었다는 암시는 전혀 없는데요. 오히려 그와 반대죠."

"아, 믿음이라."

아니-세일스가 그 단어를 조롱하는 태도로 누르듯 강조하며 말했다.

"왜 사람들은 항상 그게 믿음의 문제라고만 생각하지? 그렇지 않아. 자기들 '믿고' 싶은 대로 믿으라고 해. 난 아무 상관 안 하니까."

"그래요, 하지만 믿지 않았다면, 그 사람은 애초에 왜 시도했죠?"

"왜냐하면 그 남자도 머리가 없지 않고 내가 이십 세기의 위대한 지성들 중 하나라는 걸, 어쩌면 그들 중에서도 최고라는 걸 인식했기 때문이지. 그리고 나를 이해하고 싶어 했고. 그래서 다른 세계에 가 보려고 한 거야. 다른 세계가 존재한다고 생각해서가 아니라, 그런 시도 자체가 내 생각을 들여다볼 통찰로 이어질 거라고 생각했기 때문이지. 내 마음속을 말이야. 그리고 이제 당신도 똑같이 할 거야."

"제가요?"

래피얼이 깜짝 놀란 목소리로 말했다.

"그래. 당신은 로즈 소런슨이 한 것과 똑같은 이유로 할 거야. 그 친구는 내 생각을 이해하고 싶어 했어. 당신은 그 친구를 이해하고 싶어 하고. 이제 내가 곧 묘사하는 대로 인식을 조정하시게. 내가 알려주는 대로 하면 알게 될 거야."

"뭘 안다는 거죠, 로런스?"

"매슈 로즈 소런슨에게 일어난 일을 알게 돼."

"그렇게 간단하게요?"

"그렇고말고. 그렇게 간단하게."

래피얼이 기기를 건드리자, 기기가 조용해졌다.

"저는 그게 나쁜 방법이 아니라고 생각했어요. 당신이 실종되었을 당시에 뭘 생각했는지 이해하려고 하는 거 말이에요. 아니-세일스는 어떻게 해야 하는지, 합리성 이전 상태의 사고방식으로 어떻게 돌아가는지 묘사해 줬어요. 그러면 제 주변에 길이 여러 개 보일 텐데, 그중 어떤 길로 가면 되는지도 말해 줬고요. 저는 비유적인 길을 말하는 줄 알았어요. 그게 아니라는 걸 알았을 때는 좀 충격이었죠."

"그래요. 매슈 로즈 소런슨도 처음 여기 도착했을 때 충격을 받았어요. 충격받고 두려웠죠. 그러고 나서 잠에 빠져들었고 제가 태어났어요. 나중에 저는 일지에서 무시무시한 내용을 발견했어요. 저는 그 글을 썼을 때 제가 틀림없이 미쳤었다고 생각했어요. 하지만 이제는 매슈 로즈 소런슨이 그걸 썼고 다른 세상을 묘사하고 있었다는 걸 알겠어요."

"그래요."

"그리고 다른 세상에는 다른 것들이 있어요. '맨체스터'나 '경찰서' 같은 말은 여기서는 아무 의미도 없어요. 그런 것들은 존재하지 않으니까요. '강'이나 '산' 같은 단어는 의미가 있기는 하지만 그것들이 조각상에 표현되어 있기 때문일 뿐이에요. 아마 이런 것들은 오래된 세상에 분명 존재하겠죠. 이 세상에 있는 조각상들은 오래된 세상에 존재하는 것들을 표현해요."

"그래요. 여기서 볼 수 있는 건 강이나 산의 상징뿐이지만, 우리 세계에서는—다른 세계에서는—실제의 강과 실제의 산을 볼 수 있어요."

래피얼이 말했다.

이 말에 나는 화가 났다.

"어째서 이 세상에서 볼 수 있는 것이 상징뿐이라고 말하는지 모르겠네요."

내가 좀 날카롭게 말했다.

"'뿐'이라는 말은 열등하다는 것을 암시하죠. 당신은 조각상이 어째서인지 실물보다 열등하다는 듯 얘기하시네요. 저는 그게 맞다고는 전혀 생각하지 않아요. 조각상이 실물 자체보다 더 우월하다고 봐요. 조각상은 완벽하고 영원하며 부패하지도 않으니까요."

"미안해요. 당신 세상을 폄하하려던 건 아니었어요."

둘 다 말이 없었다.

"다른 세상은 어떤가요?"

내가 물었다.

래피얼은 이 질문에 어떻게 대답해야 좋을지 잘 모르겠다는 얼굴이었다. 그러더니 마침내 말했다.

"사람이 많아요."

"훨씬요?"

내가 물었다.

"그래요."

"칠십 명 정도?"

내가 고의적으로 높은 숫자를, 거의 있을 법하지 않은 숫자를 불렀다.

"그래요."

그녀가 말했다. 그러더니 웃음 지었다.

"왜 웃으시죠?"

내가 물었다.

"당신이 눈썹을 치켜 올리는 거 때문이에요. 그 미심쩍어하는, 고압적인 표정이요. 그럴 때 누구처럼 보이는지 아세요?"

"아뇨. 누구요?"

"매슈 로즈 소런슨처럼 보여요. 제가 사진에서 본 모습처럼."

"칠십 명이 넘는다는 걸 어떻게 알죠? 직접 세어 보셨나요?"

내가 물었다.

"아뇨, 하지만 꽤 확실해요. 늘 유쾌한 세상은 아니에요, 다른 세상 말이에요. 슬픔이 많죠."

그녀는 말을 멈췄다.

"아주 많아요. 여기와는 다르죠."

그녀는 한숨지었다.

"한 가지 이해해 주셨으면 해요. 저랑 같이 돌아갈지 말지, 그건 당신이 정할 일이에요. 케털리는 당신을 속였어요. 거짓과 속임수로 당신을 여기에 묶어 뒀죠. 저는 당신을 속이고 싶지 않아요. 당신은 가고 싶은 경우에만 가야 해요."

"그럼 제가 여기 머무르면, 저를 찾아오실 건가요?"

내가 말했다.

"그럼요."

그녀가 말했다.

다른 사람들
앨버트로스가 남서쪽 홀에 온 해 아홉째 달의 스물아홉째 날 기록

기억이 허락하는 한 오래전부터 나는 누군가에게 집을 보여 주고 싶었다. 예전에 나는 열여섯째 사람이 내 옆에 있고 내가 그 사람에게 이런 일들을 얘기해 주는 상상을 했다.

지금 들어가는 곳은 북쪽 첫째 홀이에요. 아름다운 조각상들을 보세요. 오른쪽에는 한 노인이 배 모형을 들고 있는 조각상이 보이고, 왼편에는 날개 달린 말과 수망아지 조각상이 보일 겁니다.

나는 물에 잠긴 홀들을 같이 방문하는 모습을 상상했다.

이제 이 틈으로 바다로 내려갈 거예요. 무너진 돌을 타고 내려가 그 아래 있는 홀에 들어갑니다. 제가 발을 딛는 곳에 발을 디디면 균형 잡는 데 문제가 없을 거예요. 이 홀들에 있는 거대한 조각상들은 우리가 앉기에 안전한 장소가 되어 주죠. 어둡고 잔잔한 물을 보세요. 여기서 수선화를 거둬서 죽은 자들에게 공양할 수도 있어요….

오늘 내 상상들이 모두 실현되었다. 열여섯째 사람과 나는 집 안을 같이 걸어 다녔고 나는 그녀에게 여러 가지를 보여 주었다.

그녀는 아침 일찍 첫째 현관에 도착했다.

"부탁 하나 들어 주실래요?"

래피얼이 물었다.

"그럼요. 말씀만 하세요."

"미궁을 보여 주세요."

"얼마든지요. 뭘 보고 싶으세요?"

"모르겠어요. 당신이 보여 주고 싶은 거라면 뭐든지요. 뭐든 가장 아름다운 거요."

물론, 내가 정말로 보여 주고 싶었던 것은 전부였지만 그것은 불가능했다. 처음 떠오른 생각은 물에 잠긴 홀들이었지만, 래피얼이 기어오르기를 좋아하지 않는다는 점이 기억나서 산호 홀로 결정했다. 거기는 남쪽 서른여덟째 홀에서 남쪽과 서쪽으로 홀들이 길게 뻗어 있는 곳이다.

우리는 남쪽 홀들을 통과해 걸어갔다. 래피얼은 마음이 편하고 즐거워 보였다(나도 즐거웠다). 발걸음마다 래피얼은 기뻐하고 경탄하며 주위를 둘러보았다.

래피얼이 말했다.

"정말 경이로운 곳이에요. 완벽한 곳이요. 당신을 찾던 때도 조금 보기는 했지만, 미노타우로스 방에 돌아가는 길 안내를 문마다 적느라고 계속 멈춰야 했거든요. 시간도 많이 걸리고 답답할 뿐만 아니라 실수할 때를 대비해서 당연히 멀리 가지도 못했죠."

"실수하지 않으셨을 거예요. 당신이 적은 길 안내는 훌륭했어요."

내가 안심시켰다.

"길을 아는 데 얼마나 걸린 거예요? 미궁 곳곳으로 통하는 길이요."

래피얼이 물었다. 나는 입을 열어 크고 자랑스럽게 언제나 알았다고, 그것이 내 일부분이라고, 집과 내가 분리될 수 없다고 말하려고 했다. 그러나 그 말을 내뱉기도 전에 그것이 사실이 아니라는 것을 깨달았다. 나는 예전에 래피얼이 한 방법과 똑같이 분필로 문가에 표시를 했었다는 것을 기억했고 길을 잃을까 두려워했던 것도 기억했다. 나는 고개를 저었다.

"모르겠어요. 기억이 안 나요."

"사진 찍어도 될까요?"

래피얼이 반들거리는 기기를 들었다.

"아니면 혹시…? 모르겠네요, 뭔가 무례한 일이 되려나요?"

"당연히 사진 찍어도 되죠. 저도 나머지…, 케털리 박사에게 주려고 가끔 사진을 찍었는걸요."

하지만 나는 래피얼이 물어봐 준 것이 기뻤다. 그것은 그녀도 집을 나처럼 바라본다는 사실을, 존경받아 마땅한 무엇인가로 본다는 사실을 드러냈다(케털리 박사는 이것을 결코 배우지 못했다. 어째서인지 그렇게 할 수가 없는 듯 보였다).

남쪽 열째 홀에서 나는 남서쪽 열넷째 홀로 길을 빙 돌아가 알코브 사람들을 래피얼에게 보여 주기로 했다. (앞서 설명했듯이) 알코브 사람들은 열 명이고, 원숭이 한 마리의 해골이 있다.

래피얼은 그들을 엄숙하게 바라보았다. 유골 중 하나에, 남자들 중 하나의 정강이뼈에 손을 가만히 얹었다. 그것은 위로하고 안심시키려는 몸짓이었다. *두려워하지 마세요. 당신은 안전해요. 제가 여기 있어요.*

"이 사람들이 누군지 우리는 모르네요. 애처로워라."

래피얼이 말했다.

"알코브 사람들이에요."

내가 말했다.

"아니-세일스는 아마 적어도 이 중에 한 명은 살해했을 거예요. 어쩌면 전부 그가 한 짓인지도 몰라요."

엄숙한 말이었다. 내가 그 말에 어떻게 느끼는지 마음을 정하기도 전에, 래피얼은 나를 보더니 아주 강한 어조로 말했다.

"미안해요. 정말, 정말로 미안해요."

나는 깜짝 놀랐고, 심지어 조금 겁이 나기도 했다. 누구도 래피얼만큼 내게 친절하게 행동한 적이 없었다. 누구도 내게 이보다 더 잘해 준 적이 없었다. 그런 래피얼이 내게 사과해야 한다는 것이 내게는 부적절하게 다가왔다.

"아니에요…, 아니에요…."

나는 웅얼거렸고, 양손을 들어 래피얼의 말을 막으려고 했다.

그러나 래피얼은 암담하고 성난 얼굴로 말을 이었다.

"그 사람은 당신에게 저지른 일의 대가를 결코 치르지 않을 거예요. 저 사람들한테 저지른 일의 대가도요. 머릿속으로 몇 번이나 곱씹어 봤지만 제가 할 수 있는 일이 없어요. 그를 기소 할 길이 없어요. 문자 그대로 아무도 믿고 싶어 하지 않을 말로 길게 설명하기 전에는요."

그녀는 깊이 한숨을 쉬었다.

"내가 이 세상이 완벽하다고 했죠. 하지만 아니에요. 여기에 도 범죄가 있어요, 다른 곳들과 마찬가지로."

슬픔과 무기력함이 물결처럼 나에게 덮쳐 왔다. 나는 알코브 사람들이 아니―세일스에게 살해당한 것이 아니라고 말하고 싶 었다(비록 그런 확언을 뒷받침할 증거도 없고 아마도 그들 중 적어도 하나는 살해당했을 테지만).

무엇보다 나는 래피얼이 그 사람들에게서 멀어졌으면 했다. 그녀가 그들을 생각하듯이―살해당했다고―나도 생각하지 않 을 수 있도록 그리고 내가 전에 생각하던 방식으로 돌아가고 싶 어서―선량하고, 고귀하고, 평화로운 사람들이라고.

우리는 계속 걸으면서 특별히 눈에 띄는 조각상을 보면 종종 멈 춰서 감탄했다. 다시 점점 마음이 가벼워졌고, 산호 홀에 도착했을 때는 그곳에 있는 경이로운 존재들을 보며 기분을 전환했다.

지금 산호 홀들은 건조한 상태지만 한때는 오랜 세월 바닷물에 잠겨 있었던 것으로 보인다. 이곳에서는 산호가 자라면서, 조각상들을 기이하고 뜻하지 않은 방식으로 바꾸어 놓았다. 일례로, 한 여성은 산호를 왕관처럼 썼고 양손은 별이나 꽃처럼 변했다. 거기에는 산호 뿔을 단 조각상, 십자가 모양의 산호 가지에 매달린 조각상, 산호 화살에 뚫린 조각상이 있다. 산호 우리에 갇힌 사자도 있고, 작은 상자를 든 남자도 있다. 산호가 그 남자의 왼쪽 옆구리에서 얼마나 잔뜩 자랐는지 그의 반쪽은 붉은 장미색 불꽃으로 집어삼켜졌지만, 나머지 반쪽은 그렇지 않았다.

우리는 오후 늦게 첫째 현관으로 돌아왔다. 헤어지기 직전에 래피얼이 말했다.

"이곳의 고요함이 정말 좋아요. 아무도 없다니!"

래피얼은 마지막 부분을 마치 가장 좋은 점인 것처럼 말했다.

"당신 홀에 있는 사람들이 마음에 안 드세요?"

내가 어리둥절해서 물었다.

"맘에 들어요."

래피얼은 좀 시큰둥하게 말했다.

"대체로요. 일부분은요. 사람들을 항상 이해하진 못하지만요. 그 사람들도 저를 항상 이해하진 못하고요."

래피얼이 간 뒤 나는 그녀가 한 말을 생각했다. 사람들과 같이 있고 싶어 하지 않는 상황을 상상할 수가 없었다(케털리 박사가 때때로 짜증스러웠던 것이 사실이기는 하지만). 나는 래피얼이 알코브 사람들 중 누가 살해되었는지 물었을 때 그 질문을 던졌다는 단순한 사실만으로 온 세상이 더 어둡고 슬픈 장소처럼 바뀌었다는 것을 기억했다.

어쩌면 다른 사람들과 함께 있는 것은 그와 비슷한 일인지도 모른다. 어쩌면 우리가 엄청나게 좋아하고 감탄하는 사람도 우리가 바라지 않는 방식으로 세상을 보게 만들 수 있을지 모른다. 어쩌면 래피얼의 말은 그런 뜻인지도.

이상한 감정
앨버트로스가 남서쪽 홀에 온 해 아홉째 달의 서른째 날 기록

언젠가 나는 일지에 이렇게 적었다.

내가 믿기로 세상은(혹은 사실상 모든 면에서 집과 세상이 동일하므로, 집은) 그 아름다움을 목격하고 그 자비를 받아들일 거주자가 있기를 바란다.

내가 떠나면 집은 거주자가 없을 텐데, 집이 텅 비었다는 생각을 나는 어떻게 견딜 것인가?

하지만 분명한 사실은 내가 이 홀에 남는다면 혼자가 될 것이라는 점이다. 어떤 면에서는 이전보다 더 혼자가 될 것 같다. 래피얼은 나에게 찾아오겠다고 약속했다. 나머지 사람이 했던 것과 똑같이. 그리고 래피얼은 정말로 내 친구다—나머지 사람은 좋게 말해도 내게 복잡한 감정을 품고 있었지만. 나를 떠날 때마다 나머지 사람은 자기 세상으로 돌아갔지만, 나는 당시에는 그것을 몰랐다. 나는 그가 그저 집의 다른 부분에 있다고 여겼다. 이곳에 다른 누군가가 있다는 생각 덕분에 나는 덜 외로웠다. 이제, 래피얼이 다른 세상으로 돌아가면 나는 내가 혼자라는 사실을 알 것이다.

그런 이유로 나는 래피얼과 함께 가기로 결심했다.

나는 죽은 자들을 모두 정해진 자리에 되돌려 놓았다. 오늘은 이제까지 수도 없이 했던 것처럼 홀 여기저기를 거닐었다. 가장 사랑하는 조각상을 모두 방문해서 그들을 바라보면서, 나는 생각했다. 이번이 당신 얼굴을 마지막으로 보는 것일지도 모르겠어요. 안녕히 계세요! 잘 지내세요!

떠나다
앨버트로스가 남서쪽 홀에 온 해 열째 달의 첫째 날 기록

오늘 아침에 나는 '수족관'이라는 글자와 문어 그림이 새겨진 작은 판지 상자를 가지고 왔다. 그것은 원래 케털리 박사가 내게 준 신발을 보관하던 상자다. 케털리 박사가 나에게 16에게서 몸을 숨기라고 했을 때 나는 머리카락에 단 장식을 다 풀어서 상자에 넣어 두었다. 하지만 이제 새로운 세상으로 들어갈 때 가장 좋은 모습을 하고 싶어져서 두어 시간을 들여 머리에 다시 장식을 달았다. 모두 내가 발견하거나 만든 것들이다. 조개껍질, 산호 구슬, 진주알, 작은 조약돌, 흥미로운 물고기 뼈.

이곳에 도착했을 때 래피얼은 내 유쾌한 모습에 꽤나 놀란 듯 보였다.

나는 일지와 내가 아끼는 펜을 모두 담은 메신저 가방을 챙겼고, 우리는 남동쪽 모퉁이에 있는 두 미노타우로스 조각상 쪽으로 걸어갔다. 조각상들 사이의 그림자가 어른거렸다. 그림자는 벽에 희미하게 불이 켜진 복도나 통로의 모습을 연상시켰고, 복도 끝에는 빛이, 내 눈이 해석할 수 없는 색의 반짝임이 움직이고 있었다.

나는 영원의 집을 마지막으로 한 번 바라보았다. 몸이 떨렸다. 래피얼이 내 손을 잡았다. 그러고서 우리는 함께 복도로 걸어 들어갔다.

7부

매슈 로즈 소런슨

밸런타인 케털리 실종되다

2018년 11월 26일 기록

심리학자 겸 인류학자 밸런타인 케털리가 실종되었다. 경찰
은 탐문 조사를 해, 그가 실종되기 전에 몇 가지 특이한 물건을
구입한 사실을 알아냈다. 권총, 공기주입식 카약, 구명조끼—그
의 친구들 모두 완전히 그답지 않은 물건이라고 했다. 수상 활
동에 흥미를 보인 적이 한 번도 없었다는 얘기였다.

이 물건 중 무엇 하나 그의 집이나 사무실에서 발견되지 않
았다.

경찰은 그가 공기주입식 카약을 타고 외딴 곳으로 간 뒤에 총

으로 자살했을 가능성이 있다고 본다. 그러나 제이미 애스킬이라는 경관은 견해가 다르다. 그는 케털리 박사가 갑작스럽고 뜻하지 않게 실종된 일이 매슈 로즈 소런슨이 갑작스럽고 뜻하지 않게 나타난 일과 어떤 식으로든 연결되어 있는 것이 틀림없다고 믿는다. 애스킬의 가설은 케털리가 로즈 소런슨을 어딘가에 감금했다는 것이다. 케털리가 한때 지도교수이자 개인교사로 따르던 로런스 아니-세일스가 오래전 제임스 리터를 감금했던 것과 똑같은 방식으로 가두었다는 얘기다. 애스킬의 견해로는 케털리의 동기도 아니-세일스의 동기와 같다. 즉, 아니-세일스의 '이세계론'에 쓰일 증거를 조작하기 위해서라는 것이다. 케털리는 경찰이 자기와 로즈 소런슨의 관계를 밝혔을 때 식겁했다. 자기 범죄가 발각될 위험에 처하자 케털리는 로즈 소런슨을 놓아 주고 자살했다, 이런 얘기였다.

애스킬의 가설은 케털리가 사라진 것과 동시에—하루 이틀 정도 차이는 나지만—매슈 로즈 소런슨이 다시 나타난 이유를 설명할 수 있다는 장점이 있다. 이렇게 보지 않으면 두 사건은 기이한 우연이다. 이 가설이 무너지는 부분은 아니-세일스도 케털리도 실종 자체를 뭔가의 증거라고 말한 일이 없다는 사실이다. 사실, 여러 해 동안 케털리는 아니-세일스를 노골적으로 비판했다.

이에 굴하지 않고 애스킬은 나를 두 차례 신문했다. 그는 유쾌하고 온화한 얼굴의 젊은 남자로, 갈색의 짧은 곱슬머리가 두상을 덮고 있고 지적인 표정을 짓는다. 짙은 파란색 정장에 회색 셔츠를 입었고 요크셔 말씨로 말한다.

"밸런타인 케털리를 아셨나요?"

그가 묻는다.

"네. 2012년 11월 중순에 그 사람 집에 방문했죠."

내가 말한다. 그는 내 대답에 만족한 듯 보인다.

"선생님이 사라지시기 직전이었네요."

그가 지적한다.

"네."

내가 말한다.

"어디에 계셨죠? 사라지신 동안?"

그가 묻는다.

"방이 많은 어떤 집에 있었어요. 바닷물이 쓸려 다니는 집이죠. 가끔은 바닷물이 저를 덮치기도 했지만, 저는 매번 구원됐습니다."

애스킬은 말을 멈추고 인상을 쓴다.

"제 얘긴 그게 아니…, 선생님은…."

그가 말을 시작한다. 그는 잠시 생각한다.

"제 말씀은 선생님한테 문제가 있었다는 겁니다. 일종의 신경 쇠약이랄까요. 적어도 제가 듣기로는 그렇다던데요. 치료는 받고 계신가요?"

"가족들이 정신과의사와 상담하도록 준비해 줬죠. 저도 반대하지 않고요. 하지만 약물은 거부했고, 이제까지 아무도 저에게 강요하지 않았습니다."

"음, 도움이 되면 좋겠군요."

그가 친절하게 말했다.

"고맙습니다."

"제가 알고 싶은 것은 케틸리 박사가 선생님에게 어딘가로 가라고 설득했느냐는 점입니다. 그가 선생님 의사에 반해서 선생님을 어딘가에 가뒀는지, 선생님이 마음대로 오고 갈 수 있었는지 그런 거 말입니다."

"네. 저는 자유로웠습니다. 오기도 하고 가기도 했죠. 한 곳에 머무르진 않았어요. 수백, 어쩌면 수천 킬로미터를 걸어 다녔을 겁니다."

"아…. 아, 그렇군요. 그러면 선생님이 걸어 다닐 때 케틸리 박사는 같이 있지 않았나요?"

"네."

"누군가 같이 있기는 했나요?"

"아뇨, 혼자였습니다."

"아. 음, 그렇군요."

제이미 애스킬은 살짝 실망한다. 한편으로는 나도 실망한다.

내가 그를 실망시켰다는 게 실망스럽다.

"음, 시간을 너무 많이 뺏으면 안 되겠죠. 이미 래피얼 경사님과 말씀 나누신 걸로 압니다."

"네."

"굉장하지 않습니까? 경사님?"

"네."

"경사님이 선생님을 찾은 것도 저는 놀랍지 않았습니다. 그러니까 만약 누군가 선생님을 찾는다면 경사님일 거라고 생각했다는 얘기죠."

그는 잠시 말을 멈춘다.

"물론, 경사님이 조금…, 그러니까 경사님이 정말…."

그는 달아나는 단어를 붙잡으려고 허공에 대고 손가락을 휘저었다.

"제 말씀은 경사님이 같이 일하기에 최고로 편한 사람은 아니라는 겁니다. 시간 관리는 또 어떻고요? 그쪽에는 젬병이에요. 하지만 솔직히 저희는 다들 경사님을 대단하다고 생각합니다."

"래피얼을 대단하게 생각하는 건 그럴 만하죠. 특별한 사람이니까요."

내가 말한다.

"바로 그겁니다. 혹시 피니 월러 이야기 어디에서 들으신 적

있나요?"

"아뇨. 피니 윌러가 누구, 아니 뭐죠?"

"중부지방 어딘가에 있는 어떤 도시에 사는 남잔데요. 래피얼 경사님도 거기 출신이죠. 이 남자는 좀 비틀린 사람이랄까 곤란한 사람이랄까, 저희랑 아주 자주 엮이게 되는 부류의 사람이었죠."

"좋지 않군요."

"네, 좋지 않죠. 한번은 무슨 일 때문인지 자극을 받아 가지고 대성당 종탑을 올라갔어요. 갤러리¹⁴인지 하는 곳에 들어가더니 성당 안에 있는 사람들한테 고래고래 욕을 하는 겁니다. 이 남자가 어디를 가든 가지고 다니던 오래되고 지저분한 신문 뭉치가 있었는데요, 거기에 불을 지르더니 아래쪽 사람들한테 던지기 시작했죠."

"끔찍하네요."

"그렇죠. 무시무시하지 않습니까? 저희가―그러니까 경찰이요―도착했을 때는 저녁이었는데, 어둑어둑하고 컴컴한 와중에 불타오르는 신문지들이 둥실둥실 떠 있고 사람들은 소화기며 모래 양동이를 들고 사방으로 뛰어다녔죠. 래피얼 경사님이랑 또 다른 동료가 피니 윌러를 잡으려고 했지만, 두 사람이 아주 좁고 꽉 막힌 계단통에 있을 때 피니가 불타는 신문을 더 던졌고 그중 일부가 다른 동료의 얼굴에 붙어 버린 겁니다. 그래서 그 친구는 돌아가야 했죠."

"하지만 래피얼은 돌아가지 않았군요."

내가 강한 확신을 담아 말한다.

"네, 안 갔죠. 엄밀하게 말하면 돌아갔어야 했겠지만, 경사님은 가지 않았습니다. 갤러리에 도착했을 때는 머리에 불이 붙어 있었죠. 하지만 아시잖아요, 그 분은 래피얼 경사란 말이죠. 알아차리기나 했을지 의문이에요. 아래쪽 사람들은 경사님한테 불을 끄라고 소리를 지르기 시작했습니다. 경사님은 피니 윌러를 자리에 앉히고는 활활 타는 신문지를 사방에 던지는 걸 그만두게 했고, 아래로 내려오게 했어요. 엄청 용감하지 않습니까?"

"경관님 생각보다 훨씬 용감하죠. 래피얼은 높은 곳을 좋아하지 않거든요."

"그래요?"

"높은 데 가면 불안해하죠."

"그래도 멈추지 않죠."

"맞아요."

"하느님, 감사하게도 이번에는 그런 일을 겪지 않아도 돼서 다행입니다. 제 말씀은 경사님이 불속을 걷는다거나 할 필요가 없었다는 겁니다. 그냥 바닷가로 간 거잖아요. 아무튼 제가 듣기론 그렇다더군요. 바닷가에서 선생님을 찾았다고 하던데요."

"네. 해변에 있었죠."

"해변에는 실종된 사람이 많이 나타나죠."

그가 생각에 잠기며 말한다.

"바다라서 그렇겠죠. 어루만져 주잖아요."

"저는 분명히 그랬던 것 같네요."

내가 말한다. 그는 나를 보고 기분 좋게 웃었다.

"그거 잘됐군요."

그가 말한다.

매슈 로즈 소런슨 다시 나타나다

2018년 11월 27일 기록

매슈 로즈 소런슨의 어머니와 아버지와 여동생들과 친구들은 하나같이 나에게 어디에 있었는지 물었다.

나는 제이미 애스킬에게 말한 대로 말했다. 방이 많이 있는 집에 있었다고, 바닷물이 집을 쓸고 다녔다고, 물이 때로는 나를 덮치기도 했지만 내가 항상 구원되었다고.

매슈 로즈 소런슨의 어머니와 아버지와 여동생들과 친구들은 이것이 신경 쇠약을 안쪽에서 볼 때 묘사하는 말이라고 서로서로 이야기했다. 그들로서는 그럴듯하고 심지어 안심이 되는 설명이다. 그들은 매슈 로즈 소런슨을 되찾았다. 아니면 그렇다고 믿는다. 그의 얼굴과 목소리와 몸짓을 보이며 세상에 돌아다니는 사람, 그것으로 그들에게는 충분하다.

나는 이제 피라네시처럼 보이지 않는다. 머리에 산호 구슬이나 물고기 뼈는 없다. 머리는 깨끗하고, 다듬고 손질도 받았다. 면도도 했다. 나는 매슈 로즈 소런슨의 여동생들이 보관해 두었던 장소에서 가지고 온 옷을 입는다. 로즈 소런슨은 옷이 대단히 많았는데 모두 꼼꼼하게 간수되어 있었다. 그는 정장이 여남은 벌 있었다(수입이 많지 않았다는 점을 감안하면 놀라운 일이다). 이렇게 옷을 좋아하는 면은 그와 피라네시의 공통점이었다. 피라네시는 케털리 박사의 옷차림에 관해 일지에 자주 적었고, 이를 누더기가 된 자기 옷과 비교하며 한탄했다. 아마도 이것이 나와 두 사람이 다른 점인 것 같다. 매슈 로즈 소런슨과 피라네시 그리고 나 말이다. 나는 옷을 그다지 신경 쓰지 않는다.

다른 것들도 보관소에서 내게 배달되었는데, 가장 중요한 물건은 매슈 로즈 소런슨의 일지들이었다. 일지는 2000년 6월부터(그가 대학생이던 시절) 2011년 12월까지를 다룬다. 나머지 물건은 대부분 처분하고 있다. 피라네시는 물건이 그렇게 많은 상황을 견딜 수가 없다. 이거 필요 없어! 그가 틈만 나면 하는 소리다.

피라네시는 늘 나와 함께 있지만 로즈 소런슨은 힌트와 그림자만 함께할 따름이다. 나는 그가 남겨 놓은 물건들로, 사람들이 그에 관해 하는 이야기들로 그리고 당연히 그의 일지들로 그라는 사람을 짜 맞춘다. 일지가 없었더라면 나는 여전히 바다 한가운데 떠 있었을 것이다.

이 세상이 어떻게 작동하는지 기억이 난다—어느 정도는. 맨체스터가 뭔지, 경찰이 뭔지, 스마트폰을 어떻게 쓰는지 기억난다. 돈을 주고 물건을 살 줄도 안다—아직도 그 과정이 기이하고 인공적이라고 느끼기는 하지만. 피라네시는 돈을 대단히 혐오한다. 피라네시는 말하고 싶어 한다. *하지만 당신한테 있는 게 나한테 필요하잖아, 왜 그냥 나한테 주면 안 되지? 그러면 당신한테 필요한 게 나에게 있을 때는 내가 그냥 줄 텐데. 이게 훨씬 단순하고 좋잖아!*

나는, 피라네시가 아니어서—아니면 오로지 그만은 아니어서—이런 말이 그다지 잘 받아들여지지 않으리라는 것을 깨닫는다.

로런스 아니-세일스를 주제로 책을 쓰기로 결심했다. 그것은 매슈 로즈 소런슨이 하고자 했던 일이고 나도 하고 싶은 일이다. 어쨌든 간에 아니-세일스의 작업을 나보다 더 잘 아는 사람이 누가 있겠는가?

래피얼은 로런스 아니-세일스가 자기에게 가르친 내용을 알려 주었다. 어떻게 미궁으로 가는 길을 찾는지, 거기서 다시 돌아가는 길은 어떻게 찾는지. 나는 내키는 대로 왕래할 수 있다.

지난주에 나는 열차를 타고 맨체스터에 갔다. 버스를 타고 마일스 플래팅으로 갔다. 황량한 가을 풍경 속을 걸어서 어떤 고층 건물에 있는 한 아파트에 갔다. 문을 연 사람은 마르고 피폐해진 모습의 남자로, 담배 냄새가 강하게 풍겼다.

"제임스 리터 되시나요?"

내가 물었다. 그는 그렇다고 했다.

"당신을 다시 데려가려고 왔습니다."

내가 말했다. 나는 어두운 복도로 그를 안내했고, 첫째 현관의 고귀한 미노타우로스가 우리 주위에서 솟아오르자 그는 두려워서가 아니라 행복해서 울기 시작했다. 그는 즉시 웅장한 곡선 대리석 계단 아래로 가서 앉았다. 그가 잠자던 곳이었다. 그는 두 눈을 감고 물결 소리에 귀를 기울였다. 떠날 때가 되자 그는 그곳에 머무르게 해 달라고 간청했지만 나는 거절했다.

"당신은 먹을 걸 구하는 방법을 모릅니다. 배운 적이 없죠. 제가 먹여 주지 않으면 죽을 텐데, 저는 그런 책임을 떠맡을 수가 없어요. 하지만 당신이 원할 때마다 여기 데려다 드리죠. 그리고 혹시 제가 여기로 아예 돌아오겠다고 결심하게 되면 그때는 당신도 데리고 오겠다고 약속합니다."

마법사 겸 과학자 밸런타인 케털리의 시신
2018년 11월 28일 기록

마법사 겸 과학자 밸런타인 케털리의 시신이 조수에 씻긴다. 나는 여덟째 현관에서 진입할 수 있는 아래쪽 홀들 중 하나에 시신을 데려가, 반쯤 뒤로 누운 한 조각상에 묶어 놓았다. 조각상은 눈을 감고 있다. 잠들었을 수도 있다. 굵고 긴 뱀들이 그의 팔다리에 치렁치렁 감겨 있다.

시신은 플라스틱 그물 부대에 담겨 있다. 그물눈은 물고기 주둥이와 새 부리가 들어갈 정도로는 넓지만, 작은 뼈들이 빠져나갈 정도로 크지는 않다.

나는 여섯 달이면 유골이 하얗고 깨끗해지리라고 추정한다. 그때 뼈들을 가져다가 북서쪽 셋째 홀의 빈 니치에 둘 생각이다. 밸런타인 케털리를 비스킷 깡통 사나이 옆에 안치하려고 한다. 가운데에는 긴 뼈들을 끈으로 묶어서 놓을 것이다. 오른쪽에는 두개골을 놓을 것이다. 왼쪽에는 작은 뼈들을 다 모은 상자를 놓을 것이다.

밸런타인 케털리 박사는 동료들과 같이 누워 있을 것이다. 스탠리 오벤든, 마우리조 주사니, 실비아 다고스티노.

다시 조각상들

2018년 11월 29일 기록

피라네시는 조각상들 사이에서 살았다. 그 고요한 존재들이 그에게 위안과 깨달음을 주었다.

나는 이 새로운 (예전) 세상에 오면 조각상들이 무의미해질 거라고 생각했다. 조각상들이 계속해서 내게 도움이 되리라고는 상상하지 않았다. 하지만 그것은 틀린 생각이었다. 내가 이해하지 못하는 사람이나 상황에 직면하면 제일 먼저 일어나는 충동은 나에게 깨침을 줄 조각상을 찾아보는 것이다.

케털리 박사를 생각하면 어떤 이미지가 마음에 떠오른다. 북서쪽 열아홉째 홀에 서 있는 조각상의 기억이다. 그것은 주추에 무릎을 꿇고 앉아 있는 남자의 조각상으로, 한쪽 옆에 검이 놓여 있고 칼날이 다섯 조각으로 부러져 있다. 주위에는 다른 깨진 조각들도 있는데, 그것은 어떤 구체의 조각들이다. 남자는 구체를 이해하고 싶어서 검으로 구체를 부쉈지만, 그러고 나니 구체와 검 둘 다 파괴하고 말았다는 사실을 알게 되었다. 이에 그는 어리둥절해하면서도 그와 동시에 마음 한 구석에서 구체가 부서져 무가치해졌다는 사실을 받아들이지 않으려고 한다. 그는 조각들 중 몇 개를 집어 들고, 그것이 자기에게 새로운 지식을 부여할 것이라는 희망을 품고 조각들을 뚫어져라 응시한다.

로런스 아니-세일스를 생각하면 이런 이미지가 마음에 떠오른다. 위쪽 현관에서, (서른두째 현관에서 위쪽으로 올라가게 되어 있는) 계단 꼭대기를 바라보며 서 있는 조각상의 기억이다. 이 조각상은 이교의 교주가 왕좌에 앉은 모습을 나타낸다. 그는 뚱뚱하고 퉁퉁 불어 있다. 왕좌에 축 늘어져, 형체를 잃은 모습이다. 왕좌는 장엄하지만 교주의 어마어마한 몸집 때문에 반으로 쪼개질 것만 같다. 교주도 자기가 역겹다는 것을 알지만, 그의 얼굴을 보면 그가 그런 생각에 오히려 기뻐한다는 것을 알 수 있다. 그는 어쨌든 간에 자기가 충격적이라는 생각에 무척 즐거워한다. 그의 얼굴은 웃음과 의기양양함으로 뒤범벅되어 있다. 이렇게 말하는 듯하다. *날 좀 봐! 날 좀 보라고!*

래피얼을 생각하면 이런 이미지가, 아니 두 가지 이미지가 마음에 떠오른다. 피라네시의 마음에서 래피얼은 서쪽 마흔넷째 홀에 있는 한 조각상으로 표현된다. 조각상은 고대의 마차에 탄 여왕, 민중을 보호하는 자를 나타낸다. 여왕은 지고의 선량함과 지고의 온화함과 지고의 지혜와 지고의 모성을 품고 있다. 그것이 피라네시가 본 래피얼의 모습이다. 래피얼이 그를 구했기 때문이다.

그러나 나는 다른 조각상을 고른다. 내 마음에서 래피얼을 더 잘 표현하는 조각상은 북쪽 마흔다섯째 홀과 예순두째 홀 사이에 있는 대기실에 놓인 것이다. 이 조각상은 손전등을 들고 앞으로 걸어가는 사람을 나타낸다. 성별이 어느 쪽인지는 확실하게 말하기가 어렵다. 겉모습은 양성적이다. 그녀(혹은 그)가 손전등을 들고 뭔지 모르지만 앞에 있는 대상을 응시하는 모양을 보면 광대한 어둠이 그녀를 둘러싸고 있다는 느낌을 받는다. 무엇보다 나는 그녀가 혼자라는 느낌이 든다. 어쩌면 자신의 선택일 수도 있고 어쩌면 누구도 그녀를 따라 어둠 속으로 들어올 만큼 용감하지 않았기 때문일 수도 있다.

이 세상에 있는 수십억의 사람들 가운데 래피얼은 내가 가장 잘 알고 가장 사랑하는 사람이다. 이제 나는 그곳에 들어와 나를 찾으려고 한 행동이 얼마나 굉장한 일인지, 그 용기가 얼마나 대단한지 훨씬 더 잘 이해한다—피라네시가 결코 이해하지 못할 정도로.

나는 래피얼이 미궁에 자주 돌아간다는 사실을 안다. 가끔은 나와 같이 가고, 가끔은 그녀 혼자서 간다. 그곳의 고요함과 홀로 있음에 강하게 끌리는 것이다. 그 안에서 래피얼은 자기에게 필요한 것을 찾고 싶어 한다. 그것이 걱정스럽다.

"사라지지 마세요. 사라지지 마시라고요."

내가 엄하게 말한다.

래피얼은 슬픈 듯, 재미있다는 듯한 표정을 짓는다.

"안 그래요."

그녀는 말한다.

"우리 둘이 상대방을 계속 구해 줄 수는 없어요. 웃기는 일이라고요."

그녀는 웃음 짓는다. 그것은 슬픔이 조금 묻어나는 웃음이다.

그러나 그녀는 아직 같은 향수를—내가 그녀에 관해 가장 먼저 알았던 것—뿌리고 그 향을 맡으면 나는 아직도 햇빛과 행복을 떠올리게 된다.

내 마음속에는 모든 조수가 있다
2018년 11월 30일 기록

내 마음속에는 모든 조수, 각각의 때와, 밀물과 썰물이 담겨 있다. 내 마음속에는 모든 홀, 그 끝없이 이어진 홀들이, 그 복잡한 경로들이 담겨 있다. 이 세상이 너무 버거워질 때면, 소음과 오물과 사람들에 지겨워질 때면, 나는 눈을 감고 특정 현관을 마음속으로 불러 본다. 그러고는 어떤 홀을 불러 본다. 나는 현관에서 홀로 가는 길을 걸어가는 내 모습을 상상한다. 통과해야 하는 문들과 내가 왼쪽 오른쪽으로 꺾어져야 하는 길목, 지나가야 하는 벽의 조각상들을 정밀하게 떠올린다.

어젯밤 꿈에서 나는 북쪽 다섯째 홀에서 고릴라 조각상을 바라보며 서 있었다. 고릴라는 주추에서 내려와 주먹으로 바닥을 디디며 천천히 내게 다가왔다. 달빛 속에서 고릴라는 밝은 회색이었다. 나는 고릴라의 두툼한 목을 양팔로 감싸고 집에 있어서 얼마나 기쁜지 이야기했다.

깨어났을 때 나는 생각했다. *나는 집에 있지 않아. 여기 있지.*

눈이 내리기 시작하다
2018년 12월 1일 기록

오늘 오후에 시내를 통과해, 래피얼을 만나기로 한 카페를 향해 걸어갔다. 종일 하늘이 어둑어둑하던 날 두 시 반쯤이었다.

눈이 내리기 시작했다. 낮은 구름이 도시 위로 회색 천장을 형성했다. 눈이 자동차 소음을 가라앉혀 거의 운율이 있는 것처럼 들렸다. 꾸준하게 들리는 '쉬' 하는 소리처럼, 조수가 대리석 벽에 가서 끊임없이 부딪히는 소리처럼.

나는 두 눈을 감았다. 마음이 차분했다.

공원이 있었다. 나는 그곳으로 들어가서 크고 오래된 나무들 사이에 난 길을 따라 걸었다. 나무들 양옆으로는 풀들이 자란 어스름한 공간이 넓게 깔려 있었다. 창백한 눈송이들이 벌거벗은 겨울 나뭇가지들 사이로 떨어졌다. 먼 도로에서 자동차들 불

343

빛이 비쳐 나무 사이로 반짝거렸다. 빨강, 노랑, 하양 불빛들. 무척 조용했다. 아직 황혼이 내리지는 않았으나 가로등불이 희미하게 빛을 발했다.

사람들이 길을 따라 오고 갔다. 한 노인이 나를 지나갔다. 그는 슬프고 피곤해 보였다. 뺨에 정맥류가 있고 뻣뻣한 백발의 턱수염이 나 있었다. 떨어지는 눈송이 때문에 두 눈을 가늘게 뜬 그를 보고, 나는 그가 누구인지 깨달았다. 그는 서쪽 마흔여덟째 홀의 북쪽 벽에 표현되어 있다. 그는 왕으로, 한쪽 손에 작은 모형으로 된 성곽도시를 들고 있고 다른 손은 위로 들어 도시를 축복하고 있다. 나는 그를 붙잡고 말하고 싶었다. *다른 세상에서 당신은 왕이에요, 고귀하고 훌륭한 왕! 제가 봤어요!* 하지만 너무 오래 주저하는 사이에 그가 군중 속으로 사라져 버렸다.

한 여인이 두 아이와 함께 나를 지나갔다. 아이 중 하나가 양손으로 나무 리코더를 들고 있었다. 나는 그들도 알았다. 그들은 남쪽 스물일곱째 홀에 표현되어 있다. 웃고 있는 두 아이, 그중 하나가 플루트를 들고 있는 조각상.

나는 공원에서 나왔다. 도시의 거리들이 내 주위에서 솟아올랐다. 어떤 호텔이 있는데, 뜰에 금속 테이블과 의자를 놓아 온화한 날씨에는 사람들이 앉을 수 있게 해 놓았다. 오늘 그곳은 눈에 덮이고 쓸쓸했다. 뜰에는 격자무늬 철망이 둘러쳐져 있었다. 철망에는 둥근 종이등불들이 매달린 채, 선명한 오렌지색 빛을 내며 눈과 가녀린 바람에 흔들리고 떨렸다. 바닷빛 회색 구름들이 하늘을 가로질러 달려갔고, 그 구름을 배경으로 오렌지색 종이등불들이 춤췄다.

집은 헤아릴 수 없이 아름답고, 무한히 자애롭다.

미주

1. 건축물에서 벽 안쪽으로 움푹 들어가 조각상이나 화병 등을 장식할 수 있게 만든 공간이다.

2. 건축물에서 반원형이나 다각형 모양으로 돌출된 부분으로, 주로 교회 건물의 동쪽 끝에 있고 천장은 돔형이다.

3. '헌틀리 앤드 파머스'는 1822년에 설립된 영국의 비스킷 회사이다.

4. 알코브는 방에서 어떤 벽의 한 부분이 쏙 들어가게 만든 부분으로, 침대나 책상 등을 놓고 반독립적인 공간으로 사용하는 곳이다.

5. 배터시Battersea는 '두드리다'라는 뜻의 'batter'와 '바다'라는 뜻의 'sea'가 합해진 것으로, 영국 런던 남서쪽의 구역을 가리키는 지명이다.

6. 서양의 고대 건축물에서 정면의 위쪽에 있는, (주로) 삼각형 모양의 박공 부분이다.

7. 손가락 모양의 생선 튀김.

8. 왕세자 체크무늬는 글렌 플래드, 글렌 체크라고도 하는 격자무늬로 영국 국왕 에드워드 8세가 왕세자일 당시 즐겨 입은 데서 붙은 이름이다.

9. 목동자리에서 가장 밝은 별이다.

10. "악마와 식사하려면 긴 숟가락이 필요하다"라는 격언에서 따온 표현으로, 위험한 자와 가까이 하려면 조심해야 한다는 뜻이다.

11. 토탄 늪에서 발굴된 시신으로, 미라가 되어 보존된 상태. 미라가 되는 까닭은 토탄 늪에 있는 풍부한 이끼 때문이라고 한다.

12. 둘 다 장미의 이름이다.

13. University College London의 약자로, 런던에 있는 공립 종합 대학을 뜻한다. 런던대학교의 일부이다.

14. 트리뷴이라고도 하며, 지붕이 있는 긴 복도라는 뜻. 아케이드 위층 회랑이라고 할 수 있다.

옮긴이의 글

바람이 분다.

습하고 끈적끈적하고 무겁고 답답하던 날들이 선선한 바람에 흩어져 날아간다. 작년 여름에는 비가 그치지 않을 듯 내리더니 이번 여름에는 무더위가 끝나지 않을 것처럼 이어졌다. 남쪽에는 비가 많이 왔다는데 내가 있는 지역에는 비도 몇 번 내리지 않으면서 끈끈하고 덥기만 했다. 그런 날들도 하루하루 지나다 보니 팔월이 지나가고 어느새 낮에도 시원한 바람이 불기 시작했다. 가을바람이. 여름 내 눅눅한 공기가 들어올까 창문을 닫고 에어컨을 켜고 지냈는데 이제 바람을 맞으려고 창을 연다.

코로나와 함께 살아가야 할 요즘 여러 모로 답답함을 느끼는 사람이 많을 것이다. 어쩌면 격리 생활이 길어지면서 조금은 수감자가 된 기분을 느낄지도 모르겠다. 우연인지 필연인지, 이 책의 주인공 피라네시도 비슷한 처지에 놓여 있다. 끝도 없이 이어지는 홀들에 거주하는 피라네시, 무한하다고 할 정도로 넓은 공간에 거의 홀로 살고 있고 그곳이 자기 거처이자 자기 세상이라고 여기지만 사실 그곳은 그가 원래 살던 세상이 아니다. 평범한 눈으로 보면 그는 그곳에 갇혀 있다고 (이렇게 넓은 공간에 갇힌다는 표현을 써도 된다면) 할 수 있다. 그곳에서 나가지 못하는 상황이니까. 기억을 잃고 자기 뜻과 무관하게 그런 곳에 내던져졌다는 사실도 모르는 채로.

그러거나 말거나 피라네시는 하루하루가 즐겁고 충만한 듯 보인다. 세상이자 집인 공간을 누비고 다니면서 곳곳에 놓인 온갖 조각상들을 바라보고 영감과 위안을 얻고, 아래쪽 홀들에 내려가 물고기를 잡고 조개를 따며, 새들과 이야기하고, 조수를 관찰하고 계산해 언제 물이 범람하는지 예측하고, 별자리를 바라보며 별자리표를 만든다. 물론 그 외에도 '나머지 사람'과 함께 '위대하고 은밀한 지식'을 찾으려고 한다. 황량해 보이는 세상이지만 그에게는 경이와 아름다움과 자애로 가득하다. 이 세상은 그에게 끊임없이 이야기한다.

이 책을 처음 펼쳤을 때 나는 어리둥절했다. 처음 보는 날짜 체계에 뭐가 뭔지 알 수 없는 거대한 공간. 정체 모를 조각상들과 범람하는 바닷물까지. 일기로 보이는 바로 다음 항목에 '세계의 모습'이 묘사되어 있지만 그것을 읽으니 더욱 더 여기가 어디인가 싶어졌다. 다른 것은 몰라도 분명 우리가 사는 세계는 아니다(《나니아 연대기》 시리즈를 좋아하는 독자라면 낯익은 느낌이 들 수도 있겠지만. 본문에 들어가기 전에도 《마법사의 조카》에서 인용한 문장이 들어가 있고).

이런 당혹스러운 느낌이 한동안 계속되었지만, 일기처럼 보이는 글을 하나하나 읽어 나가다 보니 어느새 이 인물에게 마음을 쓰고 있었다. 그리고 그가 처한 상황이 어떤지 조금씩 알게 되면서 아무것도 모르고 마냥 즐거운 화자를 걱정하며 점점 더 이야기에 빠져들었다. 앞날을 예언하는 것 같은 단서들과 곧이어 등장하는 예언자. 그 후로 속도를 더하면서 하나하나 밝혀지는 진실. 이어지는 결말. 다 읽고 나니 만족스러움과 함께 묘한 여운이 마음에 맴돌았다. 이 집과 그곳에서 있었던 일과 피라네시의 미래가 자꾸 떠올랐다. 그러다 보니 여러 가지가 생각났고, 궁금해져서 이것저것 찾아보았다.

알고 보니 작가 수재나 클라크는 이 책을 쓰기 전에 꽤 오랫동안 아팠다고 한다. 첫 작품 《조너선 스트레인지와 노렐 씨Jonathan Strange & Mr Norrell》로 일약 스타 작가가 되어 수십 개의 도시를 다니면서 홍보 행사에 동참했으나, 그러고 나서 얼마 지나지 않아 한 친구의 집에서 저녁식사를 하던 중 불쑥 집에 가서 누워야겠다고 선언하더니 식탁에서 일어섰다. 식탁을 빙 돌아가려고 했으나 그대로 주저앉았고, 일어나서 다시 걸으려고 했지만 다시 무너졌다.

나중에 병원에 가 보았으나 정확한 병명을 듣지 못했고 (여러 병명을 들었다고 해야 할지도 모르겠다) 여러 가지 증상에 시달

렸으나 그중에서도 심한 것이 어마어마한 피로감이었다고 한다. 빛에도 극도로 민감해져 "압박"을 받는 느낌이었고 어두운 방으로 피신해야 했다. 병이 심하던 2000년대 말에는 침대에서 나가지도 못하고 우울, 불안, 광장공포증에 시달렸다. 작가는 이 시기에 《마법사의 조카》를 종종 떠올렸다고 한다. 거기에는 '찬'이라는 옛 도시가 나오는데, 폐허가 된 그곳에는 돌로 만든 높은 건물들이 끝없이 늘어서 있고 어떤 방에는 조각상이 잔뜩 있다. 힘겨운 시기를 보내던 때 작가는 다른 사람과 한 공간에 있는 것이 무척 힘들었는데, 홀로 이런 세계에, 건물들로 가득하지만 조용한 세상에 있는 상상을 하면 마음이 차분해졌다고 한다.

몇 년이 흐르는 동안 조금씩 회복되면서 작가는 마음속에 있는 이야기를 단편적으로 쓰기 시작했고, 우여곡절 끝에 《피라네시》를 완성했다.

사실 작가는 《피라네시》의 모체가 된 이야기를 첫 작품 《조녀선 스트레인지와 노렐 씨》를 쓰기 한참 전에 떠올렸다고 한다. 이십 대에 런던에서 호르헤 보르헤스 소설을 주제로 하는 강좌를 듣다가, 조수가 흘러드는 거대한 집에 사는 두 사람 이야기를 상상한 것이다. 몇 년 동안 그 이야기를 마음에 담고 지냈으나, 아이디어는 구체화되지 못했다. 그러다가 1992년에 스페인의 빌바오라는 도시에 거주하던 작가는 미스터리(탐정물)를 쓰려고 했으나 아무리 해도 잘 풀리지 않아 포기하고 말았다. 그러고는 얼마 후 너무 피곤해서 아무것도 할 수가 없는 묘한 증세가 닥쳐왔고, 작가는 그 시기를 《반지의 제왕》과 함께 넘겼다. 그 책을 읽고 읽고 또 읽었다고 한다. 그러고 나서 영국을 배경으로 한 마법 판타지를 쓰고 싶어졌고, 그리하여 십 년 뒤에 섭정 시대(1800년대 초) 영국을 무대로 한 마법 판타지 《조너선 스트레인지와 노렐 씨》가 탄생하게 된다.

이런 일들을 알게 되면서 나는 한편으로는 공감했고 (나도 지난 몇 년간 건강이 좋지 않아 거의 밖에도 나가지 않고 힘든 시간을 보냈기에) 한편으로는 피라네시의 이야기를 좀 더 깊이 들여다본 느낌을 받았다. 피라네시가 집에 홀로 거주하면서 그곳에서 위로받듯이 작가도 상상속의 세계에서 조용히 위로받고 있었다. 피라네시는 그야말로 작가의 분신이었던 것이다. 이야기 속의 피라네시를 보면 '자기'를 잃고 어떤 면에서는 '분열되었다'고 할 수 있는 상태인데도 그런 그가 밝게 묘사되는 점이 신선하고 재미있었는데, 어쩌면 작가 자신도 그에게서 희망을 찾고 있었던 것은 아닐까.

이야기 속의 미궁 혹은 집은 여러 관점으로 바라볼 수 있을 텐데, 그중 하나가 인간의 내면세계가 아닐까 싶다. 평범하게 접근할 수 있는 의식 차원이 아니라, 더 깊은 의식 세계. 그래서 그곳에 들어가려면 '어린아이'와 같은 순수한 상태로 의식을 되돌려야 하고, 그곳에 오래 머무르면 현재의 자아를 잃고 어린아이처럼, 즉 피라네시나 제임스 리터처럼 변한다.

그렇게 변했을 때의 상태가 나로서는 무척 흥미로웠다. 무엇보다 자기 처지와 환경을 '받아들이고' 자기가 받은 것들에 '고마워하며' 주변의 존재들을 (일반적인 '생물'이든 아니든) 자기와 동등하게 여기고 그들을 이용하기보다 그들과 같이 살아가려고 하는 면이 눈에 띄었다. 이것은 아메리카 원주민들에게서 흔히 볼 수 있는 세계관인데, 작가가 그쪽에 관심이 있었는지 아니면 그저 혼자 상상했을 뿐인데 그런 인물이 나온 것인지도 궁금하다.

아메리카 원주민 이야기가 나왔으니 말인데, 최근에 읽은 어떤 책에서 아메리카 원주민의 피가 흐르는 식물학자인 저자가 '이름' 이야기를 하는 대목이 있다. 사람들은 인간의 이름을 쓸 때는 첫 글자를 대문자로 쓰지만 동식물의 이름을 쓸 때는 소문자로 쓰는데, 여기에 뿌리 깊은 인간우월주의가 숨어 있다는 뜻이었다. 그러면서 저자는 동식물을 하나의 종이나 범주로서 가리킬 때는 소문자로 쓰겠지만 하나의 존재로서 가리킬 때는 대문자로 쓰겠다는 말을 한다. 그런데 재미있게도 이 책의 주인공 피라네시도 이 집에 있는 여러 '존재'들을 표기할 때 첫 글자를 대문자로 썼다. '집'이나 그 일부인 '서쪽 벽'이나 '창문'이나 '안뜰'뿐 아니라 '죽은 자들', '해', '달', '별', '조수', 그 외에

혜아릴 수 없이 많은 조각상에도 모두 고유명사처럼 첫 글자를 대문자로 썼다. 이뿐 아니다, 아메리카 원주민과 피라네시가 닮은 점은. 이름을 붙일 때 그 존재나 대상의 특징을 고려해 선택한다는 것도 비슷하다. 이를테면 한 부족은 단풍나무 수액을 받아 단풍당을 만드는 시기를 '단풍당의 달'로 부른다고 한다. 사람 이름도 '앉은 황소', '검은 주전자' 등으로 부르고. 피라네시는 작중 현재를 '앨버트로스가 남서쪽 홀에 온 해'라고 하고, 사람과 조각상에도 특징에 맞는, 뜻이 있는 이름을 붙인다. 이것도 다 우연일까?

주인공의 이름 피라네시는 18세기 이탈리아의 화가이자 건축가 조반니 바티스타 피라네시에서 따온 듯하다. 그는 16점으로 구성된 '감옥'을 판화로 발표했다고 하는데, 지하에 있는 이 감옥들을 보면 계단과 기계장치가 두드러진다. 감옥이라서 그런지 좀 무시무시해 보이는 공간이다. 구글에서 Piranesi prison(s)으로 검색하면 이 판화들을 몇 점 볼 수 있을 것이다. 《마법사의 조카》에 나오는 '찬Charn'도 검색해 보면 이미지가 나올 텐데, 이것들을 보면 주인공 피라네시가 '집'이라고 부르던 공간을 상상하는 데 도움이 될지도 모르겠다.

주인공이 집에서 가장 좋아하는 조각상이 파우누스라고 하는데, 《나니아 연대기》 시리즈를 좋아하는 독자라면 이 역시 금방 눈치를 챘을 것 같다. 파우누스는 연대기 시리즈의 첫 권(출간순으로), 작품 속 시간에 따르면 둘째 이야기에 해당하는 《사자와 마녀와 옷장》에서 주인공 아이들을 돕는 우호적인 인물로 등장한다. 원래는 마녀의 명령에 따라 루시를 마녀에게 데려가려고 했으나, 마음을 바꿔 루시에게 경고를 해 준다. 그러고는 마녀에게 잡혀가 돌로 변하고 만다. 일종의 오마주라고 할까. 이 역시 작가가 나니아 연대기를 무척 아낀다는 점이 드러나는 대목인 듯하다.

번역자로서 기분 좋은 일이 몇 가지 있다. 그중 큰 것이 번역료를 듬뿍 받는 것(짐작하겠지만 가뭄에 콩 나는 것보다 드문 편이다)과 마음에 드는 책을 소개하고 번역하는 일(뜻밖일지 모르지만 가뭄에 콩 나듯 드물다)인데, 이번에 이렇게 기꺼이 소개하고 싶은 책을 번역할 수 있게 되어 기쁘고 감사하다.

힘든 시기도 언젠가는, 어떤 형태로든 지나간다. 피라네시가 자기 처지와 환경을 받아들이면서 나름대로 만족하며 살았듯이, 나도 좀 더 겸허한 자세로 살아야겠다는 생각이다. 하나하나 떠올려 보면 감사할 일이 참으로 많지 않은가. 이 선선한 가을바람처럼.

이 묘한 책과 함께 즐거운 시간 보냈기를 기원한다.

2021년 가을바람이 부는 날에
김해온

피라네시

초판 1쇄 발행 2021년 10월 25일
초판 2쇄 발행 2021년 11월 11일

지은이 수재나 클라크
옮긴이 김해온
펴낸이 유정연

이사 임충진 김귀분
책임편집 조현주 **기획편집** 신성식 김수진 심설아 김경애 이가람 **디자인** 안수진 김소진
마케팅 이석원 박중혁 정문희 김예은 **제작** 임정호 **경영지원** 박소영

펴낸곳 흐름출판 **출판등록** 제313-2003-199호(2003년 5월 28일)
주소 서울시 마포구 월드컵북로5길 48-9(서교동)
전화 (02)325-4944 **팩스** (02)325-4945 **이메일** book@hbooks.co.kr
홈페이지 http://www.hbooks.co.kr **블로그** blog.naver.com/nextwave7
출력·인쇄·제본 상지사 **용지** 월드페이퍼(주)

ISBN 978-89-6596-474-2 03840